KB241657

세상 끝으로의 여행

세상 끝으로의 여행

헤닝 만켈 | 유정화 옮김

mu∫intree
뮤진트리

JOURNEY TO THE END OF THE WORLD

3월의 어느 날 밤

이제 곧 자신의 열다섯 번째 생일을 기념하게 될 그 해에 요엘은 꿈을 꾸다가 흠칫 놀라 잠에서 깬다. 눈을 뜨지만 어둠 속이라 처음에는 어디에 와 있는지 몰라 어리둥절해진다. 그런데 아빠의 코 고는 소리가 반쯤 열린 문틈으로 흘러들어 온다.

요엘이 꿈에서 깨어나 제 정신으로 돌아오는 것은 바로 그 순간이다.

요엘은 꽁꽁 얼어붙은 강물 위를 걸어갔다. 자신이 왜 거기에 와 있는지도 모른 채. 그러다가 발밑의 얼음이 갈라지기 시작했다는 사실을 불현듯 깨달았다. 안간힘을 다해 강둑으로 내달렸다. 그러나 눈앞에 아득하게 펼쳐진 얼음은 쩍쩍 갈라져만 갔다. 영영 강둑까지 다다를 수 없을 것만 같았다. 그러다 한순간, 흡사 마법의 지팡이라도 휘두른 듯이, 차가운 얼음이 순식간에 사라졌다. 발을 디디고 선 작은 얼음 조각만 달랑 남겨두고서. 그런데 강물이 뭔가 이상하다는 기분이 들었다. 늘 보아왔던 것처럼 강물은 시커멓고 차가운 물이 아니었다. 부글부글 끓어오르고 있었다. 그러는 동안 요엘이 디디고 서 있는 얼음 조각은 점점 더 줄어들어 갔다. 급기야 얼음이 하나도 남지 않게 되었다. 사납게 생긴 허연 악어가 요엘을 덥석 물었다. 이 제 요엘은 악어의 주둥이 속으로 끝없이 굴러 떨어졌다….

요엘은 온몸이 땀으로 범벅이 되었다는 걸 깨닫는다. 자명종 시 계 바늘이 어둠 속에서 어렴풋이 보인다. 4시 15분이다. 꿈에서 도 망쳐 나올 수 있어서 너무나 마음이 놓인다. 턱까지 이불을 끌어당 겨 덮고는 얼굴을 벽 쪽으로 돌린다. 다시 잠들고 싶은 심정으로. 일어나서 학교에 갈 때까지는 아직 시간이 꽤 많이 남아 있다.

그러나 좀처럼 잠이 오지 않는다. 깬 상태로 누워 있다. 많은 생 각들이 마음에 달라붙어 떨어질 줄 모른다. 이제 석 달만 지나면 학 교 생활은 끝이 날 거야. 마지막 성적표를 받게 되겠지. 그러고 나 면 뭘 해야 할까. 어디서 일자리를 구할까? 정말로 내가 하고 싶은 일이 뭐지? 꼬리에 꼬리를 무는 생각들이 좀처럼 사라질 낌새를 보 이지 않는다. 사무엘 쪽으로 생각이 미치면 유난히 더 그래진다. 아 빠 사무엘은 요엘이 학업을 마치는 대로 지금 살고 있는 이 소읍을 떠날 거라는 얘기를 입버릇처럼 해왔다. 사무엘은 다시 뱃사람이 될 거고 요엘도 데리고 간다는 얘기를. 그러나 세월이 흘러가면서 사무엘은 차츰 바다에 대한 얘기를 덜하게 되었다. 배 얘기도, 저 드넓은 세상에서 그들 부자를 기다리고 있을 항구에 대한 얘기도 점점 더 횟수가 줄어들었다.

생각할 거리가 많다. 요엘은 침대에서 일어나 벽에 기대앉는다. 어느새 3월이다. 머지않아 눈이 녹기 시작할 것이다. 다음 달이면 생일이고 그러면 열다섯 살이 된다. 그 말은 모터 달린 자전거를 타도 좋다는 뜻이다. 또 성인 영화를 봐도 좋다는 뜻이기도 하다. 생일이 되면 눈에 띄지 않으려고 영화관에 몰래 기어들어갈 일이 더이상 없을 것이다. 손에 영화표를 쥐고서 검표원 앞을 당당하게 지나쳐 갈 수 있으리라.

열다섯 살이 되는 것은 중요한 사건이다.

그러나 요엘은 걱정스럽다. 앞으로 무슨 일이 벌어질까?

*　*　*

마침내 요엘은 다시 잠이 든다.

바깥에는 외로운 개 한 마리가 요엘의 집을 지나쳐 달린다. 개는 오직 자신만 알고 있는 그 어딘가를 향해 가는 길이다.

그러나 요엘은 잠들어 있다. 꿈속에서는 어느새 봄 햇살에 눈이 녹아내리기 시작했다.

얼음도 녹아내리고 있었다….

01

요엘이 교구 목사관을 지나 언덕 중턱에 도착했을 때 타고 있던 자전거의 체인이 떨어져 나갔다. 몹시 놀란 요엘은 방향을 틀다가 그만 균형을 잃고 말았다. 자전거는 말상인네 마당에 둘러친 떨기나무 울타리를 들이받았다. 그리고는 까치밥나무 덤불 속으로 곤두박질치며 고꾸라졌다. 요엘의 한쪽 뺨이 심하게 긁혔고 왼쪽 무릎에는 멍이 들었다. 그러나 잽싸게 몸을 일으켜 세웠고 떨기나무에 처박힌 자전거도 끌어냈다. 그 와중에 떨기나무 울타리에 구멍이 뻥 뚫리고 말았다. 말상인은 성미가 워낙 사나운 사람이라 요엘은 눈에 띄기 전에 부리나케 자전거 페달을 돌려 빠져나왔다. 그리고 자전거는 목사관 담장에 기대 세웠다.

5월 중순의 오후였다. 아직도 집 담벼락 밑 응달에는 눈이 남아 있었다. 봄이 왔건만 날씨가 따뜻해진 기미는 보이지 않았다. 그래도 요엘은 학교 수업이 끝나는 오후에는 어김없이 자전거를 타고 이 소읍의 거리를 누비며 다녔다. 걱정스럽고 불안한 마음이었다. 이제 어떻게 될까? 학교를 떠나면 무슨 일이 생길까?

강물이 끓어오르는 꿈을 꾸고 난 며칠 후 요엘은 사무엘에게 물어볼 참이었다. 나름 마음을 단단히 먹고 조심스럽게. 돼지고기와 튀김 감자 요리는 보통 일요일에나 먹었다. 그런데 사무엘이 그 음식을 좋아해서 그날은 화요일이었는데도 일부러 저녁 식탁에 내놓았다. 요엘은 아빠 사무엘과 중요한 얘기를 나누기에 가장 적절한 때가 사무엘이 식사를 막 끝내고 접시를 한쪽으로 밀쳐두는 순간이라는 것을 잘 알고 있었다.

드디어 그 순간이 왔다. 사무엘이 포크를 내려놓고 입술을 훔치더니 접시를 한쪽으로 밀었다.

"우리가 마음을 정할 때가 됐어요." 요엘이 말했다.

변성기가 지났는데도 요엘은 말을 할 때 간간이 끽끽 소리나 가성을 쓰는 가수 같은 소리를 여전히 내곤 했다. 그래서 가능하면 천천히 말하면서 가급적 굵고 낮은 목소리를 내려고 애를 썼다.

사무엘은 식사를 마칠 때쯤이면 대개 피곤해했다. 아니나 다를

까, 그가 눈을 꿈벅거리며 요엘을 바라보았다.

"대체 무슨 마음을 정한다는 거냐?" 그가 물었다.

요엘은 사무엘의 기분이 좋아 보인다고 생각했다. 이런 기회가 늘 오는 것은 아니었다. 사무엘은 때로 짜증을 부리기도 했고, 그런 때에는 중요한 문제를 의논하려고 애써봐야 별 효과가 없다는 것을 요엘은 잘 알았다.

"내가 학교를 졸업하면 우린 뭘 할 건데요?"

사무엘이 빙긋이 웃었다.

"넌 어떤 성적표를 받아올 건데?"

요엘은 사무엘이 자기가 건넨 질문에 대답은 안 하고 오히려 또 다른 질문으로 되받아 치는 것이 싫었다. 그것은 어른들의 나쁜 버릇이기도 했다.

그렇지만 요엘은 이미 마음의 준비를 단단히 해놓은 터였다. 요엘의 학교 성적이 사무엘에게는 늘 중요했다.

"지난 가을보다 성적이 좋을 거예요. 지리 점수는 전체에서 삼등 안에 들 거구요."

사무엘이 고개를 끄덕였다.

"우리 언제 이사 가요?" 요엘이 물었다. 사무엘에게 이 질문을 천 번도 넘게 했으리라. 거의 날마다, 해를 거듭하며 계속해서 물었던 질문, 똑같은 질문이었다. "우리 언제 이사 가요?"

사무엘은 식탁 위에 깔린 푸른 식탁보를 내려다보았다. 요엘은 말을 계속 이어가도 괜찮겠다고 생각했다.

"아빠는 벌목꾼이 아니잖아요. 아빤 뱃사람이라구요. 내가 학교를 졸업하면 우린 여기에 더 남아 있을 필요가 없어요. 떠날 수 있게 되는 거죠. 아빠와 내가 같은 배를 타는 계약을 할 수 있어요. 이제 난 열다섯 살이에요. 나도 선원이 될 수 있다고요."

요엘은 대답을 기다렸다.

그러나 사무엘은 식탁보만 뚫어지게 쳐다보고 있었다. 그러더니 아무 대꾸도 없이 자리에서 일어나 커피 물을 받았다. 이제 요엘이 원하는 대답을 들을 수 없으리라는 것만큼은 분명해졌다.

요엘은 불끈 화가 치밀었다.

일요일에만 먹는 음식을 화요일인데도 정성껏 차려냈는데 사무엘은 여전히 납득할 만한 대답을 해주지 않았다.

요엘은 아빠에게 뼈아픈 진실 몇 가지를 기어코 말해야겠다고 벼렀다. 이제는 대답을 해야 할 의무가 있다는 말을. 같은 질문을 천번 만 번 물어볼 마음이 이제는 없어졌다는 말을.

그러나 벼렀던 대로 하지 못했다. 접시들을 치웠고 음식 찌꺼기를 긁어모아 양동이에 집어넣었다. 투박한 그릇들은 싱크대 안에 놓았다.

"나, 나가요." 요엘이 말했다.

"숙제는 없는 거야?" 사무엘은 이제 막 끓기 시작한 커피 물에서 시선을 거두지 않은 채로 물었다.

"벌써 다 했어요." 요엘이 대답했다. "게다가 이제 곧 숙제 같은 건 없을 거예요."

요엘이 기다렸으나 아무 소용이 없었다. 그 말밖에, 사무엘은 더는 아무 말도 하지 않았다.

요엘은 재킷을 들고 아래층으로 내려갔다.

이번에도 묵묵부답이군.

요엘은 다음날, 자전거 체인을 고치면서도 이 생각을 했다. 마음속에 품었던 질문을 또다시 꺼내지 않았어도 아빠가 그 질문을 곰곰이 생각하고 있다는 인상은 받았다. 왜 그런지 그 이유에 대해서는 전혀 짐작 가는 바가 없었다. 그러나 그게 사실일 것 같은 느낌이었다. 그리고 그 느낌은 아주 강했다.

그런 느낌 때문에 한편으로는 걱정스러워졌다. 사무엘이 별 말없이 생각에 빠져 있는 듯 보일 때는 예의 자기만의 세계로 들어가곤 했으므로. 그런 시기에 접어들면 무작정 종적을 감추었다가 밤이 되어서야 술에 취한 몸을 이끌고 집으로 돌아오곤 했다. 그런 일이 벌어진 지 꽤 오래되었지만 요엘은 이제 곧 그렇게 되리란 걸 감지했다. 조만간에. 그것은 요엘이 늘 두려워하는 일이었다. 내키지 않는 마음으로 밖에 나가 사무엘을 찾아다니고 부축을 해주지 않으면 몸을 가눌 수 없을 정도로 술에 취한 그를 질질 끌고 집으로 데려와야 하는 상황이 다시 생길까봐 두려웠다.

요엘은 마침 바람에 날려온 신문지로 자전거 체인에 묻은 기름을 공들여 닦았다.

제발 그런 일이 종업식 날에 생기지는 말아야 할 텐데, 하고 요엘은 생각했다. 사무엘이 술에 취한 모습으로 교회에 나타나면 안되는데.

다른 건 몰라도 제발 그것만은.

요엘은 몸을 돌려 교회 첨탑을 물끄러미 올려다보았다. 시계를 보니 어느새 집으로 돌아가 감자를 삶아야 할 시간이었다. 자전거에 올라타고 페달을 밟기 시작했다. 주유소 뒤편의 자갈길에서 여러 명의 사내애들이 두 패로 갈라져 놀고 있었다. 그 애들 중 몇몇은 요엘과 같은 반 아이들이었다. 페달을 좀더 힘껏 밟았다. 저녁식사 준비는 늘 요엘의 몫이었다. 늘 자기가 엄마 역할을 맡았다. 심지어 사무엘의 엄마 역할까지 해야 하는 경우도 종종 있었다.

학교를 졸업하면 음식 준비하는 일도 그만둘 것이었다. 집에 돌아온 사무엘이 식사를 하고 싶다면 그 스스로 알아서 해야 할 것이다.

요엘은 대문을 걷어차 열고는 문 옆에다 자전거를 세웠다. 그런 다음 계단을 뛰어 올라가서 부엌문을 홱 열었다.

그런데 거기서 그만 발길이 멎어버렸다.

조리대 의자에 앉아 있는 사무엘의 모습이 보였다. 어느새 경종이 울리기 시작한 것이다. 사무엘은 이렇게 이른 시간에 집에 와 있으면 안 되었다. 예전에도 그랬던 적이 아주 간혹 있기는 했지만 그것은 병이 났거나 술 때문이었다. 하지만 지금의 그는 술에 취해 보이지 않았다. 눈이 빨갛지도, 머리카락이 삐죽삐죽 뻗치지도 않았다. 그렇다고 특별히 아파 보이는 것도 아니었다.

사무엘은 고개를 들어 요엘을 바라보았다. 뜻밖인 듯한 표정이었다.

"무슨 일이에요?" 요엘이 물었다. "왜 벌써 집에 왔어요?"

사무엘은 탁자 위에 놓인 편지 한 통을 손가락으로 가리켰다.

"누구한테서 온 편지예요?"

"재킷 벗고 이리 좀 앉아 봐라. 그럼 얘기해 줄 테니까."

요엘은 무릎까지 오는 웰링턴 부츠를 걷어차듯 벗어던지고 재킷은 의자 등받이에 걸쳤다. 그런 다음 의자에 앉았지만 불안한 마음에 어쩔 줄 몰라했다. 편지에 담긴 내용이 얼마나 중요하기에 사무엘이 평소같지 않게 일찍 집에 왔을까?

요엘은 사무엘이 무척 긴장해 있다는 걸 느꼈다. 그의 아랫입술이 파르르 떨렸다.

"엘리노어에게서 온 편지다. 지난 10년 동안 소식을 듣지 못했는데." 그가 말했다.

요엘은 잠자코 그 다음에 나올 말을 기다렸다. 그러나 더는 아무 말이 없었다.

"엘리노어가 누군데요?" 침묵이 너무 길어지자 결국 요엘이 물었다.

"엘리노어는 예전에 괴텐부르크에서 술집을 했었지." 사무엘이 말했다. "내가 배를 타던 시절에 말이다."

요엘은 살며시 한숨을 내쉬었다. 몇 년 전에는 사무엘이 사라를 만났었다. 읍내의 술집에서 일하는 여자였다. 사무엘은 가끔씩 사라의 집에서 밤을 보냈다. 그러나 얼마 지나지 않아 둘의 관계는 끝나고 말았다. 사라 쪽에서 관계를 끊었던 것이다. 그러자 사무엘은 술을 마시기 시작했다. 이제 또 술집에서 일하는 새로운 여자에게서 편지를 받은 게 분명했다. 그렇다면 사무엘은 그 여자와도 가끔씩 밤을 보냈다는 말일까? 하지만 그게 뭐 그리 중요하다는 걸까?

사무엘이 가끔 이상하게 굴 때가 있다고 요엘은 생각했다. 어른들이 다들 그렇듯 괴상해지는 때가 있었다. 앞으로 나아가는 생각을 해야 마땅할 경우에도 굳이 뒤로 되돌려서 생각하는 게 어른들이지. 사무엘은 지난 10년 동안 소식을 듣지 못했던 누군가에게서 편지를 받아. 그러면 아랫입술이 떨려오지. 그러나 우리가 언제쯤이 초라하기 짝이 없는 동네를 벗어나서 바다로 나갈 수 있을지 물어보면 아무 대답도 안하잖아.

요엘은 사무엘을 바라보았다. 그에게 뭐라도 물어봐줘야 하는 게 아닌가 하는 생각이 들었다. 관심을 보인다는 인상이라도 주려면 그래야 했다.

"그 여자가 원하는 게 뭔데요?" 요엘이 물었다.

"그녀 말이, 예니가 어디에 사는지 안다는구나."

요엘이 그 말이 무슨 뜻인지 제대로 이해하기까지는 시간이 좀 걸렸다.

이윽고 요엘은 지진 사태에 휘말려든 것만 같았다. 몸이 마구 떨려왔다. 집이 금방이라도 무너져서 흔들리는 땅 밑으로 꺼져버릴 것만 같았다.

엘리노어라는 이름의 누군가가 엄마 소식을 담은 편지를 보낸 것이었다. 오래 전에 종적도 없이 사라진 뒤로는 단 한 번도 소식을 전한 적이 없는 엄마라는 사람.

사무엘이 안경을 걸쳤다.

"여기 이렇게 쓰여 있구나. 예니가 스톡홀름에 산다고. 외스트괴타가탄이라는 거리라는군. 쇠데르라는 지역에 있대. 그리고 예니는 메드보르가르플라첸이라는 광장의 식료품점에서 점원으로 일한단다."

요엘은 사무엘을 빤히 쳐다보았다.

"그거 말고 다른 말은 없어요?"

사무엘이 안경을 벗었다.

"예니가 재혼했다고 쓰여 있어."

"하지만 아빠랑 결혼한 거잖아요?"

"우린 끝내 결혼할 여유가 없었다. 그러니 이혼할 필요도 없었던 셈이지."

요엘은 어리둥절해졌다. 엄마와 아빠가 결혼한 적이 없다니?

궁금증이 솟았다. 편지에 쓰인 내용을 모조리 다 알고 싶어졌다. 요엘이 손을 내밀었다. 하지만 사무엘은 자신의 큼직한 손을 하얀 편지지 위에 얹었다.

"이 편지는 내게 온 거다." 그가 말했다.

"예니는 내 엄마예요." 요엘이 대꾸했다.

"이건 엘리노어 편지야. 엘리노어는 예니의 친구였지. 그녀가 내게 편지를 보낸 건 그 때문이고."

요엘은 생각을 제대로 정리해 보려고 했다.

"엄마가 애당초 아빠하고 결혼한 적이 없었다면 어째서 편지에는 재혼했다고 쓰여 있는 거죠?"

사무엘이 천천히 고개를 끄덕였다.

"어려운 질문이구나. 하지만 다들 그냥 그렇게 말하는 거 같다."

"그밖에 다른 말은요?"

"엘리노어가 요통을 앓는다는구나."

"엄마에 대해서 더 얘기한 게 없냐고요? 엘리노어에 대해서는 개뿔도 알고 싶지 않아요."

요엘은 방금 자신이 뱉은 말 때문에 흠칫 놀랐다. 사무엘이 놀란 표정으로 아들을 쳐다보았다. 요엘은 덜컥 겁이 났다. 사무엘이 버럭 화를 낼 때가 있기 때문이었다. 자신은 거친 욕설을 입버릇처럼 내뱉으면서도 정작 요엘이 상스러운 말을 입에 담으면 달가워하지 않았다.

"엘리노어는 좋은 사람이다." 사무엘이 말했다. "평생을 열심히 일했지. 술집에서 시중드는 건 고된 일이야. 사라가 그 일을 얼마나 힘들어했는지 한 번 생각해 봐라. 다리 때문에 고질병을 앓았던 거."

"그런 뜻이 아니었어요." 요엘이 우물쭈물 중얼거렸다. "그런데 엄마에 대한 다른 얘긴 없나요?"

"아니, 아무것도 없어."

"엄마가 누구랑 결혼했는데요?"

"그 얘기는 편지에 없다."

두 사람의 대화는 이렇게 흐지부지 끝나고 말았다. 사무엘은 다시 안경을 걸치더니 편지를 한 번 더 읽었다. 한 글자 한 글자 읽어가며 들썩이는 아빠의 입술이 요엘의 눈에 들어왔다. 이제 요엘이 할 일이란 그저 벌어진 일을 이해하려고 노력해 보는 것뿐이었다.

처음으로 누군가가 그들에게 엄마 예니가 어디에 살고 있는지 알려주었다. 예전에 요엘이 그런 걸 물어보면 사무엘은 번번이 고개를 저으면서 모른다는 말만 되뇌곤 했었다.

그러나 이제, 갑자기, 그 모든 것이 달라졌다. 엄마 예니의 주소와 일터를 알게 된 것이다. 그런데 불행하게도, 새 남편까지 덤으로 생겨버렸다.

요엘이 감자 껍질을 벗기기 시작했다. 사무엘은 다시 중얼거리며 편지를 읽었다.

"좀 큰 소리로 읽어주면 안돼요?" 요엘이 물었다.

"내게 온 편지다." 사무엘의 대답이었다.

두 사람은 말없이 저녁식사를 했다. 삶은 감자와 검은 푸딩. 딸기잼은 떨어지고 없었고, 그나마 검은 푸딩도 요엘이 태우고 말았다.

저녁식사를 마친 뒤 사무엘은 자기 방으로 들어갔다. 라디오 스위치를 켜고 침대에 몸을 눕혔다. 사무엘이 방문을 닫았기에 요엘은 열쇠 구멍으로 몰래 훔쳐보는 수밖에 없었다. 사무엘은 지금까지 지니고 있던 단 한 장뿐인 예니의 사진을 뚫어지게 바라보고 있었다.

요엘은 제 방으로 들어와 사무엘처럼 침대에 누웠다. 어른이란 사람들은 무언가 진지하게 생각할 거리가 생기면 침대 위에 눕는 것 같았다. 요엘 자신도 이제 다 자란 것이나 진배없었으므로 이런 어른들 버릇을 따라 해도 좋겠다는 생각이 들었다. 그러나 마음이 싱숭생숭해서 도저히 얌전히 누워 있을 수가 없었다. 다시 일어나서 창밖을 내다보았다. 바깥은 아직도 밝았다. 요엘은 엄마가 사는 집이 어떨까 상상해 보려 했다. 그러다가 문득 스톡홀름 지도가 한 장 있다는 사실이 떠올랐다. 몇 년 전에 기차역의 쓰레기통에서 건진 지도였다 그렇다면 이제 남은 문제는? 그걸 어디에 뒀더라? 요엘은 지도를 찾아 사방을 뒤지기 시작했다. 옷장 바로 뒤에서 찾아낸 지도를 들고 나가 부엌 식탁 위에 펼쳐 놓았다. 사무엘의 방문은 그대로 닫혀 있었다. 라디오에서 흘러나오는 음악 소리만 들렸다. 요엘이 몸을 구부리고 다시 한 번 열쇠 구멍으로 방안을 들여다보았다. 사무엘은 아직도 예니 사진을 손에 쥐고 있었다. 지금은 고개를 쳐들고 천장을 응시한 채. 요엘은 다시 부엌으로 돌아와 스톡홀름 지도를 샅샅이 살펴보았다. 사무엘이 한 말을 기억해내려고 애를 쓰면서. 엄마는 외스트괴타가탄이란 이름의 거리에 산다고 했다. 메드보르가르플라첸에 있는 식료품 가게에서 일한다고도 했다.

요엘은 손가락으로 지도를 훑어보았다. 메드보르가르플라첸을 먼저 찾아냈다. 심장이 세차게 두근거렸다. 엄마 예니가 일하는 곳을 찾아내자 엄마라는 존재가 한층 더 실감나게 다가왔다. 요엘은 계속 찾아 나갔다.

외스트괴타가탄의 위치를 막 찾아냈을 때 방문이 열렸다. 사무엘이 부엌으로 들어와 요엘 쪽으로 다가왔다. 요엘은 화들짝 놀랐다. 하지 못하도록 금지된 무언가를 하다가 들키기라도 한 듯이. 아빠는 엄마의 주소를 정확하게 찾아내는 걸 바라지 않을지도 몰라. 사무엘이 요엘 곁에 다가와 섰다.

"너한테 스톡홀름 지도가 있는지는 몰랐다." 사무엘이 놀란 목소리로 말했다.

"쓰레기통에서 주웠어요." 요엘이 말했다. "그 아줌마가, 엘리노어라는 사람 말이에요, 그 아줌마가 한 말이 사실인지 알아보는 편이 낫겠다고 생각했거든요."

"엘리노어는 거짓말을 하는 사람이 아니었어." 사무엘이 말했다. "그렇게 자주 하지는 않았다는 거지, 적어도."

요엘은 메드보르가르플라첸의 위치를 손가락으로 가리켰다. 그리고 외스트꾀타가탄의 위치도. 사무엘이 방으로 돌아가 안경을 들고 나왔다. 안경을 쓰고 지도를 유심히 들여다보더니 고개를 끄덕였다.

"그러니까 예니는 그렇게 먼 길을 다니는 게 아니로군. 외스트꾀타가탄 집에서 메드보르가르플라첸 일터까지 말이다."

요엘은 갑자기 꼭 해야 할 말이 떠올랐다. 절대로 흘려 버려서는 안될 말이었다.

"우리가 엄마를 찾아 가면 안 돼요?" 요엘이 물었다. "이제 어디에 사는지도 아니까요."

사무엘이 식탁 앞에 앉더니 요엘을 물끄러미 쳐다보았다.

"진심이냐?"

"엄마가 우리를 보고 기뻐할지도 모르잖아요." 요엘이 말했다. "그렇게 오랜 세월이 흘렀는데 자기 아들이 어떻게 생겼는지 알고 싶을지도 몰라요. 이제 그 아들은 열다섯 살이 됐고 학교 성적도 좋은데. 적어도 지리 성적은요."

사무엘은 석연찮은 표정을 지었다.

"하다못해 거기 가서 한 번 볼 수는 있잖아요." 요엘이 말했다. "엄마가 일하는 가게 창문으로 몰래 들여다보는 거예요. 내가 누군지 알아보지 못할 거예요. 아빠는 검은 선글라스를 쓰면 되구요."

사무엘이 웃음을 터뜨렸다. 그것은 놀랄 만한 일이었다. 사무엘이 소리 내어 웃는 일은 드물었다. 미소는 자주 지었어도 저렇게 소리를 내어 웃다니? 아빠의 웃음소리를 마지막으로 들은 게 언제였는지 기억조차 가물가물했다.

"그래, 네 말이 맞다." 사무엘이 말했다. "네가 학교를 졸업하면 나랑 같이 가서 엄마를 찾아보는 거다."

요엘은 제 귀를 의심했다. 아들이 어리둥절해 하는 걸 눈치 챈 사무엘이 "학교를 마치면 곧바로 가자꾸나. 당장 며칠간 휴가를 내보마." 하고 말했다

"엄마에게 편지를 보내서 우리가 만나러 가겠다고 알려줘야 하는 거 아니에요?" 미심쩍은 표정으로 요엘이 물었다.

사무엘은 대답을 하지 않은 채 잠시 생각에 잠기더니 고개를 가로저었다.

"예니는 떠날 때 우리에게 말하지 않았다. 그런데 우리가 만나러 갈 거라고 예니에게 말해줘야 할 이유가 대체 뭐냐?"

요엘에게 질문이 또 생겼다.

"엄마가 아마 날 못 알아보겠죠. 그런데 문제는 아빠가 엄마를 알아보겠느냐는 거죠. 혹시 모습이 많이 달라졌을지도 모르니까요."

"난 예니를 금방 알아볼 거야." 사무엘이 장담했다. "아무리 많이 변했다고 해도 알아."

그날 밤, 요엘은 사무엘이 잠자리에 들자 다시 일어났다. 아직도 옷을 벗지 않은 상태였다. 신발과 재킷을 주워 들고 살금살금 밖으

로 나갔다. 삐걱거리는 소리를 피하려면 어느 계단을 건너뛰어야 하는지 훤히 꿰고 있었다.

바깥은 여전히 환했다. 대문 밖으로 자전거를 끌고 나와 한껏 페달을 밟았다. 다리 쪽을 향해 달려내려 갔다. 이윽고 몸에 땀이 배자 자전거를 세우고는 숨을 헐떡였다.

요엘은 게르트루드의 집에 도착했다. 그녀는 강 건너, 풀들이 웃자란 뜰이 있는 이상한 집에서 살았다. 요엘은 무슨 일이 있었는지 그녀에게 자초지종을 들려줘야 할 것 같은 기분이 들었다. 게르트루드는 요엘의 친구였다. 그녀에게는 벌써 엄마 얘기도 해주었다. 아주 어렸을 때 떠났다는 엄마 얘기를.

게르트루드는 코가 없었다. 예전에 수술을 했는데, 그 수술이 잘못 되는 바람에 코를 잃고 말았다. 그녀에게는 친구가 많지 않았다. 요엘은 몇 명 되지 않는 그녀의 친구 중 하나였다.

요엘이 금방이라도 쓰러질 듯 허술한 게르트루드의 집 담장에 자전거를 기대 세우고 있을 때 그녀가 밖으로 나왔다. 부엌 창문으로 요엘이 오고 있는 걸 어느 틈에 보았던 것이다.

"오랜만이야." 게르트루드가 말했다.

"학교에서 할 게 너무 많아서." 요엘이 말했다. "숙제가 많았어."

그러나 그 말은 사실이 아니었다. 그리고 둘 다 그렇다는 걸 알았다. 요엘은 코가 없는 사람을 찾아가는 게 어색하다는 생각이 들곤 했고, 게르트루드는 요엘이 그런 생각을 한다는 사실을 알고 있었다.

그렇지만 가끔 요엘은 무작정 게르트루드를 보러 가야겠다는 기분이 들었다. 때로는 게르트루드가 요엘이 얘기를 나눌 수 있는 단 한 사람이었으므로.

말하자면 예니라는 이름의 엄마라는 이가 난데없이 불쑥 나타난 지금같은 경우처럼. 엄마는 너무나 오랫동안 없던 존재라서 그 곁에 있는 게 어땠는지 기억도 나지 않았다.

요엘은 게르트루드를 따라 부엌으로 들어갔다. 부엌은 난장판이었고 평범한 어느 부엌과 비슷한 데라고는 찾아볼 수가 없었다. 게르트루드가 사는 게 이런 식이었다. 그녀는 하고 싶은 대로, 마음이 끌리는 대로 가구와 집기들을 다루었다. 자기 옷은 손수 만들어 입었고 다른 사람들이 무슨 말을 하든, 무슨 생각을 하든 전혀 개의치 않았다.

요엘은 그녀와 어울리는 자신의 모습이 사람들 눈에 띄는 게 싫었다. 하지만 여기, 그녀의 부엌에서 저녁 늦은 시간에 만나는 것은 괜찮았다. 더군다나, 그녀는 요엘이 앞날을 대비해 미리 연습해 볼 기회까지 주었다. 언젠가 요엘은 소년에서 남자가 되려면 해야 할 일이 여성들과 은밀하게 만나는 거라는 내용을 읽은 적이 있었던 것이다.

"우리는 스톡홀름에 갈 거야." 요엘이 말했다. "사무엘이랑 나랑. 거기서 그녀를 만나게 되겠지. 물론, 그녀가 어떻게 나올지 궁금하긴 해."

게르트루드는 요엘의 그 말을 가만히 생각해 보았다. 그러는 동안에 새 손수건을 꺼내 자국만 남아있는 코언저리에 올려놓았다.

"니네 엄마가 분명 기뻐할 거야." 마침내 그녀가 말했다. "그럴 수밖에 없지."

그러나 자전거를 타고 집으로 돌아오던 요엘은 갑자기 게르트루드의 음성이 별로 자신 있게 들리지 않았다는 생각이 들었다.

걱정의 씨앗들이 금세 요엘의 가슴에 뿌려졌다.

혹시 예니 엄마가 나를, 아님 사무엘을 보고 싶어 하지 않으면 어쩌지? 엘리노어가 그런 편지를 보내서 자기가 어디에 사는지, 어디서 일하는지 알려준 걸 알고 벌컥 화를 내기라도 하면?

요엘이 집에 왔을 때 부엌은 캄캄했다. 사무엘의 방문은 닫혀 있었지만 코 고는 소리가 들리지 않았다. 아마도 아직 잠들지 못하고 그 편지 생각에 젖은 채로 깨어 있을 터였다.

요엘은 잠자리에 들었다. 하지만 잠이 쉽게 올 것 같지 않았다. 머릿속에 사무엘과 나란히 스톡홀름의 거리를 걷고 있는 자신의 모습이 그려졌다.

사무엘은 아직도 코를 골지 않는다.

우리 둘 다 잠들지 못하는구나, 라고 요엘은 생각했다. 각자 침대에 누운 채로.

그러나 우리는 지금 같은 생각을 하고 있는 거야.

불쑥 돌아온 엄마 생각을.

O2

요엘은 창문의 블라인드 줄을 당기다가 밤새 눈이 내렸다는 걸 알았다.

땅이 온통 새하얬다.

창문 밖을 뚫어지게 보고 있어도 눈에 들어온 풍경이 도저히 실감나지 않았다.

어느덧 6월 초순이었고 오늘은 학교에 가는 마지막 날이다. 졸업식에서는 햇살이 눈부신 날의 기쁨을, "온 세상이 밝고 아름답다"고 노래할 것이다. 그런데 땅은 저렇듯 눈으로 뒤덮여 있다.

요엘의 머릿속에 한 가지 생각이 퍼뜩 스쳤다. 이전에는 한 번도 해본 적이 없는 생각이었다. 어쩌면 저 눈 때문이었을까? 6월에도 가끔씩 내리는 눈이 엄마 예니를 떠나라고 부추긴 것일까? 엄마는 정말이지 저 눈을 더는 견딜 수 없었던 게 아닐까? 좀처럼 사라질 줄 모르는 눈과 어둠과 추위 때문이었을까, 엄연히 여름이 왔는데도 떡 버티고 영영 스러질 기미가 없는 저 눈 탓이었을까?

요엘은 골치가 지끈거려 머리를 흔들었다. 오늘은 중요한 날이다. 학교 생활의 마지막 날. 그런데 땅 위에는 눈이 내렸다.

요엘은 옷을 차려 입고 부엌으로 나갔다. 사무엘은 어느새 커피를 다 마셨다. 면도도 끝낸 모습이었다. 요엘은 놀란 표정으로 아빠를 바라보았다. 사무엘이 주중에 면도를 하는 경우는 거의 없었기 때문이다. 의사를 만나러 가야 할 때나 무슨 이유가 생겨 벌목 회사의 사무실에 불려가는 경우가 생길 때나 마지못해 면도를 하는 그였다.

그뿐만이 아니었다. 얼굴 전체를 말끔하게 깎은 모습이었다. 아빠가 면도를 대충 하는 것 때문에 종종 짜증이 나는 요엘이었다. 면도를 다 끝낸 뒤에도 보면 턱 밑에 늘 그루터기마냥 짤막한 수염이 남아 있곤 했으니까.

"간밤에 눈이 왔어." 사무엘이 미소를 지으며 말했다. "이 지역에서는 날씨가 어떻게 될지 도통 알 수가 없단 말이야."

"그래도 분명히 알 수 있는 건 여기서 살아서는 안 된다는 거죠." 요엘은 짜증스러운 기분을 거침없이 드러냈다.

"하루 휴가를 냈다." 사무엘이 말했다.

"왜요?"

"그래야 졸업식 행사에 갈 수 있으니까."

요엘은 매일 아침 먹는 세 쪽의 샌드위치 가운데 한 쪽에 버터를 바르던 중이었다. 깜짝 놀란 요엘이 사무엘을 쳐다보았다. 자신이 잘못 들었나 싶었다.

"왜요?" 요엘이 물었다.

"오늘은 중요한 날이야." 사무엘이 말했다. "네가 학교에 가는 마지막 날이잖냐? 나도 마땅히 가봐야 한다고 생각한다. 너는 아니냐?"

사무엘은 예전에 한 번도 종업식 행사에 참석한 적이 없었다. 저학년 시절의 요엘에게는 그게 고민거리였다. 종업식 행사에 부모 가운데 한 사람도 참석하지 않는 경우는 학급에서 자기 혼자라는 게 늘 곤혹스러웠다. 그러나 차츰 익숙해졌고 이제는 그런 것쯤은 개의치 않게 되었다.

요엘은 여기에 숨은 뜻이 뭘까 재빨리 파악해 보려고 했다. 좋은 걸까, 아니면 나쁜 걸까? 좋은 거라고 단정 지었다. 왜냐하면 이번 만큼은 사무엘이 제대로 면도를 했으니까. 기분이 한결 좋아졌다. 엘리노어가 보낸 편지가 온 이후로 뭔가가 달라져 있었다. 저녁마다 사무엘과 둘이 마주앉아 엄마 예니에 대한 얘기나 이제 며칠만 지나면 떠나게 될 여행에 대한 얘기를 나누곤 한다는 사실 때문만은 아니었다. 사무엘은 요엘이 그것 외에는 다른 아무 것도 생각하고 있지 않다는 걸 알았다. 요엘도 사무엘 역시 마찬가지라는 걸 알았다.

"10시 전에 학교에 오면 안돼요. 그때까지는 예행연습을 할 거거든요. 교실도 깨끗이 정리 정돈해야 하고요."

요엘은 정말이지 전날 밤에 꽃이라도 좀 꺾어 놓았어야 했다. 하지만 동네를 한 바퀴 돌아볼 여유가 없었다. 자동차 두 대가 키르코가탄과 스날만스 바그가 만나는 모퉁이에서 부딪쳤는데, 마침 요엘은 그 근처를 지나다가 두 자동차의 운전자들이 말다툼을 벌이는 광경을 구경하는 데 그만 정신이 팔렸던 것이다. 요엘은 창문 쪽으로 걸어가서 까치발을 들고 섰다. 나무 아래로 노란색 꽃 몇 송이가 보였다. 눈이 올 때면 눈을 긋기 위해 그 아래 서 있곤 하는 나무였다.

요엘은 제 몫의 샌드위치를 먹고 양치질을 했다. 그러고 나자 가장 좋은 셔츠를 입고 바지도 갈아입어야 한다는 생각이 났다. 곧 치러질 졸업식 행사에 임하려면 그래야 했다. 다시 부엌으로 돌아온 요엘은 이제 학교에 늦지 않으려면 서둘러야 하는 시간임을 깨달았다.

사무엘은 식탁 앞에 앉아서 아들을 바라보고 있었다.

"우리 선물을 준비해 가야 하는 거 아닌가?" 그가 물었다.

요엘은 처음에는 아빠의 그 말이 무슨 뜻인지 알아듣지 못했다.

누구한테 선물을 준단 말인가? 선생님들한테?

조금 뒤에야 아빠가 한 말뜻은 다름 아닌 예니에게 줄 선물임을 알아차렸다. 요엘은 미처 그런 생각은 하지 못했었다.

"갈 때 뭐라도 들고 가야겠지." 사무엘이 말했다. "서둘러라. 그러지 않으면 학교에 늦을라."

요엘은 우당탕탕 소리를 내며 계단을 번개같이 달려 내려갔다. 가끔씩 아빠는 놀래킬 때가 있어. 암, 엄마 예니에게 줄 선물을 가져가야 하고 말고.

거리로 나오고 나서야 꽃 생각이 떠오른 요엘은 자전거를 울타리에 기대 세우고는 마당 안으로 다시 달려 들어갔다. 시들어 고개를 떨군 노란 앵초꽃이지만 꽃다발을 만들자면 일곱 송이는 되어야 했다. 거기다가 꽃다발을 조금 풍성하게 보이도록 풀잎을 몇 잎 더했다. 학교로 가는 길에 요엘은 예니에게 줄 선물을 생각해 보았다. 그런데 도무지 생각을 모으기가 힘들었다. 우선은 앞을 가로막고 있는 졸업식에서 벗어나는 게 급선무였다.

요엘은 마지막 순간에 가까스로 교실에 들어섰다. 미스 네데르스트롬 선생님이 못마땅한 눈길을 던졌으나 별 말은 없었다. 그 날은 학교에서 보내는 마지막 날이었다. 이제 곧 아이들은 저마다 제 갈 길로 나설 것이었다. 미스 네데르스트롬 선생님은 화를 잘 내지만 감동도 잘 하는 여린 성격이었다. 오늘만큼은 그녀가 요엘은 물론이고 다른 누구와도 언쟁을 하지 않으리라는 게 확실했다.

10시가 되자 교실의 정리정돈과 장식이 끝났다. 교실 뒤편으로 학부형들이 밀치락달치락 들어왔다. 요엘은 사무엘이 들어오는 것을 눈치챘다. 지금은 구석에 갇혀 옴짝달싹못한 채 서 있다는 것도. 미스 네데르스트롬 선생님은 기분이 좋았고 제자들이 대답할 만한 질문만 골라서 던졌다. 요엘에게는 지리에 관련된 질문을 했다. 시범 수업이 끝나자 학생들은 찬송가를 불렀다. 그 다음에는 교회 쪽으로 학급 별로 줄을 지어 걸어갔다. 이제 눈은 녹아 사라지고 없었다. 모두 교회 안에 모이자 교장 선생님이 훈화를 했다. 모든 학생들에게 성적표가 주어졌고 드디어 이 모든 절차가 끝났다. 요엘과 악수하는 미스 네데르스트롬 선생님의 눈에 눈물이 고였다. 요엘은 어쩔 줄 몰라 했다.

"넌 대학에 진학했어야 하는데." 선생님의 말이었다.

"저는 그보다 먼저 해야 할 일이 있어요." 요엘이 대답했다.

요엘은 그 생각을 거의 1년 동안이나 해왔다. 시험을 봐서 대학에 꼭 진학해야 하는 걸까에 대한 생각을. 하지만 4년 더 학생 신분으로 보내야 한다는 사실은 감당하기 어려웠다. 요엘은 오로지 밖으로 나가고만 싶었다. 세상 밖으로.

교회 바깥에서 사무엘이 요엘을 기다리고 있었다.

"네가 선생님 질문에 대답을 잘해서 기쁘다." 사무엘이 말했다.

"선생님이 내게 역사에 대한 질문을 하지 않았으니 그나마 운이 좋았던 거죠." 요엘이 대답했다. "그랬더라면 틀린 답을 했을 게 뻔하거든요."

잠시 후 두 사람은 집으로 갔다. 이번만큼은 요엘도 처음으로 커피를 한잔 마셨다. 요엘은 아직도 학업을 마친 것이 어떤 기분인지 실감이 안 났다. 그래도 방학이 지나고 가을이 와도 제시간에 등교했는지 확인할 선생님이 없으리라는 사실만은 확실했다.

이제 곧 삶이 시작되리라. 진정한 삶이. 그리고 그 진짜 삶은 사무엘과 스톡홀름으로 떠나는 여행과 더불어 펼쳐질 것이다. 요엘은 그 다음에는 무슨 일이 일어날지 장담할 수가 없었다. 철물상에서 허드렛일을 하는 급사 자리를 어중간하게 약속받아 놓은 상태였다. 그런데 그러고 나면? 그 다음엔 무얼 하게 될까? 모든 게 이제 사무엘에게 달려 있었다. 이사를 가게 될까? 아니면 안 가게 될까?

요엘은 이미 계획을 본격적으로 세워 두었다. 스톡홀름에는 큰 항구가 있었다. 세계 각지의 배가 그 항구로 들어왔다. 괴텐부르크만큼 큰 항구는 아니지만 상관없었다. 사무엘이 부두에 정박해 있는 다양한 배들을 보고 나면 결국 마음의 결정을 내리게 될 것이었다. 요엘은 가급적 빨리 사무엘에게 다양한 배들을 보여주러 가야겠다고 마음먹고 있었다. 시간이 흘러가면서 사무엘은 차츰 선원 생활에 대한 기억을 잊어버리고 말았다. 도대체 어떻게 그 생활을 기억할 수 있겠는가? 저 깊고 거대한 숲 속에서 난파된 사람처럼

살아왔는데, 바다도 없고 음울하고 작은 호수밖에 없는 세상에서
살아왔는데.

사무엘은 요엘의 성적표를 꼼꼼하게 들여다보았다.

"셈하는 법을 제대로 배웠더라면 좋았을걸." 그가 말했다. "그래
도 그것만 빼면 성적이 괜찮구나."

요엘은 아무 대꾸도 하지 않았다. 사무엘의 말이 맞았다. 수학이
야말로 요엘이 제일 따분하게 여기는 과목이었다.

잠시 후에 둘은 엄마 예니에게 가져갈 선물에 대해 의논하기 시
작했다. 예니에게 뭘 줘야 할까?

"엄마를 가장 잘 아는 사람은 바로 아빠잖아요." 요엘이 말했다.

"그 시절에 예니는 모자를 몹시 갖고 싶어했지." 사무엘이 머뭇
거리듯 말했다. "하지만 이제는 아닐지도 몰라. 더군다나 내가 어
떻게 숙녀옷 파는 가게에 들어가서 그녀에게 줄 모자를 고를 수가
있겠냐?"

사무엘과 예니가 옛날에 댄스파티에서 만났다는 사실을 알고 있
던 요엘이 나름의 의견을 말했다.

"혹시 음반을 좋아하지 않을까요?"

"하지만 예니에게 축음기가 있을까?" 사무엘은 미심쩍어 했다.
"그건 장담할 일이 못되지."

"축음기는 다들 가지고 있잖아요." 요엘의 말이었다. "우리만 빼
면 다 그럴걸요."

요엘은 이 말을 입밖에 내뱉은 순간 곧바로 후회했다. 사무엘은 그들이 쪼들리게 생활하고 있는 사정을 되새기는 걸 좋아하지 않았으므로, 이런 말은 그의 기분을 몹시 언짢게 만들 수도 있었다. 요엘은 그런 일이 생기는 걸 원하지 않았다. 지금은 아니었다.

"이미 음반을 가지고 있을지도 몰라." 사무엘이 말했다.

"무슨 음반을요?"

"우리가 그녀에게 주려고 하는 바로 그 음반 말이지."

대화가 점점 더 야릇하게 흘러가고 있다고 요엘은 생각했다.

"상품권으로 주는 게 어떨까요?" 요엘이 제안했다. "그렇게 하면 사고 싶은 걸 직접 고를 수 있을 테니까."

사무엘은 고개를 가로저었다.

"아니, 진짜 물건이라야 해. 꾸러미 속에 집어넣을 수 있는 물건 말이다. 말코손바닥사슴 스테이크가 있다면 그걸 줄 수 있을 텐데 말이지."

요엘은 화들짝 놀란 표정으로 사무엘을 쳐다보았다.

"지금 엄마한테 사슴 스테이크를 갖다 줘야 한다고 말하는 거예요? 여행가방 밖으로 핏물이 뚝뚝 떨어지면 어떡하게요? 경찰이 보면 우리가 사람을 죽였다고 생각할 걸요."

"어쨌거나 지금은 말코손바닥사슴 사냥 시즌도 아니니까. 그거 말고 다른 걸 생각해야겠지."

오후가 되었다. 부엌 창문으로 햇살이 흘러들어오고 있었다. 햇살은 서서히 벽을 가로지르더니 셀레스틴이 담겨 있는 유리 상자에까지 닿았다.

"혹시 셀레스틴을 갖고 싶어하지 않을까요?" 요엘이 불쑥 말했다. "저건 우리도 좋아하는 물건이잖아요."

사무엘은 상자에 들어 있는 모형선을 한참동안 바라보다가 입을 열었다.

"그녀가 떠날 때 저 자리에 저 모형선이 놓여 있었던 것 같아. 네 생각이 맞을지도 모르겠다. 어쩌면 그녀에게 셀레스틴을 줘야 하는 건지도."

두 사람은 결정을 내리지 못했다. 그러나 적어도 아이디어는 한 가지 생긴 셈이었다.

그들이 떠나기로 예정한 날까지는 한 주일이 더 남아 있었다. 토요일 저녁에 밤 기차를 타기로 했다. 스톡홀름에는 일요일에 도착할 것이었다. 요엘은 사무엘에게 꼬치꼬치 물어보았다. 적어도 어디서 묵게 될지에 대해서는 자세히 알고 싶었다. 사무엘은 기차역 근처에 값싼 호텔이 있다고 했다. 요엘은 사무엘에게 돈이 넉넉하게 있을까 걱정스럽기도 했다. 그러나 그런 말은 요엘이 스스럼없이 물어볼 질문이 아니었다. 그래서 질문을 하는 대신에 사무엘이 보지 않을 때마다 습관처럼 그의 지갑을 뒤져보았다. 사무엘에게는 30크로네가 있었다. 요엘 생각으로는 큰 돈 같았다. 그러나 그걸로 넉넉할까? 요엘로서는 알 수가 없는 일이었다.

하루하루가 느릿느릿 지나갔다. 요엘은 아침에 사무엘이 숲으로 일하러 나가고 나면 다시 잠을 청해 보았지만, 침대에 얌전히 누워 있기에는 견딜 수 없을 만큼 마음이 부풀었다. 다시 일어나서 샌드위치를 먹고 밖으로 나갔다. 눈은 더 이상은 내리지 않았으므로 날씨도 덩달아 더 따뜻해졌다. 이제는 자전거로 그냥 마을 주변만 맴돌지는 않았다. 벤 나무를 나르는 임도를 답사하듯 꽤 멀리까지 돌아다녔다. 햇빛이 땅속 깊이 내리꽂히는 공터에 이르면 어김없이 큼지막한 너럭바위를 찾아가 앉아 생각에 잠기곤 했다. 대개는 엄마 예니를 만나면 어떨까에 대한 생각이었다. 자신이 아버지를 설득해서 이사를 가겠다는 결정을 내리게 만들 수 있을까에 대한 생각도 했다. 그리고 설득하는 데 실패한다면 앞으로 무얼 할까도 생각했다. 만일 여기로 되돌아온다면 사무엘은 다시 숲으로 들어가 나무 베는 일을 계속할 터였다.

어느 날 요엘은 식탁에 앉아서 자신이 알고 있는 직업을 죄다 적어보았다. 그러고 나서 그 직업을 하나하나 훑어보았다. 각각의 일을 하면 어떨지 상상도 해봤다.

항공기 기장 요엘 구스타프손

이 말은 물론 솔깃하게 들렸다. 제복 차림의 제 모습을 그려보았다. 강철 같은 체력과 담력을 발휘해 사막의 한복판, 혹은 낯선 오지에 능숙하게 비상 착륙한다. 그러나 거기서 또다시, 조종사가 되려면 계산을 잘해야 한다는 사실이 떠올랐다. 자신의 수학 점수가 조종사가 될 정도가 아니라는 건 뻔한 사실이었다.

측량기사 요엘 구스타프손

측량기사가 하는 일이 정확하게 뭘까? 물건을 살피는 거? 거리를 측정하는 거? 수로 옆이나 임도를 돌아다니는 거? 울타리 사이의 거리가 얼마인지 기록하는 거? 그런 일은 지루해서 도저히 견디기 힘들 것만 같았다.

요엘은 햇살이 눈부신 숲 속의 빈터에 앉아서 긴 목록을 꼼꼼하게 훑어보았다. 자동차 정비공, 사냥터 관리인, 시계 제조공, 그게 아니면 배우가 되었을 때 인생이 어떻게 펼쳐질까 상상해 보면서. 한편으로는 불과 한 해 전에 그려보았던 꿈도 생각해 보았다. 록 스타가 되고 싶었던 꿈. 하지만 자신이 노래를 썩 잘 부르지 못한다는 사실을 인정하고 말았다. 록 스타가 되려면 꼭 필요한 기타도 배울 수 없는 형편이라는 사실 또한 인정했다.

목록에 적어놓은 몇몇 작업은 곧바로 지워버렸다. 무엇보다 원치 않은 것은 사무엘 같은 벌목꾼 일이었다. 벌목꾼만 아니라면 뭐라도 무방할 것 같았다.

결국, 요엘은 자신이 진정으로 하고 싶어 하는 일이 오직 한 가지뿐이라는 결론을 내리게 되었다. 그것은 선원이었다. 아빠 사무엘이 엄마 예니를 만났을 때 선원이었듯이. 갑판 승무원이나 2급 수부가 되어도 좋았다. 사다리의 맨 밑바닥부터 시작해 보자. 선원은 밧줄을 다루고 망을 보는 불침번 직무도 있지만 굳이 셈을 잘할 필요는 없다. 선원이 되면 잠을 자러 갈 때와 같은 장소에서 잠에서 깨어나는 일은 절대로 없을 것이었다. 배는 늘 이동중일 테니까. 선원이 되면 끝없는 침엽수림 너머에 펼쳐진 모든 것을 보게 될 터였다. 이 비좁은 도시, 여름 방학이 왔어도 땅에 눈이 남아 있는 이곳에 남아 있을 필요가 없을 터였다. 이제 여기보다 더 따뜻한 지역을 향해 떠나는 배에 취직만 하면 되었다. 저 세상 어딘가에는 피트케언 제도도 있고, 투명한 베일을 쓰고 요엘을 기다리는 여인들도 있으리라.

거의 날마다 요엘은 작년에 일어났던 일에 대해 생각했다. 늘 아빠와 같이 먹을 식품을 사러 가는 엔스트룀 네 식료품 가게에 점원이 새로 들어왔다는 소식을 들었다. 새 점원의 이름은 소냐 마트손이었는데, 그녀는 이 마을에서 그리 오래 지내지 않을 예정이었다. 소냐는 엔스트룀의 친척뻘이었다. 요엘은 그 즈음 한심한 새해 소망을 세워둔 바 있었다. 1년 안에 여자의 발가벗은 몸을 보고 싶다는 소원이었는데, 어느 날 정말로 소냐 마트손이 속이 훤히 비치는 얇은 망사만 걸친 모습을 엿보게 되었다.

그 소냐 마트손이 스톡홀름으로 다시 돌아갔다는 생각이 불현듯 떠올랐다. 스톡홀름에 가면 그녀를 만날 수 있는 게 아닐까? 혹시 스톡홀름에 올 일이 있으면 자신을 만나러 와도 좋다고 말해준 그녀였다. 하지만 요엘은 그녀의 주소를 몰랐다.

그것은 요엘이 숲 속 빈터에 앉아서 적어놓은 직업의 목록을 하나씩 지워가다가 문득 떠오른 생각이었다. 요엘은 당장 행동에 돌입했다. 자전거에 올라타고 읍내로 돌아왔다. 교환국에 가면 필요한 전화번호와 주소를 상세히 알 수 있으리라는 기대를 품고서. 교환국 사무실 계단을 올라가는 동안에는 슬며시 걱정이 들었다. 몇 년 전, 교환원이 잠이 든 어느 날 밤에 요엘은 전화 교환대에서 수많은 선을 이리저리 연결해본 적이 있었던 것이다. 그런 짓을 한 게 요엘이라는 사실은 아무도 눈치 채지 못했었다. 그래도 장담할 건 못되었다. 요엘의 속마음을 훤히 꿰뚫어 보는 것 같은 사람도 있었으니까.

요엘은 창구로 다가가서 벨을 눌렀다. 그날 밤 아무도 몰래 교환국에 숨어들었을 때 졸고 있던 그 전화 교환원이 아니라는 사실을 확인하자 한시름 마음이 놓였다.

"스톡홀름의 주소와 전화번호를 알고 싶은데요." 요엘이 말했다.

"거기다 전화를 걸고 싶은 거야, 아니면 전보를 치려는 거야?" 창구에 앉은 여자가 물었다. 여자의 표정이 험악했으므로 요엘은 금세 주눅이 들었다.

"지금은 둘 다 아니에요." 요엘이 대답했다. "나중에 전화를 걸어 보려고요."

"가입자 이름이 뭐지?"

"소냐 마트손이오."

"그럼 주소는?"

"모르는데요."

"그래도 그 사람이 스톡홀름에 산다는 건 확실하지?"

"예."

"잠깐 기다려."

그녀가 창구 문을 닫았다. 요엘은 기다리는 동안 벽에 붙은 안내문을 읽어 보았다. 전보를 띄우는 데 드는 비용을 설명해 놓은 글이었다.

그런데 그 전보문에 뭐라고 써야 하나?

일요일에 노를란드에서 기차로 갈 예정입니다. 마중 나와 주시기 바래요. 요엘. 추신. 사무엘도 같이 갈 거예요. 우리 아빠요.

그러면 글자 수가 너무 많아졌다. 열여덟 자나 되었다. 글자를 줄여 보았다.

일요일 오후에 기차로 마중 나오세요. 요엘.

이제 여섯 글자밖에 안되었다. 하지만 이렇게 보낸다면 그녀는 어느 기차에 마중을 나와야 할지 모를 것이었다. 게다가 그녀는 요엘을 기억조차 못할 것이었다.

창구 문이 벌컥 열렸다.

"스톡홀름에는 소냐 마트손이라는 이름을 가진 사람이 일곱 명 있어."

여자는 창구 밖으로 전화번호부를 건네주었다.

"어떤 사람과 연락을 하고 싶은지는 네가 알아내야 할 거야."

그녀는 요엘에게 연필과 종이 한 장을 주었다. 요엘은 전화번호부 책을 탁자 쪽으로 들고 왔다. 그리고는 탁자 앞에 앉아서 주소와 전화번호를 다 적었다. 일곱 명 가운데 다섯은 '미스'로 실려 있었다. 나머지 둘에는 아무 호칭도 없었다.

요엘은 그 이름을 전부 적었다. 그런 다음에 창구 쪽으로 가서 벨을 눌렀다. 전화번호부 책과 연필을 돌려주었다.

"누가 그 사람인지 알겠냐?"

"알 거 같아요."

창구 문이 닫혔다. 요엘은 자신이 왜 사실대로 말하지 않았을까 의아해졌다. 어느 소냐 마트손이 맞는지 도통 모르겠는 게 엄연한 사실인데.

교환국을 나서면서는 어째서 엔스트룀 네 집에 직접 찾아가서 물어보지 않는지도 의아하게 여겨졌다. 그러나 그러고 싶지는 않았다. 그러면 그 집 사람들이 도리어 이런저런 질문만 해댈 테니까.

하루하루는 길었다. 그렇더라도 시간은 후다닥 지나갔다. 화요일에 사무엘과 요엘은 셀레스틴을 엄마 예니에게 줄 선물로 가져가자고 사실상 결정을 내렸다. 그들은 힘을 모아 그 모형선을 조심스레 상자에서 꺼냈다. 그리고는 신문으로 감쌌다. 요엘이 적당한 골판지 상자를 찾아냈다. 그렇게 선물 문제는 마무리되었다. 같은 날, 좀더 이른 시각에는 사무엘이 기차표를 사러 갔다 왔다.

"좌석에서 잘 수 있겠다고 생각했다." 사무엘이 말했다. "그러니까 비싼 침대칸 표를 끊는 데 돈을 펑펑 써댈 필요가 없는 셈이지."

요엘은 잠을 잘 생각이 전혀 없었다. 이번 여행을 하는 내내 잠을 자는 일은 절대로 없을 거였다.

*＊＊

드디어 토요일 새벽이 밝아왔다. 요엘이 아침에 부엌으로 들어서니, 사무엘이 식탁에 앉아 낡은 여행가방을 젖은 헝겊으로 닦고 있었다. 가방은 갈색이었는데, 손잡이를 끈으로 고쳐놓은 상태였다.

"내가 이 낡은 여행가방을 다시 쓰게 되리라고는 꿈에도 생각 못 했다."

요엘은 그런 소리가 듣기 싫었다. 그 말은 곧 사무엘은 그들이 지금 살고 있는 이 지역을 떠나겠다는 생각을 한 번도 진지하게 해 본 적이 없다는 뜻이 아닌가? 요엘은 따져 묻고 싶어졌지만 그러지 않았다. 아빠와 나란히 스톡홀름의 부둣가에 서서 정박한 선박들을 바라보게 되었을 때, 그때 그 질문을 던져보고 싶었다.

아니, 질문은 하고 싶지 않았다. 간청을 하고 싶었다. 이제 엄마 예니가 어디에 사는지도 알게 되었으니 드디어 이 추위와 눈을 등지고 떠날 때가 되지 않았느냐고.

요엘에게는 여행가방이 없었다. 배낭으로 그럭저럭 꾸려봐야 했다. 이런 형편이 탐탁치 않았다. 스톡홀름을 여행하는 사람이라면 괜찮은 여행가방 하나쯤은 갖추고 있어야 마땅했다. 나이가 열다섯 살밖에 되지 않았더라도 말이다. 만일 아빠가 계속 선원 일을 했더라면 새 여행가방 하나 쯤은 사줄 형편이 되었을 게 분명했다.

그들은 오랫동안 떠나 있을 계획이 아니었다. 나흘이라는 시간은 후다닥 지나갈 것이었다. 요엘은 자기 옷가지 중에서 가장 좋은 옷으로 골라 짐을 쌌다. 다른 것보다 스톡홀름 지도를 제일 먼저 챙겨 넣었다. 9시가 되자 모든 준비가 끝났다. 기차역으로 갈 때까지 앞으로 여덟 시간이 더 남아 있었다. 사무엘은 면도 중이었다. 요엘은 아빠가 면도를 말끔히 하는지 확인해 보았다.

"턱이요." 사무엘이 얼굴을 닦으려고 하자 요엘이 지적했다.

"턱이라니?" 사무엘이 의아해 했다.

"아빠 턱 밑에 아직 수염이 좀 남아 있다고요."

사무엘은 조그마한 거울 속에 비친 자기 얼굴을 꼼꼼하게 살펴보았다. 그리고는 한 번 더 면도를 했다.

"어때, 좀 낫냐?" 그가 물었다.

요엘이 고개를 끄덕였다. 이제야 흡족해졌다.

4시 15분이 되자 두 사람은 정거장을 향해 떠났다. 요엘은 형언

할 수 없는 기쁨이 가슴 저 밑바닥에서 솟아오르는 것을 느꼈다. 바야흐로 무슨 일이 일어나게 될지 이제야 제대로 실감하게 될 것만 같았다.

　그들은 여행을 떠나리라.

　그리고 엄마 예니를 만나게 되리라.

O3

기관차가 떨리다가 움직이기 시작하자 요엘은 조바심이 났다. 드디어 여행길에 오른 것이다.

창밖을 내다보았다. 기차 역장 크니프가 깃발을 흔들고 있는 모습이 보였다. 기차는 점점 속력을 더해갔다. 사무엘은 자기 여행가방을 꼭 붙들고 앉아 있었다. 어느덧 기차가 철교에 가까워졌다. 그들이 시는 집이 보였다. 기관차는 철교 위에서 천둥이 몰아치듯 요란한 소리를 내더니 다리의 난간을 돌진하듯 내달렸다. 아래로 흐르는 강물이 보였다. 강 어구의 제재소 쪽으로 벌목한 통나무들이 물 위를 둥둥 떠내려가고 있는 것도 보였다. 어느새 사무엘도 자리에서 일어나 요엘과 나란히 창밖을 내다보았다. 그들을 실은 기차는 이미 다리를 지나 이제는 길게 커브를 그리며 맞은편 읍내 지역으로 접어들었다. 조금 지나면 드넓은 숲이 그들을 삼켜 버리리라. 요엘은 집에서 이렇게 멀리 떠나본 적이 한 번도 없었다. 그런데 이것은 이 여행의 시작에 불과했다.

사무엘은 다시 자리에 앉았다. 객실 칸에 그들만 달랑 있다는 게 새삼 느껴졌다.

"오르사에 도착할 때까지는 아무도 탈 거 같지 않다." 사무엘이 말했다. "그 말은 우리가 의자에 몸을 쭉 펴고 잘 수 있다는 뜻이지. 침대칸만큼 좋은 거야."

요엘은 창가 자리에 앉았다. 바깥은 아직 밝고 여름 기운이 감돌았다. 그들은 어느새 숲 속으로 들어와 있었다. 이제 기차는 제법 속도를 내고 있었다. 창밖으로 나무의 몸통들이 눈 깜짝할 사이에 획획 지나쳐 갔다. 나무들이 한도 끝도 없구나, 하고 요엘은 생각했다. 사무엘은 저 많고 많은 나무들을 전부 다 쓰러뜨릴 수는 없을 거야. 천 년 동안 쉬지 않고 부지런히 나무를 벤다 해도 어림없을 걸.

객실 문이 열리고 역무원이 안으로 들어왔다. 사무엘은 그에게 기차표를 내밀었다.

"크릴보에서 갈아타세요." 역무원이 말했다.

사무엘은 기차표를 안주머니에 도로 넣었다.

"그러니까, 우리는 크릴보에서 갈아탈 거다." 그가 말했다. "그렇지만 한참을 더 가야 거기에 닿아. 밤새 꼬박 가야지. 내일 아침 까지 말이다."

한없이 이어지는 나무들을 구경하는 게 지루해지자 요엘은 기차 안을 탐색해 보기로 마음먹었다. 벌써 사무엘은 의자 위에 몸을 뻗고 누워 있었다. 여행용 가방을 베개로 삼고서.

요엘은 바깥 복도로 나갔다. 특수 제작된 선반 위에 유리 물병이 놓여 있었다. 그 물을 한잔 마셨다. 그 다음에는 벽에 붙어 있는 지도를 유심히 살펴보았다. 손가락으로 스톡홀름으로 가는 여정도 더듬어 보았다. 우선은 오르사까지 갈 것이었다. 거기까지 가면 숲은 끝이 날 테고, 그 다음은 모라, 보를랭게에 닿고, 좀더 남쪽으로 내려가서 크릴보에 닿을 거였다. 기차는 거기서 갈아타게 되어 있었다. 그 말은 여행의 절반이 넘게 끝난다는 뜻이었다. 하지만 그러고도 스톡홀름까지는 갈 길이 멀었다. 요엘은 복도를 따라 기차 안을 이리저리 돌아다녔다. 기차는 꽤나 북적댔다. 적지 않은 사람들이 복도에 서서 담배를 피웠다. 객차 안에서 노래를 부르는 소리도 들렸다. 그러나 일등칸 객실 앞에 이르자 더 갈 수가 없었다. 문이 잠겨 있었다. 요엘은 뒷걸음질쳤다. 일등칸에 타고 여행을 할 만큼 여유가 있는 승객들은 방해를 받고 싶어 하지 않을 것이었다. 뒷걸음질치다가 뒷 객실에서 밖으로 나오던 소녀와 하마터면 부딪힐 뻔했다. 소녀는 요엘 또래였다. 요엘은 얼굴이 붉어지는 자신에게 짜증이 났다. 그러고 싶지는 않았던 것이다. 곧바로 자기 객실로 돌아오니 사무엘이 일어나 앉아 기다리고 있었다. 스톡홀름까지 먼 길을 가는 동안 버틸 만큼 넉넉하게 음식을 준비해온 터였다. 요엘은 배가 고팠다. 그날 아침에는 너무나 긴장한 탓에 음식이 제대로 넘어가지 않았다. 여행을 취소하게 만들지 모를 갖가지 상황들이 연상되기도 했다. 가령 사무엘의 마음이 바뀐다거나 기차가 오지 않을지도 몰랐다. 정작 요엘 자신이 병이 날 수도 있었다. 그런 생각이 유치하다는 것쯤은 알았다. 열다섯 살이면 그런 식의 상상은 하지 않아야 마땅하다는 것을. 그래도 자꾸만 유치해지는 건 어쩔 수가 없었다.

요엘은 늘 그런 식이었으니까.

"우리 뭐 좀 먹어야 하는 거 아니에요?" 요엘이 물었다.

"벌써?"

"배가 고파요."

사무엘이 음식 봉지를 열었다. 봉지 안에는 샌드위치, 삶은 계란과 찐 감자가 들어 있었다. 사무엘은 보온병에 커피도 담아 왔고 우유도 한 병 챙겨왔다. 요엘은 열심히 먹었지만 사무엘은 시장하지 않았다. 바깥으로 나무 몸통들이 돌진하듯 지나갔다. 철로의 작은 틈 위에서 기차 바퀴들이 노래를 불렀다.

나중에, 사무엘이 여행가방을 베개 삼아 잠 속으로 빠져들었을 때, 요엘은 여행이란 게 지루하지만 동시에 흥미진진하다는 생각을 문득 했다. 창밖으로 휙휙 지나가는 나무들은 끝도 없이 이어질 것만 같았다. 그 풍경은 지루했다. 마치 아무 사건도 벌어지지 않는 영화처럼. 그런데도 요엘은 창가에서 벗어날 수가 없었다. 이따금씩 호수에서 무언가가 반짝거리며 반사되어 보였다. 드문드문 집들도 보였다. 정말로 흥미진진하게 다가온 것은 매순간이 지날 때마다, 철로의 작은 틈 사이로 기차가 노래를 부르며 지나칠 때마다, 자신이 태어나고 자란 도시에서 조금씩 더 멀어져간다는 사실이었다. 이렇게 해보는 게 요엘의 평생 꿈이었으므로.

스톡홀름에 도착할 때까지는 오로지 앞으로 가는 일뿐이었다. 그렇기는 해도 그것은 어느 면에서는 세상의 끝으로 가는 길이었다. 설령 지금까지는 존재하지 않았을지라도 엄연히 존재하는 세상으로.

역무원이 복도를 지나갔다. 역무원도 요엘이 목록에 올려놓은 직업 중 하나였다. 그러나 그 직업은 지워버렸다. 역무원은 감히 선원을 따라잡을 수가 없었다. 번쩍이는 부표가 표시된 수로와 철로는 절대로 같을 수가 없었다.

요엘은 사무엘의 외투 주머니에서 시계를 살며시 꺼냈다. 어느새 자정이었다. 시계를 주머니에 도로 넣은 뒤에 좌석 위에 몸을 펴고 누웠다. 다리를 창문 쪽으로 뻗으니 바깥 풍경을 볼 수 있었다.

아름드리 나무들이 번개처럼 휙휙 지나갔다.

요엘은 아빠와 함께 엄마 예니를 만나면 어떻게 될까 상상해 보았다. 엄마는 사무엘과 악수를 나눌까?

엄마가 자기에게는 어떻게 할까? 안아줄까? 아니면 사무엘에게처럼 악수를 해줄 건가?

요엘은 자리에서 일어나 앉았다. 사무엘에게 편지를 보낸 사람은 엘리노어였다. 엄마 예니가 직접 보낸 게 아니었다. 엄마는 왜 편지를 쓰지 않은 걸까? 어쩌면 그들을 전혀 만나고 싶지 않았던 게 아닐까? 혹시 미리 알리지도 않고 사무엘과 자신이 그녀를 찾아가는 걸 금지하는 무슨 법 같은 게 있는 건 아닐까? 요엘은 사무엘이 법에 대해서는 아는 게 별로 없으리라고 확신했다. 그렇다면 요엘 자신은 뭘 알고 있나? 전혀.

요엘은 사무엘을 물끄러미 바라보았다. 어른들은 이상했다. 어떻게 저토록 태평스럽게 잠을 잘 수 있을까? 사무엘도 요엘처럼 긴장하고 있는 게 틀림없었다. 그런데도 잠을 자고 있었다. 깍지 낀 손을 가슴 위에 얹고서 깊은 잠에 빠졌다.

아니면 저기 저렇게 누워서 기도를 드리고 있는 걸까?

신이시여, 제발 예니가 나를 다시 만난 걸 기뻐하게 해주소서. 요엘도요, 아멘.

요엘은 다시 창가 쪽으로 가 앉았다. 기차가 길게 구부러진 길을 돌면서 진저리를 치듯 흔들렸다. 이제는 우거진 나무 뒤쪽으로 호수가 펼쳐진 게 보였다. 요엘의 얼굴이 창문에 비쳤다. 짧게 자른 머리카락. 군인 스타일 같은 짧은 머리. 그러나 이마 바로 위에 착 달라붙은 앞머리는 끝이 삐죽하게 뻗었다. 그 머리카락은 늘 그랬다. 차분하게 가라앉히려고 물을 아무리 발라 봐도 별 소용이 없었다.

혹시 엄마 예니는 요엘을 못 생겼다고 생각하는 게 아닐까?

나는 아는 게 하나도 없어, 라고 요엘은 생각했다. 무엇보다 그게 최악이야. 아무 것도 모른다는 게.

요엘은 의자 위에 다시 몸을 뉘었다. 기차가 흔들리더니 갑자기 휘청거렸다. 철로와 기차 바퀴가 얼마 만에 한 번씩 부딪치는지 헤아려 보았다.

그러다가 잠이 들었다.

기차가 갑자기 멈춘 바람에 요엘은 잠에서 깨어났다. 눈을 뜨자 자기가 어디에 있는지 금세 가늠이 되었다. 그런데 맞은편 좌석을 보니 사무엘이 없었다. 요엘은 자리에서 일어났다. 아무 소리도 들리지 않았다. 문을 열고 복도를 내다보았다. 창문을 열고 서 있는 사무엘의 모습이 보였다. 요엘을 보자 그는 빙긋 웃었다.

"내가 깨운 거냐?"

"왜 기차가 섰어요?"

요엘은 너무 졸려서 눈도 제대로 뜨기가 힘들었다.

"아마도 맞은편에서 오는 기차가 지나갈 때까지 기다려야 하나

보지. 아니면 빨간 신호가 들어왔거나."

"여기가 어디예요? 몇 시예요?"

"지금부터 한 시간 남짓 더 가면 오르사에 도착할 거다."

"숲은 아직도 안 끝났어요?"

사무엘이 웃었다.

"거의 끝나가. 숲은 이제 곧 끝날 거다. 당분간은."

"그래서 여기 서 있는 거예요? 마지막으로 숲을 봐두려고요?"

"그런가."

요엘은 사무엘이 혼자 있고 싶어 하는 듯한 인상을 받았다. 혹시 에니 생각을 하고 있었을까?

"난 가서 다시 누울래요." 요엘이 말했다.

요엘은 자리에 눕자마자 그대로 잠 속으로 빠져들었다.

다시 눈을 떴을 때는 벌건 대낮이었다. 햇살이 밝게 비추었다. 사무엘은 창가에 앉아 커피를 마시고 있었다. 요엘이 벌떡 일어났다. 마치 학교에 가야 할 시간인데 늦잠을 잔 것처럼.

"아직 오르사에 안 왔어요?" 요엘이 물었다.

"거기는 지났어. 모라도 지났고."

요엘은 창밖을 내다보았다. 완전히 다른 시골이었다. 제 눈을 의심할 정도였다. 눈앞으로 광활한 호수가 펼쳐져 있었던 것이다. 어느 쪽으로 봐도 호수뿐이었다.

"실얀 호수는 아름답지. 바다에 와 있는 것 같은 기분이 들어."

사무엘이 말했다.

"내가 계속 했던 말이 그거잖아요." 요엘이 사무엘의 말을 냉큼 받았다. "속으로는 바다에 오고 싶으면서 왜 숲 속을 그렇게 어슬렁거리고 있느냐고 그랬잖아요?"

사무엘은 천천히 고개를 저었지만 별 말은 없었다. 요엘이 복도로 나가서 마실 물을 한잔 따랐다.

잠시 후에는 아침식사를 했다. 라트빅에서 기차가 섰고 나이든 부부가 그들이 앉은 객실로 들어왔다. 사무엘은 여행가방을 다른 자리로 옮겼다. 부부가 기분 좋게 수다를 떨었다. 그들의 말투는 요엘이 살아온 작은 읍내 사람들과 사뭇 다르게 들렸다. 금방이라도 웃음보를 터뜨릴 것 같은 요엘의 심정을 눈치 챈 사무엘이 사나운 표정을 지어 보였다.

사무엘과 요엘은 크릴보에서 내려 기차를 갈아탔다. 크릴보는 아주 넓은 역이었다. 엉뚱한 기차를 타게 될까봐 염려스러웠던 사무엘이 세 번씩이나 짐꾼들에게 승강장을 제대로 찾은 건지 물어 확인했다. 기차가 도착했으나 빈 자리를 찾기는 어려웠다. 가까스로 빈 자리 두 개를 찾아냈고 요엘은 창가 쪽에 앉았다. 사무엘이 자꾸만 말을 걸어오자 요엘은 짜증이 났다. 다른 사람들이 듣는 데서 사무엘과 얘기를 하는 게 싫었던 것이다. 그래서 짐짓 조는 척을 하다가 잠이 들고 말았다.

같은 객실에 앉았던 승객 몇몇이 살라에서 내렸다. 사무엘과 요엘은 남은 음식을 마저 먹었다.

"이제 네 시간만 더 가면 돼." 사무엘이 말했다. "그러면 그곳에 도착할 거다."

요엘의 인생에서 가장 길고 지루한 네 시간이 남아 있었다. 어떻게든 기차를 더 빨리 달리게 하고 싶었다. 하지만 한편으로는 좀더 느리게 달렸으면 하는 마음도 들었다. 그곳에 가고도 싶었고 그곳에 가고 싶지 않기도 했다.

그러나 마침내 그들은 스톡홀름에 도착했다. 승객들이 모두 기차에서 내렸다. 승강장은 시끌벅적 활기가 넘치고 북적거렸다. 사무엘과 요엘은 마주보며 앉아 있었다. 각자 여행가방과 배낭을 꽉 움켜쥐고서. 셀레스틴이 든 골판지 상자는 창문 앞쪽 선반에 놓여 있었다.

요엘의 눈에 갑자기 사무엘이 쪼그라들어 보였고 자신감도 사라진 듯했다.

떠나온 걸 후회하고 있는 거야, 지금. 이런 생각이 들자 요엘은 부아가 치밀었다. 사무엘이 진정으로 바라는 바는 지금 이 자리에 그대로 앉아 있다가 기차의 반대편 끝에 객차 차량이 새로 달리면 그대로 집으로 돌아가는 거야. 저 얼토당토않은 자기만의 숲으로.

"우리도 이제 내리는 편이 낫겠어요." 요엘이 말했다. "그러지 않으면 차가 다시 출발할 테고, 결국에는 어디로 가게 될지 모르잖아요."

사무엘이 고개를 끄덕였다.

"그래야 할 거 같다. 묵을 곳을 좀 찾아봐야겠지."

예전에 요엘에게 스톡홀름에 갔던 얘기를 종종 들려주곤 했던 사무엘이었다. 그런데 지금은 여기에 난생 처음 온 사람처럼 굴었다. 드넓은 기차역의 중앙 광장에 이르자 사무엘은 어느 쪽으로 가야할지 갈피를 잡을 수가 없었다. 날씨가 너무 더운데다가 수많은 인파들 때문에 짜증이 난 요엘이 소리를 지르면서 사무엘의 외투 자락을 홱 잡아 당겼다. 보이는 것도, 들리는 것도 너무나 많았다.

사무엘이 벤치 쪽을 손가락으로 가리키며 말했다.

"가서 좀 앉자. 사람들이 너무 많이 몰려드니 도대체 어디로 가야 할지 모르겠군."

벤치에 가 앉았어도 사무엘은 여전히 여행가방을 꽉 그러쥐고 있었다.

요엘은 슬슬 짜증이 나기 시작했다. 사무엘이 이 상황을 어쩔 줄 몰라 하는 걸 보자 조금 겁이 나기도 했다.

"우리 어디로 가요?" 요엘이 물었다.

사무엘이 얼굴을 찌푸렸다.

"기차역 근처에 값싼 호텔들이 좀 있어."

요엘은 누군가에게 배를 세게 얻어맞은 기분이 들었다. 사무엘, 자기 아버지를 난생 처음으로 바라보고 있는 것만 같았다. 어깨를 축 늘어뜨린 작은 몸집의 사내. 낡고 헤진 옷. 그 옷이 아버지가 가진 제일 좋은 옷인데도 그랬다. 그리고 저 진절머리 나는 여행가방. 저 놈의 망가진 손잡이.

전에는 이런 기분이 든 적이 한 번도 없었다. 술에 취한 사무엘을 집까지 끌고 들어와야 했던 때에도 이런 기분은 아니었다.

그러나 이제 그런 일이 벌어지고 말았다. 요엘은 아빠의 존재가 부끄러웠다.

"그럼, 그 엿같은 호텔이란 게 어디 있는데요?" 요엘이 버럭 소리를 질렀다.

사무엘이 놀란 표정으로 아들을 바라보았다.

"그래요. 내가 욕 좀 했어요." 요엘이 말했다. "이제부터는 맘 내키는 대로 욕을 할 거예요."

사무엘은 아들이 화가 났다는 사실을 눈치 챈 듯했다. 그러자 아까보다 훨씬 더 쪼그라들어 보였다.

"갈 길을 찾는 데 우리가 서로 도와주면 어떨까?" 그가 머뭇거리며 말했다.

그래도 요엘은 화가 풀리지 않았다.

"난 한 번도 스톡홀름에 와 본 적이 없어요. 그러니 출구가 어딘지 도대체 어떻게 알겠어요?"

사무엘은 대꾸하지 않았다. 주춤거리며 사방을 두리번거리는가 싶더니 돌연 마음을 정한 듯 보였다. 요엘은 그게 다가오고 있음을 감지했다. 사무엘은 누군가가 방금 감아놓은 시계의 태엽장치에 몸을 끼워 맞추기라도 한 듯 몸을 휙 움직이며 등을 쭉 폈다.

"좌우지간, 난 오줌 좀 눠야겠다." 그가 화장실 표지판 쪽을 몸짓으로 가리키며 말했다. "내가 다녀오는 동안 이 여행가방을 지켜주면 좋겠구나."

사무엘이 벤치에서 일어나 걸어갔다. 요엘은 멀어져가는 사무엘의 뒷모습을 바라보았다. 사람들이 서둘러 지날 때마다 사무엘은 번번이 가던 걸음을 멈추곤 했다. 요엘은 여행가방을 몸 쪽으로 바싹 끌어당기고 망가진 손잡이 위에 손을 얹었다. 아직도 부끄럽기만 했다. 누가 나를 지켜보는 건 아닐까? 여기 앉아 한 손으로 망가진 여행가방 손잡이를 가리고 있는 모습을? 요엘은 느긋해 보이려고 애를 썼다. 그러나 자신이 여기 사는 사람이 아니라는 사실을 노골적으로 드러내는 빛의 무리가 온몸을 에워싸고 있는 것만 같았다.

사무엘은 한참 동안 돌아오지 않았다. 요엘은 점점 더 조바심이 났다. 여행가방을 이대로 팽개쳐 두고 그냥 가버릴까 망설였다. 사무엘을 혼내 주려면 그래야 할까? 그러나 정확하게 무엇 때문에 사무엘을 혼내 주고 싶은 마음이 든 걸까?

여러 가지 생각들이 요엘의 머리 속에서 들끓고 맴돌았다. 그러면서도 주위에서 일어나고 있는 모든 것을 다 받아들여 보고픈 마음이 들었다. 확성기에서 쾅쾅 울리듯 요란한 목소리가 터져 나왔다. 자동차가 쌕쌕, 삑삑거리는 소리도 멀리서 들려왔다.

벤치에 앉은 요엘의 곁으로 누군가가 다가와 앉았다. 요엘보다 나이가 그다지 들어 보이지 않는 소년이었다. 그런데도 양복을 걸치고 넥타이를 맨 데다 반들거리는 까만 구두를 신은 차림새였다. 머리도 짧게 자른 스타일이 아니었다. 공들여 빗어 넘긴 머리카락은 젤을 발라 검은 파도 모양으로 고정시켜 놓았다. 검은 파도, 라고 요엘은 생각했다. 발을 살짝 끌어당겨 그 애에게서 조금 떨어져 앉았다. 이 애가 아무 말도 하지 않았으면 좋겠어.

그러나 그 애는 어김없이 말을 걸어왔다.

"안녕!" 검은 파도가 말했다.

"어, 안녕." 요엘이 대답했다.

검은 파도는 요엘에게 호기심 어린 눈길을 던졌다. 요엘은 화장실 쪽을 흘긋 쳐다보았다. 지금 이 순간, 요엘이 가장 원하지 않는 바는 바로 사무엘이 돌아오는 거였다.

불과 몇 초 전까지만 해도 너무 늦어진다고 생각했었는데 이제는 돌연 너무 이른 게 되어버렸다.

"어디로 가니?" 검은 파도가 머리카락을 쓸어 넘기며 물었다.

"지금 막 도착한 거야." 요엘이 웅얼거렸다.

검은 파도는 아무 대꾸도 하지 않고 요엘을 계속 바라보기만 했다. 그러더니 주머니에서 담배를 꺼냈다.

"담배 피우니?" 그 애가 물었다.

"아니." 요엘의 대답.

하지만 굳이 아니라고 대답할 게 뭐냐는 생각이 금방 들었다. 담배 한 개비 받는다고 크게 해될 일도 없을 텐데.

검은 파도가 담배에 불을 붙이더니 동그랗게 연기를 말아 올렸다.

"어디서 온 거야?" 그 애가 물었다.

"저 북쪽에서." 요엘이 대답했다.

"잘 들려." 검은 파도가 이죽댔다. "아주 또렷하게 들린다구. '저 북쪽에서'란 말이지." 그애는 요엘의 말투를 그대로 흉내 내더니 갑자기 웃음을 터뜨렸다. 불량스러운 웃음은 아니었다. 마치 흡연가의 기침 소리처럼 들렸다.

"누굴 기다리고 있는 거야?" 검은 파도가 물었다.

"우리 아빠 기다리고 있어."

"어디 갔는데?"

"화장실에 있어."

"그러니까 네 꼰대가 변소에 들어가 있다, 그거냐?" 검은 파도가 이죽거렸다. "어쩌면 거기서 몰래 술 한 모금 홀짝거리고 있는지도 모르지."

요엘은 흠칫 놀랐다. 어떻게 이 아이는 우리 아빠가 가끔씩 술을 너무 많이 마신다는 사실을 알지? 그런데 저 말이 사실일까? 사무엘이 거기서 술을 마시고 있는 걸까?

"내가 가서 아빠를 데려와야겠어." 요엘이 말했다. "우리가 좀 서둘러야 하거든."

"당연히 그래야겠지." 검은 파도가 말했다. "그럼 어서 가봐. 네 물건은 내가 대신 지켜봐 줄테니까."

요엘은 여행가방의 손잡이에서 손을 막 떼려는 순간 손잡이가 망가졌다는 사실이 떠올랐다. 검은 파도에게 그걸 보여주고 싶지는 않았다.

"우리 노인네한테는 자기 여행가방이 필요할 거 같은데." 요엘이 둘러댔다. "그래도 내 배낭은 네가 지켜봐 주라."

검은 파도가 씨익 웃었다. 요엘은 행운이 온 것만 같았다. 그러니까 자기에게 담배를 건네고 배낭도 선뜻 지켜봐 주겠다는 사람을 만난 게 아닐까. 이제는 두 가지만 챙기면 되었다. 사무엘의 여행가방과 셀레스틴이 든 상자.

"금방 올게." 요엘이 몸을 일으켜 세우며 말했다.

화장실에 들어온 요엘은 멈칫거리며 사방을 두리번거렸다. 화장실 안에는 두 줄로 칸막이가 늘어서 있었다. 칸막이 문은 대개 닫혀 있어서 사무엘이 그 중 어디에 들어가 있는지 알 길이 없었다. 화장실에서 도로 나가서 사무엘이 볼일을 다 끝내고 나올 때까지 기다리는 편이 나을 것만 같았다. 그러나 다시 생각해 보니, 검은 파도가 저 기차역 중앙 광장에서 자기 배낭을 맡아주고 있다는 말을 사무엘에게 해야 할 것만 같았다.

요엘은 기다렸다. 문이 열렸다. 문득 단 하루 동안에 화장실의 저 모든 변기 속으로 얼마나 많은 양의 똥이 흘러 내려갈까 궁금해졌다. 그 생각을 하자 웃음이 터지려고 했다.

안내원이 미심쩍은 눈초리로 요엘의 아래위를 훑어보았다.

"누굴 기다리는 거냐?" 그가 물었다.

"예," 요엘이 대답했다. "우리 아빠요."

바로 그 순간에 가장 멀리 떨어진 칸막이의 문이 열렸고 사무엘의 모습이 나타났다. 그는 요엘이 거기 서 있는 걸 보지 못한 채 세면대로 다가가서 손을 씻었다. 피곤해 보였다. 몸을 돌리고 나서야 요엘을 알아봤다.

"너 배낭은 어디 있어?" 사무엘이 물었다.

"저기 바깥에요. 누가 봐주고 있어요."

사무엘이 얼굴을 찌푸렸다.

"누가?"

요엘은 검은 파도의 이름을 모른다는 생각이 퍼뜩 떠올랐다.

"사람들 이름이 뭔지 항상 알아야 할 필요는 없잖아요." 요엘이 볼멘소리로 대꾸했다. "그 애가 자진해서 내 배낭을 맡아 준다고 그랬어요. 아빠를 찾으러 가는 동안에요."

"변비 기미가 좀 있었어." 사무엘이 말했다. "가끔씩 그럴 때가 있거든."

이렇게 말하던 사무엘이 갑자기 요엘에게 험악한 표정을 지었다.

"지금 네 말은 알지도 못하는 사람에게 배낭을 맡겨놓았다는 뜻이냐?"

요엘은 사무엘의 걱정이 진짜임을 감지했다. 걱정어린 그 표정을 보자 자기도 덩달아 조금 걱정스러워졌다.

두 사람이 화장실에서 나왔다.

벤치는 텅 비어 있었다. 검은 파도나 배낭이 있었던 흔적은 찾아볼 수 없었다.

사무엘이 요엘을 바라보았다.

"그런데, 네 배낭은 어디 있는 거냐?"

요엘은 눈에 눈물이 고이는 걸 느꼈다. 손가락으로 벤치 쪽을 가리켰다.

"저기요. 그런데 그 애가 사라져 버렸어요. 내 배낭도요."

"이런, 빌어먹을! 사람들을 무조건 믿을 수는 없는 거다. 그 애가 네 배낭을 훔쳐간 게 틀림없어."

요엘은 터져 나오는 눈물을 참으려고 안간힘을 썼다. 이제야 자신이 얼마나 멍청했는지 실감이 났다. 그 검은 파도는 여행가방과 골판지 상자, 그리고 배낭까지 훔칠 작정으로 벤치에 앉아 있던 요엘에게 접근해온 것이었다. 요엘이 이 도시에 처음 왔음을 단박에 알아본 거였다. 그런데 그 애가 뭘 물어봤더라? 너 어디로 가니? 그럼 그 애한테 난 뭐라고 대답했지? 방금 도착했어. 저 북쪽 끝에서.

사람이 어쩌면 이다지도 멍청할 수 있을까?

"형편이 이제 엉망이 되어버렸군." 사무엘이 말했다. "경찰에 가서 신고하는 게 낫겠다."

"혹시 그 애가 이 근처 어딘가에 아직 있을지도 몰라요." 요엘이 말했다.

"절대 그럴 리 없어." 사무엘이 반박했다. "두말하면 잔소리지. 그 애는 흔적도 찾을 수 없을 거다."

"하지만 그 애한테 내 배낭이 무슨 필요가 있을까요?" 요엘이 물었다. "그 안에 아무것도 없는데요. 내 낡은 옷가지뿐이란 말이에요."

"좋은 질문이긴 한데," 사무엘이 요엘의 말을 받았다. "우리로서는 그 대답을 알 길이 없겠지."

사무엘은 기차역 중앙 광장을 순찰중인 경찰관 쪽으로 작정하고 걸어갔다. 무슨 일이 생겼는지 그 경관에게 자초지종을 설명했다. 어느덧 요엘의 눈에는 사무엘이 달리 보였다. 이제는 등허리가 쭉 펴진 것 같았다. 경관이 앞장서서 그들을 경찰서까지 데리고 갔다. 또 다른 경관이 요엘이 한 말을 모두 받아 적었다. 배낭의 생김새는 물론 그 안에 뭐가 들어있는지까지.

그러나 정작 그 경찰관이 무엇보다 알고 싶어 한 것은 그 검은 파도의 외모였다.

요엘은 그 애의 모습이 또렷이 기억났다. 셔츠와 양복, 넥타이와 앞코가 뾰족한 구두까지.

신고 절차를 끝내고 나자 사무엘은 서류에 서명했다.

"우리에게는 이 지역 연락처가 없습니다." 사무엘이 말했다. "여긴 그냥 다니러 온 것뿐이라서요."

"그렇다면 다시 여기 들러서 우리가 그 도둑을 잡았는지 물어봐

주서야겠습니다." 경찰관이 말했다.

그들은 다시 기차역 중앙 광장으로 돌아왔다. 요엘이 사방을 두리번거렸다.

"경찰은 그 애를 절대 못 찾을 거다." 사무엘이 말했다. "종적을 감추고 사라져버렸으니까."

"그런데 내 칫솔," 요엘이 끼어들었다. "내 칫솔을 그 애가 뭐에다 쓸까요?"

사무엘은 대답하지 않았다.

"이제 우리가 묵을 호텔을 찾아보는 편이 좋겠다." 그가 말했다. "그러고 나서 네가 입을 옷도 몇 개 사도록 하자."

"난 아무 것도 필요 없어요." 요엘이 말했다.

사무엘은 걱정스러운 눈길로 요엘의 위아래를 훑어보았다.

"우리가 왜 여기에 왔는지 절대로 잊지 마라." 그가 말했다. "그래도 어쨌거나 이렇게 셀레스틴은 남아 있으니 다행이지."

그들은 역 광장에서 벗어나 거리로 들어섰다.

밀려드는 차량을 보자 요엘이 어쩔 줄 몰라 했다.

사무엘은 방향을 파악하기 위해 사방을 둘러보았다.

잠시 후 둘은 발걸음을 떼었다.

04

사무엘이 호텔 간판이 붙은 건물을 발견했다.

바로 그 순간, 빗방울이 떨어지기 시작했다.

호텔 건물은 낡고 음침했다. 기차역 근처의 비좁은 골목에 틀어박혀 있었다. 사무엘은 몇 번이나 걸음을 멈추고 망설였다. 그러다가 두어 발자국 뒤에서 따라오던 요엘과 같이 다시 발걸음을 떼었다.

요엘은 그때까지도 검은 파도에게 놀림감이 되고 만 멍청한 자신에게 짜증이 나 있었다.

별의별 생각들이 요엘의 머리 속을 뚫고 지나갔다.

집에 얌전히 남아 있어야 했던 거야.

바깥 세상에 나와 호락호락 당하고 말다니 멍청하기 짝이 없어.

조만간에 선원이 될 가망성은 아예 접어두는 게 나아.

사무엘이 했던 그대로 따라가야 해. 벌목꾼이 되어야겠지. 다른 선택의 여지가 없는 거야.

축 늘어진 어깨에 구부정한 자세로 수염을 대충 깎고 실망스러운 일이 생길 때마다 번번이 술에 젖고 마는 인생을 살아가야 할 테지.

요엘은 너무나 화가 나고 분통이 터져서 큰 소리로 혼잣말을 내뱉었다. 사무엘이 돌아다보았다.

"뭐라고 했냐?"

"아무 말도 안했어요."

"하지만 네가 뭐라고 하는 걸 들었는데?"

"잘못 들은 거예요."

사무엘은 생각에 잠긴 눈길로 요엘을 바라보았다. 그러다가 다시 걷던 길을 재촉했다.

두 사람은 호텔 바깥에서 멈춰 섰다. 건물은 보수 상태가 좋지 않았다. 정면의 회벽이 군데군데 떨어져 나가 있었다. 위층의 창문은 바람만 살짝 불어도 쾅! 하고 닫혔다.

"여기 좋아 보이는데." 사무엘이 처진 기운을 북돋아 보려는 듯 이렇게 말했다.

"끔찍해 보이는데요." 요엘은 궁시렁거렸지만 사무엘이 들을까 봐 그렇게 큰 소리가 나오지 않도록 조심하긴 했다.

그들은 로비로 들어갔다. 로비에는 소독약 냄새가 짙게 풍겼다. 두꺼운 렌즈의 안경을 쓴 대머리 남자가 안내 데스크에 앉아 신문을 꼼꼼히 들여다보고 있었다.

2인실로 잡았다. 사무엘이 이틀 치 방값을 미리 냈다.

"아침식사가 제공됩니까?" 사무엘이 열쇠를 손에 든 채로 물었다.

"물론 제공될 겁니다." 대머리 남자가 말했다. "그러나 여기는 아니고요."

그 말에 사무엘의 얼굴이 붉어지는 것을 요엘은 눈치챘다. 전에는 한 번도 본 적이 없는 모습이었다.

"내가 분별 있는 질문을 할 때는 분별 있는 대답을 들으리라고 기대하는 겁니다." 사무엘의 목소리가 떨렸다. 화가 난 것이다.

대머리 남자가 보고 있던 신문을 내려 놓았다.

"마음에 차지 않으면 언제든 다른 호텔을 구하러 가도 됩니다."

"어디서 아침식사를 할 수 있는 겁니까?" 사무엘이 다시 물었다. "그리고 저녁식사는 또 어디서 할 수 있는 거예요?"

여전히 화가 풀리지 않은 음성이었다.

"이 주변에 카페와 레스토랑이 많습니다."

사무엘이 분노 때문에 낯이 붉어졌다는 걸 느낀 요엘은 한 발자국 앞으로 나가서 사무엘과 어깨를 나란히 하고 섰다.

"우리는 옷가게도 찾아봐야 돼요." 요엘이 말했다. "누가 제 배낭을 훔쳐갔거든요."

"왼쪽으로 돌아서 첫 번째." 대머리 남자가 말했다.

요엘은 사무엘과 함께 엘리베이터 쪽으로 갔다. 그들에게 주어진 방은 3층에 있었다. 사무엘이 잠깐 걸음을 멈추더니 데스크 쪽으로 몸을 돌렸다.

"한 가지 더," 그가 말했다. "만일 우리에게 전화가 오면 우리는 방에 없는 겁니다."

대머리 남자는 알겠다는 듯 고개를 끄덕였다.

그들은 계단을 올라갔다.

"그게 다 무슨 말이에요?" 요엘이 물었다. "무슨 전화요? 왜 우리가 방에 없는 건데요?"

사무엘이 싱긋 웃었다.

"저 자가 우리를 제 마음대로 해도 된다고 생각하게 내버려둘 수는 없지 않겠냐? 전화 올 데가 있다고 하면 중요한 사업차 왔구나, 하고 생각들 하니까. 사람들은 멍청하거든."

"멍청한 건 나예요." 요엘이 사무엘의 이 말을 냉큼 받았다. "내 배낭을 훔쳐가게 내버려 뒀으니까."

"너도 차차 배우게 될 거다." 사무엘이 말했다. "나도 옛날에는 내 물건을 도둑맞았어. 뱃사람으로 일하던 시절이었다. 상륙허가를 받으면 여기저기 다양한 곳을 돌아다녀 보았지. 누구나 때로는 어리석은 짓을 하게 마련이야. 그리고 때로는 현명한 일을 하기도 하지. 그게 인생이고. 너도 차츰 배워갈 거다."

복도는 어두컴컴했다.

그들은 드디어 303호실을 찾아냈다.

문을 열고 안으로 들어갔다. 방 안에 보이는 것마다 갈색 빛깔이었다. 벽지 한군데가 축축했는데, 그 역시 갈색이었다. 사무엘은 방을 둘러보더니 창가 쪽으로 다가갔다.

"그래도 거리가 보이는 방이로구나. 그거면 됐지, 뭐."

요엘은 방이 괜찮다고 생각했다. 호텔 방이란 곳에 묵게 된 것은 난생 처음이었다. 어떻게 이보다 더 좋을 수 있을지 상상할 수가 없었다. 협탁이 딸린 큼직한 침대 둘과 그 사이로 스탠드 등이 놓여 있었다.

"둘 중에 마음에 드는 침대를 골라라." 사무엘이 말했다.

요엘은 창문 쪽으로 놓인 침대를 골랐다. 거기서는 건물 옥상이 보였다.

요엘은 엄마 예니에게 주려고 가져온 선물 포장을 조심스럽게 끌렀다. 혹시 흠집이라도 난 게 아닐까 염려스러웠다. 사무엘과 둘이서 샅샅이 살펴보았다.

"아무 흠집 없이 깨끗하네." 사무엘이 말했다.

요엘은 선물을 서랍장 위에 고이 올려놓았다.

"셀레스틴도 우리만큼이나 멀리 여행을 온 거예요."

두 사람은 각자의 침대 위에 올라가 몸을 쭉 펴고 누웠다.

"신발 벗어라." 사무엘이 말했다. "그래야 이불을 더럽히지 않지."

요엘은 머릿속으로 사라져버린 배낭을 풀었다. 검은 파도가 배낭 안에 들어 있는 걸 죄다 버렸을 게 틀림없었다. 요엘의 셔츠, 가장 아끼는 바지. 운동화는 말할 필요도 없겠지. 그게 가장 속상했다. 더 이상 그 물건들을 지닐 수 없게 되었다는 사실이.

"그 배낭 생각은 털어버려." 사무엘이 불쑥 내뱉었다. "그게 인생이야. 사라져 가지."

"배낭 생각을 하고 있었던 게 아니에요." 요엘이 대꾸했다. "내 운동화 생각을 하고 있었단 말이에요."

둘은 말없이 침대에 누워 있었다. 이제 밖에는 비가 억수같이 쏟아졌다. 빗방울이 유리창을 세차게 때렸다.

내가 스톡홀름에 와 있구나, 하고 요엘은 생각했다.

학교는 졸업했고. 아빠와 같이 여기까지 여행을 온 거야. 그리고 저 세상 밖, 비 내리는 어딘가에 엄마 예니가 있어.

요엘은 고개를 돌려 사무엘을 바라보았다. 아빠는 눈을 감고 있지만 잠이 든 것은 아니었다.

"이제 뭘 해야 하죠?" 요엘이 궁금해서 물었다.

"비가 그칠 때까지 기다려." 사무엘이 눈도 뜨지 않고 대답했다.

"하지만 일주일 내내 비가 오면요?"

이 말에 사무엘은 아무 대답이 없었다. 그저 싱긋 웃기만 했다. 요엘은 아빠가 지금 무슨 생각을 하고 있는지 궁금했다. 대부분 예니 생각이리라. 그런데 그게 불안한 생각일까? 아니면 화가 났을까?

요엘은 집에서 떠나 있는 동안 사무엘에게 질문을 해보는 게 더 나을 거라고 단정했다. 호텔 방에서라면 궁금했던 질문에 대한 답을 듣기가 더 쉬울 것만 같았다.

"실제로 무슨 일이 있었어요?" 요엘이 물었다.

"사무엘이 고개를 돌리며 눈을 떴다.

"일이 있었다니?"

"엄마 예니가 사라졌을 때 말예요."

"예니는 짐을 싸서 가버렸어."

요엘은 그 다음에 나올 말이 무얼까 기다렸다. 그러나 아무 말도 없었다.

"그게 다예요? 그냥 짐을 싸서 가버렸다고요?"

"그래."

"그거 말고 다른 뭐가 또 있는 게 분명해요."

"그 여행가방은 갈색이었지. 초록색 코트를 입고 빨간 모자를 쓰고 있었고. 구두는 무슨 색깔이었는지 기억이 나지 않아."

"그리고 아빠는 숲 속에 있었고요."

"난 숲 속에 있었지."

"그럼 난 어디에 있었어요?"

"넌 베스트만 노부인의 아파트 아래층에 있었지. 그 부인은 예니가 오후에 낮잠을 자거나 쇼핑을 하러 나갈 때 널 돌봐주곤 했어."

"그런데 아빠는 거기에 대해 아는 게 아무 것도 없다고요? 엄마가 짐을 싸는 걸 보지도 못했다는 거예요? 차표를 사러 기차역에 가는 것도 못 봤어요?"

"예니는 버스를 탔어."

"편지 한 장 남기지 않았나요?"

"아니, 아무 것도 없었어. 탁자 위에 달랑 현관문 열쇠만 놓여 있었지."

요엘은 얘기가 다람쥐 쳇바퀴 돌 듯 맴돌고 있다는 기분이 들었다. 제자리걸음은 이제 그만 접고 한가운데로 뛰어들 때가 되었다. 중요한 질문이 놓인 그 자리로.

"둘이서 싸웠나요?"

"아니."

요엘, 한 번 더 뛰어드는 거다. 가운데로 좀더 가까이.

"아빠가 술을 마셨어요?"

대답이 나오기 전에 잠시 대화가 끊겼다. 그런데 정말로 대답이 나왔다.

"난 술을 마시지 않았어. 그 시절에는 마시지 않았지. 그녀가 곁에 있는 동안에는 한 번도 입에 댄 적이 없었다. 단 한 번도. 예니가 내 곁을 떠나지 않았더라면 술을 다시 마실 일도 없었을 테지."

"엄마들은 그렇게 도망가지 않아요. 사라지는 건 아빠들이죠. 엄마들은 아니에요. 무슨 일이 있었던 게 틀림없어요."

사무엘이 침대에서 일어나 앉았다. 갑자기 몸을 휙 일으킨 바람

-72-

에 요엘은 흠칫 놀랐다. 뭔지는 몰라도 자신이 사무엘의 화를 돋운 게 분명했다.

그러나 요엘을 바라보는 그의 눈은 화난 표정이 아니었다. 여느 때의 그런 눈이었다. 피로하고 조금은 슬퍼 보이는 눈길.

"내가 그것에 대해 궁금해 하지 않았을 거라고 생각하냐?" 사무엘이 말했다. "난 그 생각을 지난 13년 동안 줄곧 해왔어. 날마다 단 하루도 빠짐없이. 예니가 왜 나를 떠났을까? 내가 아는 거라곤 그 의문에 대해 답해 줄 수 있는 이는 오로지 예니뿐이라는 사실이야. 그래서 우리가 여기까지 온 거고. 난 알고 싶다. 마지막으로 한 번만. 왜 그녀가 여행가방을 싸가지고 우리를 떠났는지."

"어쩌면 우리에게 얘기하고 싶지 않았는지 모르죠." 요엘이 머뭇머뭇 말했다.

사무엘은 도로 침대에 누웠다.

"적어도 예니가 너한테만은 그 이유를 설명해 줘야 하는 거야." 잠시 후 사무엘이 입을 열었다. "어쨌거나 넌 아들이니까."

복도에서 진공청소기 소리가 들려왔다. 요엘은 창밖을 내다보았다. 빗줄기가 가늘어지고 있었다.

"우리 뭘 해야 하죠?" 요엘이 물었다.

"우선 뭐라도 먹어야지. 그리고 나서 네 옷을 좀 사러 가자. 그 다음에는 예니를 찾아 다녀야겠지."

"난 옷 같은 거 필요 없어요." 요엘이 말했다.

"꾀죄죄하게 헌옷을 입혀서 네 엄마를 만나게 하고 싶은 마음은 조금도 없다." 사무엘이 말했다. "하지만 굳이 눈에 띄자고 제일 비싼 옷으로 골라 살 필요도 없겠지."

비가 잦아들었다.

금새 창턱 위로 빗방울만 드문드문 떨어지는 정도가 되었다. 사무엘은 복도로 사라졌다. 면도를 할 화장실을 찾아 나선 것이다.

요엘은 서랍장 위의 벽에 걸린 그림을 쳐다보고 있었다.

젖가슴이 풍만한 여인을 그린 그림이었다. 여인은 나무의 몸통에 몸을 기댄 채 그늘 아래 앉아 있었다. 그녀 곁에는 남자가 무릎을 꿇고서 바이올린을 켜고 있었다.

소녀 마트손의 얼굴이 떠올랐다. 만약 그녀의 전화번호를 알았더라면 안내 데스크에서 전화를 걸어볼 수도 있었을 텐데.

그러나 막상 전화를 걸어서 무슨 말을 하려는데?

나는 저 멍청이 바보 요엘이에요. 스톡홀름에 와 있는데, 내 배낭을 도둑맞았어요. 이리 와서 날 좀 구해줘요.

요엘은 그 생각을 털어버렸다. 한 번 더 그림을 바라보았다.

나무 몸통에 기대앉은 여자는 정말이지 가슴이 무척이나 컸다. 요엘은 문 옆의 거울 쪽으로 다가갔다. 자기 얼굴을 샅샅이 뜯어보았다. 앞모습부터. 그 다음에는 옆얼굴을. 고개를 돌리자 어깨에 쥐가 났다. 욕을 뱉으며 경련이 가라앉을 때까지 팔을 마구 흔들었다.

한 번 더 거울 속의 제 모습을 바라보았다. 이마 위에 뻐죽 뻗친 앞머리가 떡 버티고 있었다. 검은 파도와 같은 헤어스타일을 한 제 모습을 그려보았다. 가상의 넥타이를 매고 코가 뾰족한 까만 구두를 신은 모습도 상상했다. 그러다가 주먹을 불끈 쥐고는 거울 속의 검은 파도를 향해 펀치를 날렸다.

정통으로 콧잔등을 향해. 코가 부러지고 코피가 쏟아졌다.

요엘 구스타프손의 배낭을 훔쳐간 자는 누가 됐든지 혼내줘야 해.

요엘은 거울을 뚫어질 듯 노려보았다. 검은 파도가 사라졌다. 거울 속에 남은 것은 오직 자기 자신뿐이었다. 다른 이는 아무도 없었다.

다시 벽에 걸려 있는 그림 쪽으로 다가갔다. 손으로 여인을 어루만졌다.

방문이 열렸다. 사무엘이 돌아온 것이다. 요엘은 화들짝 놀라 벌렁 나자빠졌다. 사무엘이 우스꽝스런 표정으로 요엘을 바라보았지만 별 말은 없었다.

그들이 호텔 밖으로 나설 때까지도 비는 흩뿌리고 있었다. 사무엘은 믿기지 않는 듯한 표정으로 사방을 둘러보았다.

"기억나는 게 이렇게도 없다니 정말 신기하군. 스톡홀름에 정말 많이 와봤는데. 그 옛날에 말이다."

"저쪽이오." 요엘이 손가락으로 가리켰다. "대부분의 사람들이 가는 방향이 저쪽이에요."

요엘은 사람들마다 어찌나 서두르는지 그 모습이 놀랍기만 했다. 대관절 이 사람들은 다들 어디로 가고 있는 거지?

백화점을 찾아냈다. 그리고 요엘은 태어나 처음으로 에스컬레이터를 보았다. 왜 사람들이 에스컬레이터를 타고서도 뛰어야 하는지, 그러지 않아도 에스컬레이터는 움직이고 있는데, 이상하기 짝이 없었다.

드디어 남자 옷을 파는 층에 도착했다. 요엘과 사무엘은 가격표를 보자 얼굴이 하얘졌다.

"가요." 요엘이 말했다. "다른 가게에 가면 이보다 더 싼 옷이 분명히 있을 거예요."

거리로 나섰을 때는 비가 다시 내리기 시작한 뒤였다.

요엘은 어느새 스톡홀름이 싫어지기 시작했다. 예전에 그려보았던 그 스톡홀름이 아니었다. 떼로 몰려다니는 사람들, 어디서나 시끄러운 소리들, 비싼 물건값, 게다가 도무지 멎을 기미가 안 보이는 비까지.

도둑맞은 배낭 생각도 떨쳐낼 수가 없었다. 스톡홀름은 자기를 맞이하라며 그 검은 파도를 보냈던 것이다. 빈정거리는 웃음을 흘리며.

"이제 정말 뭐라도 좀 요기를 해야겠다." 사무엘이 말했다. "오는 길에 카페를 봐뒀어."

둘은 빗속을 뚫고 서둘러 걸어서 그 카페의 입구에 도착했다. 일단 안으로 들어서자 요엘은 마음이 편안해졌다. 카페에는 고향 마을의 바 같은 냄새가 풍겼다. 요엘이 가끔 신문을 팔거나 술을 너무 많이 마신 사무엘을 데리러 가곤 했던 그 바. 종업원들은 사라처럼 흰색과 검은색 옷차림이었다. 비 비린내와 젖은 털옷, 그리고 담배가 뒤섞인 퀴퀴한 냄새도 났다. 그들은 빈 테이블을 발견하고 거기로 가서 앉았다. 요엘은 벌써부터 사무엘에게 돈이 충분히 없을까 봐 마음을 졸였다. 종업원이 차림표를 가져다주었다. 요엘은 차림표를 읽으려고 테이블 위로 몸을 구부렸다. 차림표에 적힌 종류가 아니라 가격을 일일이 확인하기 위해서.

"우리 이 정도 먹을 형편은 돼." 사무엘이 말했다. "비프 스튜."

요엘은 비프 스튜를 좋아하지 않았지만 뭐라고 토를 달지 않았다.

그들이 식사를 마쳤을 즈음 비가 다시 멎었다. 문이 열릴 때마다 요엘의 눈에 빛나는 햇살이 들어왔다.

둘은 별 말 없이 먹기만 했다. 계속 배낭 생각을 하던 요엘로서는 사무엘이 무슨 생각을 하고 있었는지 알 길이 없었다.

사무엘은 계산을 하고서 지갑을 코트 안주머니에 찔러 넣었다.

"이제 괜찮은 지도를 구해야겠다." 그가 말했다. "그래야 그녀가 일하는 가게를 찾을 수 있을 테니까."

이 말이 요엘을 놀라게 했다.

"사는 곳부터 찾아봐야 하는 거 아니에요?"

"아파트 건물을 들락날락하는 사람은 많아." 사무엘이 설명했다. "그렇지만 가게 계산대에 서서 일하는 사람은 그렇게 많지 않을 거다."

요엘은 사무엘의 의중을 알아챘다.

"아빠가 엄마를 알아볼 거라고 하지 않았어요?"

"그 부분에 대해 지나치게 자신하지 않는 게 어떨까 싶다." 사무엘이 머뭇거리며 말했다. "안전한 쪽으로 가는 게 최선이지."

안전한 쪽으로 가는 유일한 길을 택할 거라면 애당초 여기까지 오지도 말았어야 했어, 라고 화가 난 요엘은 생각했다.

또다시 배낭 일이 떠올랐다. 검은 파도도 같이.

그들은 지도를 파는 서점을 찾아갔다. 사무엘이 제일 값싼 지도를 골라서 샀다. 그런 다음에는 어느 틈에 빗물이 마른 공원의 벤치에 앉아서 지도를 펼쳐 보았다.

지도에는 메드보르가르플라첸이 나와 있었다. 그들이 지금 와 있는 곳도 보였다.

"그리로 가는 노면 전차가 분명히 있을 거야." 사무엘이 말했다.

그러나 요엘의 눈에는 그것 말고 다른 것도 들어왔다. 거기까지 걸어서 간다면 배들이 정박중인 부두를 지나치게 된다는 사실을 알게 되었다.

"우리 걸어서 가요." 요엘이 말했다. "그렇게 멀지 않을 거예요.

게다가 별로 늦은 시간도 아니잖아요."

요엘은 시계 가게의 바깥에 매단 시계를 가리켰다. 12시 7분이었다.

사무엘이 벤치에서 일어났다.

"지도는 네가 지니고 다니는 게 낫겠다." 그가 말했다. "내가 길을 별로 잘 찾을 거 같지 않아. 잘 찾을 거라고 생각했는데 말이다."

그리하여 선두에 서서 이끄는 것은 요엘의 몫이 되었다. 요엘은 끊임없이 지도를 살펴보았다. 제대로 길을 찾아가고 있는지 확실히 해두고 싶었던 것이다. 그들은 금방 강가에 도착했다. 왕궁이 보였고 다리와 호텔, 박물관도 보였다. 그리고 그 무엇보다 중요한 배들이 나타났다. 그러나 화물선이 한 척도 없다는 걸 알고 나자 요엘은 사뭇 실망스러웠다. 작고 하얀 여객선과 어선이 드문드문 보였지만 큰 선박은 없었다. 사무엘 같은 선원, 혹은 처음으로 계약을 하고 배에 오르게 될 요엘 같은 사내아이를 필요로 할 정도로 큰 선박은 한 척도 없었다.

"배들이 다 어디로 간 거예요?" 요엘은 의아해 했다. "아빠가 예전에 타고 다녔던 그런 배들은요?"

"아, 그 배들은 아마도 베타함넨 항구에 있을 거다." 사무엘이 대답했다. "아니면 프리함넨에 있거나."

그 말을 듣자마자 요엘은 당장 걸음을 멈추더니 지도를 펼쳐 들고는 베타함넨을 찾아보았다. 그러나 그곳은 지금 자리에서 몇 마일이나 떨어져 있었다.

그러니 다른 날을 기약하는 수밖에 없었다.

그들은 계속 걸어갔다.

사무엘이 땀을 뻘뻘 흘리기 시작했다. 요엘만큼 빨리 걷지도 못
했고 손수건으로 눈썹을 타고 흐르는 땀을 몇 번이나 훔쳐냈다.

요엘은 길모퉁이에서 멈추어 섰다. 그들 앞으로 탁 트인 광장이
펼쳐져 있었다. 이 도시를 숲이라고 친다면 그들은 이제 넓은 공터
에 들어선 셈이었다.

"다 왔어요." 지도를 확인한 요엘이 말했다. "여기가 메드보르가
르플라첸이에요."

사무엘이 입술을 깨물었다. 요엘은 자신도 사무엘과 똑같은 행
동을 하고 있음을 깨달았다. 사무엘을 그대로 따라 하는 게 맘에 들
지 않았는데도 저절로 그렇게 되었다.

광장에는 노천카페가 있었다. 사무엘이 그 카페를 손가락으로
가리키며 고개를 끄덕였다.

"난 커피를 한 잔 꼭 해야겠다." 그가 말했다. "차가운 것도 마시
고. 그 동안에 너는 이리저리 돌아다니면서 그 가게가 보이는지 찾
아 봐라."

"그건 우리 둘이 같이 해야 하는 거 아니에요?"

"우리가 뭘 하기 전에 우선 그 장소가 어딘지 알아내야 하잖아."

사무엘이 말했다. "혼자서 그런 일을 하기에는 네가 나을 거다."

요엘은 사무엘을 노천카페에 남겨두고 길을 나섰다.

자기 인생에서 가장 중요한 정찰 탐험을 이제 막 떠난 것 같은 기분이 들었다. 그건 유치한 생각일 뿐이라는 걸 알면서도 그런 식으로 생각이 흐르는 것은 어찌해 볼 도리가 없었다. 나는 정말로 유치한 거야. 그런데 요엘은 마음이 원하는 한 그런 상태로 계속 가야겠다고 이미 결심해둔 바 있었다.

요엘이 갑자기 걸음을 딱 멈추었다.

불현듯 한계 지점이 떠올랐던 것이다.

유치한 생각으로는 도저히 헤엄쳐 건널 수 없는 강이 있었다. 그런데 요엘은 이제 곧 그 강둑에 서게 될 것이었다. 엄마 예니 앞에 서서 이렇게 말하는 순간에.

저 왔어요, 요엘.

요엘은 광장을 이리저리 돌아다니기 시작했다. 자신이 얼마나 긴장하고 있는지 실감이 났다. 저 멀리 희미한 배경처럼 사무엘의 모습이 보였다.

이제 요엘은 엄마 예니 가까이에 와 있었다. 괴텐부르크에서 엘리노어가 보낸 편지가 맞다면. 그런데 그 편지는 맞는 게 틀림없었다.

요엘은 광장을 계속 돌고 돌았다. 식료품점을 찾아서.

몇 번 걸음을 멈추기도 했다. 검은 파도를 본 것 같다는 생각이 들었기 때문이었다.

어느새 요엘은 출발했던 그 지점으로 되돌아와 있었다. 그걸 깨닫자 절로 인상이 찌푸려졌다. 이 광장에 식료품 가게란 없었던 것이다. 요엘은 광장을 한 번 더 돌아보았다. 결과는 마찬가지였다. 식료품 가게는 없었다. 이제 요엘은 자신 있게 말할 수 있었다. 식료품 가게가 있었다면 그냥 지나쳤을 리가 없다고.

사무엘은 반쯤 빈 컵을 스푼으로 휘젓고 있었다. 요엘이 그가 앉은 테이블 쪽으로 다가갔다.

"가게가 하나도 없어요." 요엘이 말했다.

사무엘은 요엘의 그 말을 이해할 수 없다는 표정으로 바라보았다.

"무슨 말이야, 가게가 하나도 없다니?"

"들으셨잖아요. 이 광장에는 식료품 가게가 없다고요. 편지에 대체 뭐라고 쓰여 있었어요?"

"예니가 이 광장에 있는 식료품점에서 일하고 있다고."

"그 여자가 그걸 어떻게 알았대요?"

"엘리노어는 확실하지 않은 걸 써서 보낼 사람이 절대 아니다."

"그 편지 지금 갖고 있어요?"

"집에다 두고 왔다."

"왜요?"

"편지에 쓰인 내용을 내가 정확하게 알고 있으니까. 그 편지를 너무나 많이 읽었어. 내용을 다 외웠다 해도 과언이 아니지."

　　　　　　　　　***

　　요엘은 이 불안감이 어디에서 비롯되는지 알 수가 없었다. 하지
만 갑자기 불안감이 닥쳐온 것만은 분명했다. 차가운 돌풍이 휩쓸
고 지나간 듯했다.
　　무엇이 문제인지는 알 수가 없었다.
　　그렇다고 요엘이 잘못 생각한 것도 아니었다.
　　무언가가 몹시 어긋나 있었다.

05

차가운 바람이 흩어져 갔다.

잠시 후 사무엘과 요엘의 말다툼이 시작되었다. 요엘 생각으로는 이제부터 예니가 살고 있는 아파트 구역을 찾아나서는 게 당연했다. 그러나 사무엘은 기다려야 한다고 생각했다.

"뭘 기다려요?" 요엘이 의아해 했다. "식료품 가게가 하나도 없는데. 아마 아파트도 없을 걸요."

"분명히 있다."

이렇게 대답하며 사무엘은 종업원을 손짓해 불렀다. 그리고 커피를 더 주문했다.

"방금 전에 한 잔 마셨잖아요." 요엘이 말했다.

"커피가 너무 약했어."

"우리가 예니가 사는 곳을 찾을 때쯤이면 날이 어두워질 거예요."

"내 생각엔 좀 더 기다려도 될 거 같다. 게다가 지금은 셀레스틴도 가져오지 않았잖아."

요엘은 정말로 울화가 치밀어 올랐다. 이 울화가 무엇 때문에 생긴 것인지는 명확하게 설명할 수 없었다. 배낭과 검은 파도 일. 그들이 와 있는 곳에서 멀기만 한, 화물선이 정박해 있는 항구. 애당초 있지도 않았던 식료품 가게. 사무엘의 태도와 계속 마셔대는 커피. 그리고 마지막으로 저 차가운 바람. 불안증. 무언가 어긋나고 있는 듯한 예감.

그게 다 엘리노어에게서 온 편지와 얽혀 있었다. 직접 읽어볼 수 없었던 그 편지.

"커피 빨리 마셔요. 그리고 여기서 얼른 벗어나자고요."

사무엘은 아무런 반응을 보이지 않았다.

요엘이 벌떡 일어났다.

"예니가 살고 있는 곳을 내가 직접 찾아내고 말 거예요."

"앉거라." 사무엘이 말했다. "내 생각엔 내일까지 기다려야 할 거 같다."

"왜 언제나 모든 걸 기다리기만 해야 하는데요?"

사무엘이 손가락으로 하늘을 가리켰다.

"조금 있으면 또 비가 내리기 시작할 거야."

"노면 전차가 다녀요. 버스도 있고요."

"넌 그게 다 어디로 가는지 아냐?"

"알아보면 되죠."

사무엘은 커피 잔을 받침 위에 내려놓았다. 그리고는 짐짓 확고하고 단호한 음성으로 말했다.

"내 말대로 하는 거다. 내일까지 기다려."

그들은 호텔 쪽으로 발길을 돌렸다. 광장에 올 때와 마찬가지로, 사무엘이 앞장섰고 요엘은 두어 걸음 뒤에서 따라 갔다. 왕궁이 가까워졌을 때 다시 빗방울이 떨어지기 시작했다. 몸을 피할 만한 곳이 한 군데도 없었다. 급기야 비는 억수같이 퍼부었다. 그들이 호텔에 도착했을 때는 온몸이 비에 흠뻑 젖었다. 젖은 몸을 말리고 나서 요엘은 하는 수 없이 사무엘의 셔츠를 입어야 했다. 바지는 라디에이터 위에 걸쳐 두었다.

요엘은 죄수가 된 기분이었다. 마른 바지도 하나 없이 호텔 방에 갇혀버린 신세.

침대 끄트머리에 앉아 요엘은 조심스럽게 젖은 지도를 펼쳐 보았다. 엄마 예니가 산다는 외스트괴타가탄 거리가 보였다. 그들이 묵고 있는 이 호텔에서 꽤 가까운 곳이었다. 그런데도 사무엘은 한사코 기다려 보자고 우기는 것이다.

요엘은 사무엘의 고집이 내리는 비와는 아무 상관도 없다는 걸 뻔히 알았다.

사무엘은 침대에 누워 있었다. 호텔 방으로 돌아온 뒤로 말 한 마디 안했고 지금은 잠이 들었다. 사무엘에게서 등지고 있었지만 요엘의 귓가에 그의 코 고는 소리가 들렸다.

이런 결단력이 어디서 나왔는지는 몰라도 요엘은 자신이 와 있는 데가 어딘지 알기도 전에 이미 결심을 해둔 바가 있었다. 살며시, 잠든 사무엘을 깨우지 않을 만큼 조용히, 삐걱거리는 침대에서 몸을 일으켜 세웠다.

사무엘의 여행가방이 방바닥에 열어 젖혀져 있었다. 요엘은 가방을 샅샅이 뒤져보았다. 그러나 엘리노어가 보낸 편지는 가방 안에 없었다. 사무엘 옷의 주머니란 주머니는 죄다 손으로 더듬어 보았다. 그러나 거기에도 역시 없었다.

그러니까 사무엘의 그 말은 사실이었다. 정말로 편지를 집에 두고 온 것이었다.

요엘은 창밖을 내다보았다. 아주 짧은 순간, 자신이 부끄럽게 여겨졌다. 사무엘의 말이 진실이라는 걸 믿지 못했던 자신이.

어쩌면 사무엘은 그냥 겁을 먹었기 때문인지도 몰랐다. 예니를 다시 만나기 전에 마음을 굳게 다질 만한 시간이 필요한 것인지도 몰랐다.

그러나 사실이 그렇다면 왜 있는 그대로 설명해 주지 않는 거야?

하염없이 커피만 들이키면서 숨어 있는 이유가 대체 뭐람?

요엘은 라디에이터 위에 걸쳐 둔 바지를 만져 보았다. 어느새 말라가고 있었다. 사무엘도 바라보았다. 잠이 들어 있었다. 가슴팍이 오르락내리락 하고 있는 것으로 보아 곤히 잠든 것이다.

닭장 같은 호텔 방에 틀어박혀 답답한 기분을 더 이상 참을 수가 없어진 요엘은 바지를 입었다. 그리고 비에 젖은 신발도 신었다. 사무엘의 여행가방에서 마른 양말을 꺼내 신었다.

사무엘의 재킷 주머니에 연필이 꽂혀 있었다. 요엘은 지도의 귀퉁이를 찢어서 쪽지를 남겼다.

나 나가요. 잠깐 걷다 올게요. 돌아오는 길은 알아요.

쪽지는 탁자 위에 두었다. 그런 다음 문을 조용히 열고 살짝 빠져나왔다. 로비에 내려오자 의자에 앉은 채 잠이 든 대머리 남자가 보였다. 길가 쪽 출입문이 열려 있었다. 안내 데스크 옆의 벽에 대형 지도가 붙어 있었다. 요엘은 손가락으로 베타함녠으로 가는 길을 더듬어 보았다. 걸어서 가려면 한없이 걸릴 거리였다. 바지 주머니를 손으로 더듬어 보니 19크로네가 들어 있었다. 요엘은 그 자리에서 마음을 굳혔다. 사무엘이 잠들어 있는 동안 혼자서 항구까지 가야겠다고. 큰 선박들이 정박해 있는 항구로.

안내 데스크 위에 벨이 보였다.

나는 이 호텔에 묵고 있는 손님이야, 라고 요엘은 생각했다. 여기서 지내기 위해 돈을 내고 있는 거라고.

요엘이 손바닥으로 그 벨을 내리쳤다. 아주 심할 정도로 세차게. 쩽그랑하며 몹시 시끄러운 소리가 났다. 대머리 남자는 화들짝 놀라 쥐고 있던 신문을 떨어뜨렸다. 그러더니 요엘에게 사나운 표정을 던졌다.

"벨을 망가뜨릴 필요는 없잖아. 뭐라 해도 내가 여기 이렇게 앉아 있는데."

살짝 두려워진 요엘은 얼굴이 붉어지는 걸 느꼈다. 그 때문에 또 짜증이 났다.

"베타함넨으로 어떻게 가는지 알고 싶어요." 요엘이 말했다. "벨을 살짝 눌렀더니 아저씨가 깨지 않더라고요."

대머리 남자는 의심스러운 눈초리로 요엘의 위아래를 훑었다.

이 사람은 내 말을 안 믿는 거야, 라고 요엘이 생각했다. 이제 아빠와 나를 호텔 밖으로 내쫓아 버리겠지.

그런데 안내 데스크의 이 남자는 어느새 벨에 대해서는 잊어버린 듯했다.

"로프스텐으로 가는 노면 전차를 타야 한다." 그가 말했다. "스플란에서부터. 거기서 종점까지 쭉 타고 가봐."

전화 벨이 울리자 대머리 남자가 받았다. 요엘은 지도가 걸려 있는 쪽으로 가서 스플란의 위치를 찾아보았다. 걸어서 가도 호텔에서 멀지 않은 거리였다.

* * *

요엘이 호텔을 나섰을 때 이슬비가 내렸다. 그러나 스플란에 도착했을 즈음에는 비가 그쳤다. 전차 정류장은 금세 찾았다. 오래 기다릴 필요도 없었다. 차표를 샀고 앉을 자리도 찾았다. 종점에 도착하자 전차에서 내렸다. 제대로 찾아왔다는 걸 알 수 있었다. 왼편으로 긴 다리의 끝자락에 대형 화물선이 보였고, 화물창 입구의 덮개가 들려 있었다. 커다란 국자 모양의 장비가 배의 화물창까지 파내려 갔다가 검은 먼지를 토해내는 무언가를 꺼내어 다시 올라오고 있었다. 석탄이겠지. 아니면 철광석일까? 요엘은 그 쪽으로 좀더 가까이 다가갔다. 그 배의 이름을 확인해 보고 싶었던 것이다.

MS 카르마스 호

배에서 나온 승강용 사다리가 부두까지 이어져 있었다. 한 남자가 난간에 몸을 구부리고 서서 담배를 피우고 있었다. 요리사 모자를 쓰고 있었다. 요엘은 부둣가까지 나갈 수가 없었다. 울타리가 가로막고 있었기 때문이다.

그래도 어쨌든 배가 저기에 정박해 있었다. MS 카르마스 호가.

사무엘과 요엘의 승선을 기다리면서.

요엘은 시간을 잊은 채 거기 그 자리에 서 있었다. 하지만 마음속으로는 아빠가 먼저, 그 다음에는 자기가 그 뒤를 따라 저 승강용 사다리 위를 올라가는 모습을 그려 보았다.

그러다가 누군가가 곁에 다가서는 것을 알아채고 화들짝 놀랐다. 긴 은빛 머리카락의 노인이 파이프 담배를 물고 서 있었다. 노인의 손목에 닻 문신이 새겨져 있었다.

"그러니까 우리는 여기 서서 꿈을 꾸고 있는 거겠지?" 노인이 빙그레 웃으며 말을 걸어왔다.

치아가 거의 남아 있지 않았지만 미소만은 다정했다.

"그냥 구경하는 거예요." 요엘이 말했다.

"내 생각엔 네가 저 승강용 사다리 위를 올라가는 모습을 그려보고 있는 것 같은데." 노인의 말이었다.

요엘은 노인의 얼굴을 빤히 쳐다보았다. 어떻게 이 사람은 내 마음을 읽을 수 있는 걸까?

"뱃사람이 되고 싶은 사람은 알 수가 있단다." 노인이 말했다. "바다로 나가고 싶은 갈망을 품은 사람들을 끌어당기는 자석 같은 게 있거든. 옛날에 나도 부둣가에 서서 꿈을 꾸었지. 꼭 너처럼 말이다. 내 경우에 그 부두는 노르최핑이었어."

노인은 파이프를 톡톡 쳐서 재를 털어냈다. 그리고는 요엘에게 눈을 찡긋해 보였다.

"내 말이 맞지, 그렇지?"

"예."

"네 이름이 뭐냐?"

"요엘요."

"나는 지지라고들 부르지. 조지 에드워드 에드가 제럴드 에버톤 에드워드손. 그런데 이 이름은 발음하기가 어려운데다가 너무 길어서 사람들은 그냥 지지라고 한단다. 선원과 말은 정말이지 서로 너무나 닮았어. 핵심으로 돌아가 보면 말이다."

"할아버지는 선원이세요?" 요엘이 머뭇거리며 물었다.

"예전엔 그랬지." 지지가 대답했다. "하지만 3년 전에 뭍으로 내려왔단다. 45년 동안 배를 탔어. 뭍으로 돌아오면 아주 좋을 거라고 생각했지. 그런데 막상 와 보니 늘 뭔가를 잃어버린 듯이 허전해. 그래서 여기 이렇게 배를 보러 온단다. 너는 여기 서서 앞으로 올 미래를 그려볼 테고, 나는 여기 서서 지나간 과거의 일들을 그려보는 거지. 그게 인생인 거 같다."

"우리 아버지도 선원이에요." 요엘이 말했다. "지금은 벌목꾼 일을 하시지만요."

"그게 인생이야." 지지가 말했다.

"선원이 되려면 어떻게 해야 하는 거예요?" 요엘이 물었다.

"그런 건 네 아버지가 전부 얘기해 줄 수 있을 텐데." 지지가 말했다.

"하지만 전 아버지한테는 묻고 싶지 않아요."

지지는 생각에 잠긴 표정으로 고개를 끄덕였다.

"인생이 그래. 아버지와의 관계는 늘 그런 식이지. 아버지가 아니라 다른 이에게 물어보는 걸 더 좋아하니까. 아무튼 너는 선원수첩을 꼭 발급받아야 한다. 그걸 받으려면 신체검사를 거쳐야 하고. 일단 필요한 서류를 갖추고 나면 선원 공공 직업소개소로 찾아가서 어떤 일자리가 나와 있는지 알아봐야지. 네 꿈이 선장이 되는 거라고 생각해도 될까?"

"모르겠어요. 저는 그냥 선원이 되고 싶어요."

지지의 파이프에서 꾸르륵 소리가 새어나왔다.

"일단 거기서부터 시작하는 거야. 그 다음에 일이 어떻게 돌아가는지 보면 돼. 그게 인생이다. 어떤 젊은이는 선박의 기관실에서 일하고 싶어하지. 그런가 하면 일등 항해사가 되고 싶은 젊은이도 있고. 갑판 선원이 되려고 하는 젊은이도 있어. 그러고 나면 어서 빨리 뭍에 닿기를 고대하는 이들도 생기고…."

요엘은 지지가 해준 말을 가만히 되새겨 보았다. 이제는 구태여 사무엘에게 물어볼 필요가 없어진 것이다.

"MS 카르마스 호다." 지지가 말했다. "저 깃발을 보면 그렝게스베르그 해운회사 소속이라는 걸 알 수가 있지."

"저건 어디서 왔나요? 또 어디로 가게 되는 거예요?"

"'저거'가 아니야. 배는 '그녀'라고 하지."

"그녀는 어디에서 왔어요?"

"영국일 게다. 아니면 나르빅이거나. 그녀가 어디로 가게 될 거냐구? 라이베리아로 갈지도 모르지. 아니면 벨기에로 가려나."

요엘은 나르빅이 노르웨이에 있다는 사실은 알았다. 그리고 벨기에는 유럽이었다. 그런데 라이베리아라면? 도대체 어디에 있는 나라지? 물어보고는 싶었지만 멍청하게 보이는 게 싫어서 꾹 참았다.

지지는 파이프를 호주머니에 넣고 하품을 했다.

"나는 점점 늙어가고 피곤해지는구나." 그가 말했다. "그게 인생이지. 어느덧 오후 낮잠을 잘 시간이 되었어."

그는 요엘에게 고개를 끄덕여 보이고는 자리를 떴다. 흰 백발이 산들바람에 흩날렸다. 그에게 물어보고 싶은 게 너무나 많았지만 그래도 이제 제일 중요한 사실은 알게 된 것이다. 선원이 되기 위해 꼭 해야 할 일이 무엇인지를.

요엘은 좀더 그 자리에 남아서 국자 모양의 장비가 화물창을 비우는 광경을 구경했다.

잠시 후 전차를 타고 호텔로 돌아왔다.

***

요엘이 호텔 방에 도착하니, 사무엘이 침대에 앉아서 자신을 기다리고 있었다.

"어디 갔었어?" 사무엘이 물었다. "걱정했다."

"쪽지를 남겼잖아요." 요엘이 대답했다. "그리고 이제 돌아왔는데요, 뭘."

요엘은 사무엘에게 무슨 일이 있었는지 말하고 싶지 않았다. 자신이 선원이 되려면 무얼 해야 하는지 훤히 꿰고 있는 걸 알고 나면 놀라워할 아버지의 모습을 보고 싶었다.

"난 잠이 들었다." 사무엘이 말했다. "그리고 꿈도 꾸었는데 무슨 꿈이었는지는 생각이 안 나."

아마 숲 꿈을 꾸었을 걸요, 라고 요엘은 생각했다. 쓰던 도끼와 톱들, 아직 베지 못한 그 모든 나무들 꿈. 하지만 이제 곧 라이베리아로 떠날 선박의 승강용 사다리에 오르는 꿈을 꾼 게 아닌 건 분명해요.

"라이베리아가 어디에요?" 요엘이 물었다.

"그건 왜 알고 싶은데?"

"호텔 밖에서 본 남자가 라이베리아에서 왔다고 해서요."

사무엘이 의심스러운 눈초리를 던졌다.

"흑인하고 얘기를 했단 말이냐? 흑인이 스웨덴 말을 알더냐?"

사무엘이 그렇게 말하는 순간에야 요엘은 비로소 기억이 났다. 어떻게 그런 걸 잊어버릴 수가 있지? 지리 성적은 늘 상위권이었는데. 어떻게 라이베리아가 아프리카에 있는 나라라는 사실을 잊어버릴 수가 있느냐고?

"아마도 레바논이었나 봐요." 요엘이 둘러댔다. "아니면 린코핑일 수도 있고요. 그 사람 말이 알아듣기가 힘들었거든요."

"그 자가 뭘 원했는데?"

"잡지를 팔려고 했어요. 크리스마스 잡지를요."

"이 한여름에?"

요엘은 아무 목적도 없이 그만 거짓말의 미로 속에 빠져버렸음을 깨달았다. 어서 빨리 이 미로를 헤치고 나오고만 싶었다.

"작년 거였어요. 그래서 값도 쌌고요. 그래도 난 안 샀어요."

사무엘이 고개를 절레절레 흔들었다.

"저녁이나 먹으러 가자." 그가 몸을 일으켜 세우며 말했다. "저녁 먹고 나면 영화나 볼까 생각했는데."

요엘은 깜짝 놀랐다. 이런 말은 처음 들었다. 한 번도 둘이서 영화를 보러 가자고 한 적이 없었던 사무엘이었다. 누가 뭐라 해도 사무엘은 절대로 영화관에 가지 않았다.

"왜요?" 요엘이 물었다.

"재미있을 거 같아서. 우리는 지금 스톡홀름에 와 있으니까."

"우리가 여기 온 건 엄마 예니를 찾기 위해서라고 생각했는데요. 배도 구경하고요."

"그건 내일까지 미뤄도 될 거야." 사무엘이 말했다. "예니를 갑자기 마주보게 되면 나는 감당할 자신이 없을 거 같다. 내일까지는 안돼."

요엘은 사무엘의 그 마음이 헤아려졌다. 그러자 죄책감이 들었다. 사무엘은 두려운 것이었다. 게을러서 미루려는 것이 아니었다.

엄마 예니를 다시 만나는 일이 진실로 두렵기 때문이었다.

"좋아요. 내일까지 기다려요." 요엘이 말했다.

두 사람은 그날 아침에 갔던 곳으로 다시 가서 저녁식사를 했다. 식사를 끝낸 뒤에는 넓은 거리를 어슬렁어슬렁 걸어 다녔다. 거리에는 영화관이 많았다. 요엘은 사무엘에게 영화관을 고르게 했다.

"커크 더글라스는 나도 들어본 적이 있는 사람인데." 사무엘이 말했다. "저 영화 분명히 좋을 거다."

요엘은 영화가 형편없다고 생각했다. 아무런 사건도 일어나지 않았다. 배우들은 그냥 빈둥거리면서 말만 이죽거렸다. 집중해서 영화를 보기가 힘들었다. 자꾸만 자기가 직접 영화 속 인물이 되는 상상에 빠져들게 되었다. 승강용 사다리를 오르락내리락 하는 모습을.

"그거 괜찮은 영화인데." 거리로 다시 나왔을 때 사무엘이 말했다.

요엘은 아무 대꾸도 하지 않았다.

숙소로 돌아오는 길에 그들은 잠시 멈추어 서서 핫도그를 샀다. 요엘은 사무엘의 돈이 얼마나 오래 남아 있을지 걱정이 되기 시작했다.

호텔로 다시 돌아오니 대머리 남자는 이제 보이지 않았다. 그 대신 뚱뚱한 여자가 안내 데스크에 앉아 있었다.

"모닝 콜 해드릴까요?" 여자가 물었다.

"그럴 필요 없습니다." 사무엘이 대답했다. "어쨌든 우리는 일어날 테니까."

사무엘은 전등 스위치를 내리자마자 잠이 들었다. 그러나 요엘은 멀뚱멀뚱 눈을 뜬 채 누워 있었다. 커튼 틈 사이로 가로등 불빛이 스며들었다. 그리고 굉장히 소란스러웠다. 모든 게 고요하기만 한 고향 집과는 무척 달랐다. 고향 집에서 밤에 들리는 소리라고는 벽 틈에서 끼익하는 소리뿐이었다.

바깥에서 스며든 빛줄기가 셀레스틴을 비추었다.

지금 이 순간 엄마 예니는 무얼 하고 있을까? 요엘은 스스로에게 물어보았다. 무슨 생각을 하고 있을까? 사무엘 생각은 아니야. 그건 확실해. 내 생각도 물론 아닐 테지.

엄마는 우리가 이렇게 가까이에 와 있다는 걸 알지 못하니까.

요엘은 이불자락을 턱까지 바싹 당겨 덮고 애써 잠을 청해 보았다. 그러나 전혀 잠이 오지 않았다. 엎치락뒤치락 뒤척이다가 결국엔 다시 일어나 앉고 말았다. 굳이 잠을 자려고 할 필요가 없었다. 침대에서 빠져나와 사무엘의 시계를 보았다. 11시 15분. 요엘은 창가로 다가가서 벽에 걸린 그림을 흘긋 쳐다보았다. 남자는 변함없이 바이올린을 켜고 있었다. 그리고 여인은 변함없이 나무 아래 앉아 있었다. 커튼을 살며시 들추어 보았다. 비는 오지 않았다.

불현듯 요엘의 마음 속에 한 생각이 떠올랐다.

밤이 자신을 기다리고 있다는 생각이. 지난 날 헤아릴 수 없이 많은 밤에 자전거에 올라타고 어두운 거리를 쏘다녔었다. 그렇다고 해서 오늘 밤에 스톡홀름 거리를 헤매 다니지 말란 법은 없었다. 엄마를 찾아서.

요엘은 최대한으로 소리를 내지 않고 옷을 챙겨 입었다. 그리고
는 또 한 번 사무엘에게 쪽지를 남겼다. 혹시 눈에 띄지 않을까봐
이번에는 쪽지를 사무엘의 베개 위에 올려놓았다.

"잠이 안 와서 나갈래요. 금방 돌아와요."

그게 전부였다. 몇 시 인지는 쓰지 않았다. 얼마나 오랫동안 밖에
나가 있었는지 사무엘이 가늠하지 못하도록.

복도는 사람의 기척 없이 텅 비어 있었다. 방문을 조용히 닫았다.
엘리베이터는 탈 용기가 나지 않았다. 계단에 양탄자가 깔려 있었
으므로 발자국 소리는 들리지 않을 것이었다.

안내 데스크에 라디오가 켜져 있었다. 요엘은 계단에서 잠시 멈
추어 섰다. 혹시 데스크에 앉아 있는 여자가 밖으로 못 나가게 하지
않을까? 밤 11시가 넘으면 반드시 호텔 안에 있어야 한다는 법이 있
는 게 아닐까?

요엘은 이 상황을 어떻게 벗어날까 고심했다.

그런데 해결책이 저절로 생겼다. 어딘가에서 코 고는 소리가 들
려 왔다. 데스크 쪽으로 다가가 보았더니 코 고는 소리는 너 그게
들렸다. 궁금해진 마음으로 데스크 너머를 살짝 훔쳐보았다. 여자
가 의자에 앉아 입을 헤벌린 채로 잠들어 있었다. 요엘은 몸을 잔뜩

웅크리고 문 쪽으로 부리나케 달려갔다. 끼익, 하고 문에서 소리라도 난다면 여자가 잠에서 깨어날지도 몰랐다. 문 손잡이를 부여잡고 조심조심 열었다. 아무 소리도 나지 않았다.

드디어 요엘은 밖으로 나왔다. 지도도 잊지 않고 챙겨 왔다. 물기는 다 말랐지만 이미 구겨져 버린 지도였다. 요엘은 손에 지도를 들고서 스톡홀름의 밤거리를 돌아다니는 게 그다지 좋은 방법이 아닐지도 모른다는 생각이 들었다. 그래서 지도는 주머니 속에 넣고 걷기 시작했다. 다사로운 여름밤이었다. 늦은 시각이었는데도 거리에는 사람들이 많았다. 노면 전차가 덜커덩거리며 지나갔다. 어디에선가 음악 소리도 흘러 나왔다. 맞은편 거리에서 남자 둘이 다가오고 있었다. 비틀거리는 몸으로 서로를 부축해 가면서.

요엘은 왕궁을 지나쳤다. 그리고 식료품 가게를 끝내 찾지 못했던 그 광장에 이르렀다. 노천 카페는 문을 닫았고, 의자와 탁자도 전부 부직포로 덮여 있었다. 이제 사람들 숫자는 더 줄어들었다. 오가는 차량도 별로 많지 않았다. 그런데 경찰차가 눈에 들어왔다. 요엘은 몸을 잔뜩 쪼그리고 앉았다. 마치 투명인간이라도 되려는 듯이. 경찰차가 옆으로 지나갔다. 요엘은 불 켜진 상점 앞에 서서 지도를 다시 꺼내 보았다. 외스트괴타가탄의 위치를 찾아냈다. 왼편, 오른편, 그런 다음에 다시 왼편. 요엘은 한 걸음을 앞으로 떼놓았다. 그리고 또 한 걸음. 얼마나 더 걸어가야 엄마 예니의 집 앞에 다가설 수 있을까?

요엘은 어른처럼 굴려고 짐짓 애를 썼다. 사라진 엄마가 사는 아파트 구역을 찾아서 늦은 밤에 헤매 다니는 것은 유치한 짓이었다. 그러나 달리 생각하면 그거야말로 어른이 해야 할 일인지도 몰랐다. 사라와 미친 듯이 사랑에 빠졌을 때 사무엘도 밖으로 나가서 거리를 헤매고 다녔다는 생각이 났던 것이다.

요엘은 왼편으로 돌았다. 그런 다음에는 오른편. 열린 창밖으로 돈 때문에 남자와 여자가 다투는 소리가 들려왔다. 절대로 저렇게 되고 싶지는 않아. 그깟 돈 때문에 싸우는 어른들이라니. 이 다사로운 여름밤에.

잠시 후 요엘은 갑자기 걸음을 멈추고 말았다. 사무엘이 잠에서 깨어났으면 어쩌지? 걱정할지도 몰라. 경찰에 신고 전화를 할 걸.

그러나 다시 마음이 가라앉았다. 사무엘은 그러지 않을 것이었다. 밤에 잠을 자다가 깨는 적이 아예 없는 사람이니까. 더군다나 요엘이 제 앞가림을 잘 하는 아이임을 누구보다도 잘 알고 있는 사무엘이었다.

다시 왼편으로 돌았다. 이제 곧 그곳에 닿을 것이었다. 만약에 지도가 맞는다면. 엘리노어가 보낸 편지가 맞는다면. 사무엘이 편지에 적혀 있었다고 말한 게 맞는다면. 이 모든 게 다 맞는다면.

정말로 요엘에게 예나라는 이름의 엄마가 있다면.

요엘은 거리 표지를 살펴보았다.

외스트괴타가탄.

32번지라야 맞았다. 거리를 가로질렀다. 홀수 번지 쪽 방향으로 가기 위해서였다.

처음에는 갈색 건물이, 그 다음에는 가구점이 있는 빨간색 건물이 보였다. 다시 갈색 건물을 지났고 또 같은 색의 건물과 회색 건물을 차례로 지났다.

그리고 이제 그곳에 도착했다.

요엘은 숨을 죽였다. 정문 현관 위 타원형 문패에 32라는 숫자가 새겨져 있었다. 불빛을 받아 문패가 빛났다. 요엘은 고개를 들어 건물의 정면을 올려다보았다. 거의 모든 창문들이 깜깜했다. 사람들은 잠들었을 것이다. 엄마 예니도 잠들었으리라. 저 위쪽 어딘가 창 너머에서.

요엘은 예니의 이름을 소리쳐 부르지 못하도록 손으로 제 입을 막았다.

그러나 결코 그렇게 소리쳐 부르지는 않을 것이었다. 영문도 모른 채 일을 저지르게 되는 때가 가끔 있기는 했지만, 그럴 일이 절대로 아니었다. 거리에 서서 이름을 외쳐 부르는 일은 절대로 없을 것이었다.

창문 하나에서 또 불이 꺼졌다.

요엘은 길을 건너가야겠다고 마음먹었다. 혹시 현관문이 열려 있을까? 만일 그렇다면 아파트에 사는 사람의 이름을 전부 확인해볼 수 있을 텐데.

그런데 그때 불현듯 한 가지 사실이 떠올랐다.

엄마 예니의 성을 까맣게 모른다는 사실이. 사무엘이 예니와 결혼한 적이 없다면 그녀의 성은 구스타프손일 리가 없었다.

그러나 설령 그렇더라도 한 번 확인해 볼 수는 있으리라. 어쩌면 사람들의 성이 아니라 이름이 새겨져 있을지도 모르는 일이었으므로.

예니 안데르센일까, 하고 요엘은 생각했다.

예니 스벤손.

예니 얀손.

예니 예수스 마리.

예니 요엘손.

예니 예니손.

그냥 도망가 버린 엄마 예니, 빌어먹을 여자.

이제 그만하자. 자동차가 다가오고 있었다. 차가 지나가면 길을 건너가서 문을 확인해 봐야지.

차가 지나갔다.

요엘이 막 걸음을 떼놓은 순간 거리 맞은편의 문이 열렸다.

요엘은 눈도 깜빡하지 못하고 그대로 얼어붙었다.

한 여자가 밖으로 나왔다.

그녀가 요엘을 흘긋 바라보았다. 그리고는 인도를 따라 걸어갔다.

가로등 불빛 덕분에 요엘은 그 여자가 초록색 외투를 입고 있는 것을 알아보았다.

06

무언가가 팔을 아프게 하고 있었다.

요엘이 왜 그럴까 살펴보았더니 자기 팔을 제가 꼬집고 있었다. 요엘은 그 여자가 거리를 걸어가는 모습을 지켜보았다. 그리고 그녀가 초록색 외투를 입고 있다는 사실이 아무 의미도 없는 거라고 스스로에게 다짐해 보았다. 엄마 예니가 떠난 지 벌써 13년이 지났다. 그러니 저 옷이 그때 그 외투일 리는 없었다. 저 여인이 엄마 예니라고 말할 만한 근거는 아무 것도 없었다. 저 건물에는 분명 여자들이 많이 살고 있을 테니까.

요엘은 자신이 상황을 제멋대로 상상하고 있다고 확신했다. 늘 그런 식이었다. 상황을 상상해 보다가 급기야 엉뚱한 결론을 내리게 되었다.

그런데도 불구하고, 요엘은 길을 건너 그 여인을 뒤따르기 시작했다. 그녀의 얼굴을 살짝이라도 보았던 것일까? 사무엘은 요엘이 엄마와 아주 많이 닮았다고 입버릇처럼 말하곤 했었다.

그녀가 모퉁이를 돌았다. 요엘의 걸음에 속도가 붙었다. 지금은 운동화도 잃어버린 형편이었다. 요엘은 자기 배낭을 가만두지 않은 검은 파도 녀석을 저주했다.

요엘이 모퉁이를 돌아 힐끔 쳐다보았다. 그녀가 걸음을 멈추고 사방을 살피고 있었다. 잠시 후에는 길을 건너갔다. 포석을 밟는 그녀의 구두 굽이 또각또각 소리를 냈다. 근처에서 시계가 12시를 쳤다. 자정이었다. 요엘은 그녀가 어디를 향해 가고 있을까 짐작해 보려고 했다. 이 한밤중에. 혼자서. 게다가 서두르는 듯이 보였다.

자정이 된 시각에 급히 서둘러야 한다면 어떤 사람일까?

그녀가 모퉁이를 하나 더 돌았다. 요엘이 다시 걸음을 재촉했다. 어느 문인지 확인할 겨를도 없이 그녀가 문 안으로 사라져 버리지나 않을까? 모퉁이를 돌며 요엘은 유심히 살폈다. 다행히 그녀가 보였다. 여전히 서둘러 걷고 있었다. 또각또각 구두 소리를 내며.

요엘은 계속 그녀의 뒤를 따라갔다. 확실히 알기 전까지는 저 사람이 엄마 에니일지도 모를 일이었다.

그녀가 갑자기 걸음을 멈추더니 돌아섰다. 요엘은 옆걸음질 쳐서 가까스로 어둠 속으로 몸을 숨겼다. 그녀가 나를 보았을까? 요엘이 숨을 죽이며 기다렸다. 만일 그녀가 온 길을 되짚어 와서 자신을 따라오는 자가 누구인지 확인하려 한다면 있는 힘껏 달아날 것이었다. 하지만 도와 달라며 비명을 지르지는 않을까? 그럼 그때는 어떻게 하지?

요엘은 숨을 죽였다. 잠시 후 그녀가 다시 발걸음을 떼어놓는 소리가 들렸다. 그녀의 발걸음이 점점 더 희미해져 갔다. 요엘은 다섯까지 세면서 기다렸다. 그리고는 살며시 내다보았다. 그런 다음 다시 그녀를 뒤따라갔다.

두 사람은 어느덧 광장으로 접어들었다. 몇몇 젊은이들이 벤치에 앉아 있었다. 그들 중 하나가 검은 파도 같아 보였으나 그 애는 아니었다.

그녀가 다시 걸음을 멈추었다. 이번에는 상점 윈도우 앞에서였다. 잠시 후 다시 걸음을 떼었다. 그 윈도우 앞에 도착했을 때 요엘은 그 상점이 철물점이라는 것을 알았다.

"엄마 예니는 어째서 공구에 관심이 있는 걸까?"

그것은 뭔가 아귀가 맞지 않는 일이었다.

하긴, 아귀가 맞아 떨어지는 건 아무 것도 없었다.

"저 사람이 엄마인지 아닌지도 모르잖아." 요엘이 큰 소리로 중얼거렸다. "난 그냥 얼굴을 보고 싶을 뿐이야. 확실하게 해두자는 거지. 난 그냥 그 얼굴에 내 모습이 담겨 있는지 보고 싶을 뿐이라구."

요엘은 다시 한 번 어둠 속으로 쏜살같이 몸을 숨겼다. 그녀가 어느새 걸음을 멈추었던 것이다. 이번에는 어느 출입문 안으로 들어갔다. 요엘은 허겁지겁 반대편 길로 건너갔다. 출입구는 넓은 집 앞의 뜰로 이어졌다. 학교처럼 보였다. 육중하고 멋들어진 입구 위에 팻말이 붙어 있었지만 너무 어둡고 멀리 떨어진 터라 뭐라고 쓰여 있는지 읽어볼 수는 없었다. 계단 위에 문이 있었다. 요엘은 그녀가 그 문을 열고 불이 환하게 밝혀진 현관으로 들어가는 것을 지켜보았다. 잠시 후 그녀 뒤로 문이 닫혔다. 그녀의 모습이 사라졌다.

요엘은 기다렸다. 이윽고 길을 건너와서 입구 위에 뭐라고 쓰여 있는지 읽어보았다.

가을빛 재단.

요엘은 재단이 무엇인지 도통 알 길이 없었다. 그리고 왜 이 재단은 가을빛이라는 이름이 붙었을까?

출입문 가까이에 가로등이 서 있었다. 요엘은 어둠 속으로 살금살금 들어갔다.

도대체 내가 지금 뭘 하고 있는 거지? 엄마가 사는지도 모르는 건물의 현관문에서 누군가가 나온다, 그래서 그 여자의 뒤를 쫓는다, 호텔 방 침대에 누워 잠들어 있어야 할 시각에.

이런 생각이 들자 죄책감 같은 게 몰려왔디. 사무엘은 돈이 별로 없는데 호텔 방값을 이미 치렀다. 그런데 지금 그 호텔 방의 침대를 쓰지도 않고 있는 것이 죄스러워졌다. 다음 날은 호텔 방에서 가급적 많은 시간을 보내야겠다고 다짐했다.

요엘은 여기서 떠나야겠다는 다짐도 했다. 그러나 발길을 돌리지 못하고 그대로 남았다. 출입문을 열지 않아야겠다고 다짐했다.

그런데 그 문을 열고야 말았다.

그렇지만 계단까지는 올라가지 않을 거야, 라고 혼잣말을 했다.

그런데 계단까지 올라가고야 말았다. 그래도 차마 문은 열지 못했다. 안에서 무슨 소리가 나는지 가만히 귀를 기울여 보았다. 그러나 아무 소리도 들리지 않았다.

건물 주위를 자갈길이 넓게 에워싸고 있었다.

저 자갈길로 가지 않을 거야, 라고 혼잣말을 했다.

그런데 어느 틈에 그 길을 걷고 있었다.

건물은 굉장히 넓었다. 창문이 많았는데 대개는 캄캄했지만 드문드문 불빛도 보였다. 아주 밝은 불빛이었다.

가을빛, 이라고 요엘은 생각했다. 가을의 햇살. 이 건물은 대체 무슨 건물일까?

뒤켠으로 널따란 정원이 보였다. 요엘은 정원의 헛간 밖에서 잠시 걸음을 멈추었다. 문이 열려 있었고 안에는 낡은 휠체어가 몇 대 보였다.

궁금증이 점점 더 부풀어 갔다. 몇 년 전이었다면 몸이 굳어버릴 만큼 겁에 질렸을 테지만 지금은 아니었다.

그저 이상할 뿐이었다.

요엘은 계속 걸어갔고 옆으로 들어가는 출입구가 있는 곳에 이르렀다. 문이 비스듬히 열려 있다는 걸 금방 알아챘다.

나는 안으로 들어가지 않을 테야, 무슨 일이 있어도 안 가, 라고 요엘이 혼잣말을 했다.

그런데 저도 모르는 사이에 옆문의 손잡이를 잡고야 말았다. 문이 끼익, 소리를 냈다. 그러나 아주 작은 소리였을 뿐이었다. 문 안쪽은 밝았다. 요엘은 손잡이를 놓고 문을 도로 닫았다.

잠시 후 다시 그 문을 열고야 말았다.

길을 잃어버렸다고 말하면 돼, 라고 요엘은 생각했다. 내 말투를 들으면 그렇게 믿을 거야. 정말 속수무책으로 길을 잃어버린 어린아이가 여기 있다고, 스웨덴 북쪽 지방에서 먼 길을 온 아이라고.

몽유병을 앓고 있다고 말해도 돼. 그리고 호텔에 묵고 있는데 돌아가는 길을 도무지 알 수가 없다고 하는 거야.

요엘은 가만히 귀를 기울여 보았다. 안에는 천장 등이 하나만 달려 있었다. 아무 소리도 들리지 않았다. 문을 지나 살금살금 안으로 들어섰다. 문이 저절로 닫히지 않도록 조심했다. 안전 대비책으로 문과 문설주 사이에 작은 나뭇가지를 끼워 놓았다.

이상한 냄새가 풍겼다. 곰팡내처럼 퀴퀴했다. 케케묵은 냄새. 그러나 다른 냄새들도 뒤섞여 있었다. 그러자 불현듯 요엘은 여기가 어딘지 알게 되었다. 병원이었다.

예전에 버스에 치여 하마터면 죽을 뻔한 사고를 당한 뒤 한동안 병원에 입원해 있었을 때 맡았던 그 냄새가 떠올랐던 것이다.

그런데 어째서 병원을 병원이 아닌 엉뚱한 이름으로 부르는 거지? 가을빛이라니? 이상하기 짝이 없었다. 발끝으로 살금살금 복도를 따라 걷다보니 넓은 이중문 앞에 닿았다. 그 문을 살짝 열고 안쪽을 빼꼼 들여다보았다. 바퀴가 달린 들것이 한쪽 벽에 놓여 있었고 그 옆으로는 휠체어가 보였다.

이제 여기가 병원이라는 게 확실해졌다. 귀를 기울여 보았다. 어딘가에서 문이 열리고 잠시 후 도로 닫히는 소리가 아득하게 들려왔다. 그러고 나자 사방이 다시금 고요해졌다. 조심조심 복도 안쪽으로 뒷걸음질쳤다. 이 많은 문들 중에서 어떻게 녹색 코트를 입은 여인이 들어간 문을 찾을 수 있을까? 복도를 따라 살금살금 기듯이 걸어가며 금방이라도 누군가가 나타나리라고 기대했다. 그러는 와중에도 나름의 변명거리를 되뇌어 보았다. 길을 잃었다고, 저 노를란드에서 먼 길을 왔다고. 아님, 몽유병 환자라서 밤에 헤매고 다니다가 그만 길을 잃어버렸다고.

모든 문들이 죄다 똑같아 보였다. 아무 문이나 열어보기로 했다. 안을 살짝 들여다보니 칠흑같이 캄캄했다. 한쪽 구석에 놓인 램프등에서 희미한 빛이 새어나올 뿐이었다. 요엘은 안으로 들어섰다. 어둠이 눈에 익자 방 안에 놓인 많은 침대가 보였다.

방안에서는 코 고는 소리가 진동했다. 꺽꺽 소리를 지르거나 푸우 한숨 쉬는 소리, 드드득 이빨 가는 소리, 심지어 흥얼거리는 소리도 들렸다. 요엘이 다시 두 걸음 더 앞으로 다가서자 몹시 늙은 사람들이 제각각 침대에 누워 있는 게 보였다.

병원이야, 라고 요엘은 생각했다. 아니, 노인 요양원인가. 아니면 그 두 가지가 섞여 있는 곳일 거야.

강한 냄새가 코를 찔렀다. 침대들 중 한 군데에 코를 골지 않는 노인이 있었다. 요엘은 불현듯 이 노인이 반쯤 감은 눈으로 자신을 지켜보고 있다는 기분이 들었다.

그리고 그 노인이 죽었다는 생각도 들었다.

갑자기 엄청난 공포가 밀려왔다. 요엘은 방에서 뛰쳐나왔다. 방문이 삐걱거렸어도 아랑곳하지 않았다.

복도 쪽으로 돌진하듯 달려 나오는데 여러 사람의 목소리가 들렸다. 문이 열렸다가 닫혔다. 목소리들은 점점 더 커져만 갔다. 요엘은 몸을 돌려 들어왔던 방향으로 복도를 따라 내달렸다. 그러나 자신이 방금 나온 곳이 어느 쪽 문인지 알 수가 없었다. 양쪽으로 여닫는 겹문은 너무나도 많았다. 목소리들은 이제 아주 가까이에서 들렸다. 요엘은 가장 가까워 보이는 문으로 들어가 몸을 숨겼다. 복도에서 발자국들이 지나가는 소리가 들려왔다. 여자 둘이 얘기를 나누고 있었다. 그러고 나자 사방이 다시 잠잠해졌다.

방에 돌연 불이 켜졌다. 요엘이 후다닥 뒤를 돌아보았다. 그러나 아무도 없었다. 잠시 후 제 어깨가 전등 스위치를 스친 탓에 불이 들어왔음을 깨달았다. 다시 스위치를 내려 불을 끄려는 바로 그 순간, 탈의실 같은 데 들어와 있다는 사실을 알아챘다. 방에는 사물함과 벤치가 나란히 놓여 있었다. 그리고 사물함 문마다 이름도 적혀 있었다.

엄마 예니, 하고 요엘은 생각했다. 오늘 밤 여기로 들어온 사람이 정말 당신이었다면 당신 이름이 이 사물함 가운데 어딘가에 쓰여 있을 텐데.

의사 예니, 아님 간호사 예니. 그게 아니라면 관리자 예니일까.

요엘은 줄지어 늘어선 사물함을 하나하나 확인해 나가기 시작했다. 거의 모든 사물함 문에 여자 이름이 적혀 있었다. 아르네 베르그스트룀이라는 이름이 보였고 아게 케이라는 이름도 하나 있었지만 나머지는 전부 여자 이름이었다.

맨 첫줄에는 유디스와 요한나가 있었다. 요엘은 앞줄의 맞은편 문도 일일이 확인해 나갔다.

늘어선 사물함의 중간쯤에 이르렀을 때였다.

바로 그때 요엘은 그 이름을 발견했다.

예니 라이덴이란 이름을.

요엘은 숨을 죽였다.

이 사람이 우리 엄마일까? 예니 라이덴이란 사람이?

요엘은 그렇다는 걸 그냥 알 수 있었다. 그러나 그렇다 하더라도….

사물함 문은 잠겨 있지 않았다. 만일 이 문을 열었을 때 안에 초록색 코트가 걸려 있는 것을 보게 된다면, 그렇게 된다면 확신할 수 있을 터였다.

요엘은 문을 닫힌 채로 두어야겠다고 마음먹었다.

그러나 잠시 후에는 그 문을 열고야 말았다.

사물함 안에 걸려 있는 코트는 생각했던 것보다 훨씬 더 진한 초록빛이었다. 잔디 색깔과 똑같았다.

예니 라이덴의 코트. 우리 엄마의 코트.

코트 옆의 고리에는 핸드백이 걸려 있었다.

저걸 열어볼 수 있을까, 라고 요엘은 생각했다. 핸드백 안에는 지갑이 들어 있을지도 몰랐다. 주소까지도. '외스트괴타가탄'이라고 적힌 주소가. 그밖에 다른 것도 들어있을지 몰랐다. 그녀가 엄마인지 아닌지를 확인하게 해줄 만한 그 무언가가.

요엘은 조심조심 핸드백을 고리에서 빼냈다. 끈으로 채우도록 된 백에는 자잘한 은 장식이 붙어 있었다.

요엘은 막 보물 상자를 열고 있는 듯한 기분이 들었다. 기억이 떠오르는 한 늘 찾아다녔던 그 보물 상자를.

그렇지만 백을 열어보고 싶은 유혹을 물리쳐야 하는 게 아닐까. 아버지 사무엘도 마땅히 이 자리에 와 있어야 하니까. 예니는 요엘만큼이나 사무엘과도 관계가 있는 사람이니까.

그러나 요엘은 유혹을 물리치지 못했다. 결국 핸드백을 열고야 말았다. 핸드백 안에는 장갑이 들어 있었다. 파우더 콤팩트도 보였다.

그리고 지갑.

요엘은 핸드백을 바닥에 내려놓고 지갑을 열어 보았다.

그런데 바로 그 순간, 문이 벌컥 열리더니 흰 가운을 입은 사내가 나타나 요엘을 노려보았다.

그가 아르네 베르그스트룀인지, 혹은 아게 케이인지 요엘로서는 알 도리가 없었다.

요엘은 해명하듯 무슨 말을 해보려고 했다. 심지어 문간에 선 사내에게 인사까지 꾸벅 했다.

그러나 요엘에게 허용된 것은 거기까지였다.

사내는 요엘 쪽으로 성큼성큼 다가왔다. 요엘이 고개를 숙이고 달아나려 하자 그의 두 손이 요엘의 팔을 움켜쥐었다.

"이 도둑놈." 사내가 소리를 질렀다. "너, 이 도둑놈아. 여기서 무슨 짓을 하고 있는 거야? 어떻게 들어왔어? 뭘 훔쳤지? 저 사물함은 또 어떻게 열었어? 너 이름이 뭐야?"

질문이 사내의 입에서 속사포처럼 쏟아져 나왔다. 고함을 지르고 있는 그의 얼굴이 붉어졌다.

이 자가 나를 치겠지, 라고 요엘은 생각했다. 나를 때릴 거야.

사내가 잠시 숨을 몰아쉬는 틈을 타서 요엘은 무슨 말이라도 해보려고 애를 썼다. 그러나 사내는 또다시 고함을 질러대기 시작했다. 복도 쪽 문이 홱 열렸다. 추레한 파자마 차림의 노인이 지팡이를 짚은 채 앞이 잘 안 보이는 침침한 눈으로 그들을 멀뚱히 바라보고 있었다.

"무슨 일이오?" 노인이 물었다.

"침대로 돌아가요, 에릭."

요엘을 붙들고 선 사내의 음성에 여전히 화가 묻어있었다. 노인은 겁에 질린 표정을 짓더니 발길을 돌려 그 자리를 떴다.

"난 도둑이 아니에요." 요엘이 말했다. "길을 잃은 거예요."

"도둑놈." 사내가 또 그렇게 말했다. "넌 도둑놈이야."

"난 그냥 엄마를 찾고 있는 중이라고요."

요엘은 자기도 모르게 입 밖으로 이 말을 뱉고야 말았다. 이런 생각이 도대체 어디서 나왔는지 알 길이 없었다. 요엘을 붙잡은 남자는 한순간 멈칫하는 듯 보였다.

"네 엄마라구?"

"예."

"엄마 이름이 뭔데?"

"예니요."

"여기서 일하는 예니라는 이름의 여자가 둘이다. 너 성이 뭐지?"

"구스타프손이오."

요엘은 그것이 틀린 대답이었음을 깨달았다. 그러나 이미 엎질러진 물이었다. 요엘을 움켜쥔 사내의 손아귀가 한층 더 딘단해졌다.

"여기에 예니 구스타프손이라는 이름을 가진 사람은 아무도 없다. 너는 그냥 도둑놈만이 아니로구나. 거짓말까지 하니까."

요엘은 더 이상 잃을 게 없다고 생각했다. 여기서 일하는 사람 중에 예나라는 이름의 여자가 두 명 있다면 그 둘 중에 성이 라이덴인 사람은 오직 한 사람뿐인지도 몰랐다. 만일 운이 좋다면 이 짐작은 맞을 것이었다. 그러나 설사 이런 짐작이 맞는다손 치더라도 여전히 틀린 것일지도 몰랐다. 아까 보았던, 이 건물로 들어온 그 여인이 진짜 엄마인지는 알 수가 없으니까.

"라이덴이에요." 요엘이 말했다. "우리 엄마 성은 라이덴이라고요."

사내가 손을 놓았다. 그러나 한쪽 손은 그대로 붙잡고 있었다. 여전히 요엘을 의심스러운 눈초리로 쏘아보면서.

"근데 이 한밤중에 엄마를 대체 왜 찾는 건데?"

요엘은 이 난감한 상황을 어떻게 하면 모면할 수 있을지 필사적으로 궁리했다. 대체로 이런 상황을 벗어나는 데 능란한 요엘이었다. 그러나 지금은 머리가 완전히 굳어버린 듯했다.

"우리가 가서 그녀를 데려오는 편이 낫겠군."

사내는 요엘을 문 쪽으로 끌고 가려고 했다.

굳었던 요엘의 머리가 다시 활동을 시작한 것은 바로 그 순간이었다.

"제가 엄마를 직접 만나지 않는 편이 나을 거예요."

사내가 걸음을 멈추고 요엘을 빤히 쳐다보았다.

"방금 말한 대로라면 네가 여기 온 이유가 그 때문이라고 생각하는데."

"제가 설명해 드릴게요."

사내는 요엘을 붙들었던 손을 놨다. 그러나 요엘이 도망칠까봐 문 앞에 떡 버티고 서서 긴장을 풀지 않았다.

"엄마가 일하러 간 뒤에 저는 밖으로 나왔어요." 요엘이 말했다. "그런데 그만 문이 쾅 하고 닫혀버렸지 뭐예요. 저한테 열쇠가 없어서 어떻게 안으로 다시 들어가야 할지 모르겠더라고요. 엄마는 제가 늦은 밤에 밖으로 나오면 화를 내세요. 직접 가서 엄마 열쇠를 가져와야겠다고 생각했어요. 열쇠를 가지고 집으로 가서 문을 열려고요. 그러고 나서 열쇠는 바닥에 놔두어야겠다는 생각이 들었어요. 그래야 엄마가 자기가 열쇠를 떨어뜨렸었구나, 생각하실 테니까요."

이런 말이 그냥 입에서 흘러나왔다. 쉬지 않고 술술. 요엘은 이야기를 이리저리 짜 맞추어 사실처럼 들리게 전하고 있는 스스로가 놀랍기만 했다.

"그 말을 내가 믿을 거 같으냐?"

예, 라고 요엘이 생각했다. 아니, 적어도, 아저씨가 믿기를 바래요. 그래야 내가 여기서 빠져나갈 수 있을 테니까요.

문이 다시 열렸다. 아까 그 노인이었다.

"무슨 일이오?" 노인이 물었다.

"침대로 돌아가요, 에릭. 밤에 일어나서 헤매고 다니면 안돼요.

그러다가 길을 잃고 엉뚱한 침대로 들어가기 십상이니까."

노인이 떠났다.

요엘은 이야기를 좀더 그럴 듯하게 지어내야겠다고 생각했다.

"우리 엄마가 몹시 화를 낼 거예요."

이 말 뒤에 돌아온 대답이 요엘을 놀라게 했다.

"그건 두말하면 잔소리지." 사내가 고개를 절레절레 흔들며 맞장구를 쳐준 것이다.

그러더니 다시 심각한 표정으로 바뀌었다. 어느새 수상쩍은 마음으로 돌아온 것이다.

"너는 어째서 북쪽 지방 억양이냐? 네 엄마는 스톡홀름 말튼데."

요엘은 이 질문에 어떻게 대응해야 할지 몰랐다.

"그건 일종의 병이에요." 요엘이 둘러댔다. 그러나 이 말을 내뱉는 순간 터무니없이 멍청한 핑계를 댔다는 기분이 들었다.

"무슨 병인데?"

"그건 눈동자 색깔과 같은 이치예요." 요엘이 말했다. "할머니의 사투리를 물려받을 수도 있지만 할아버지의 사투리를 물려받을 수도 있는 거죠."

"그런 말은 난생 처음 들어본다."

"저도 몰랐어요." 요엘이 심드렁하게 말했다. "의사 선생님이 설명해 주신 뒤에야 알았다니까요. 그것도 불과 몇 주일 전인 걸요."

사내가 고개를 갸웃했다.

"그렇더라도 네 엄마를 데려오는 편이 낫겠다는 생각이 든다. 지금 상황이 아무래도 이해가 안되거든. 이 야심한 시각에 길거리에 나와서 뭘 하는데?"

"지금은 여름방학이잖아요. 그리고 제가 학교를 졸업했거든요."

사내는 잠자코 생각을 해보는 듯했다. 그럼에도 감시의 눈길은 좀처럼 풀지 않았다. 의혹에 찬 눈초리도 여전했다.

"난 예니에게 딸만 둘 있다는 느낌을 받았는데."

요엘은 그 순간 배를 한 대 세게 얻어맞은 기분이 들었다. 그러니까 그게 결국은 틀린 거였어.

엄마를 잘못 짚었어.

잠시 후 사내가 고개를 저었다.

"내가 널 믿는 편이 나을 것 같다. 열쇠를 가져가거라. 아무 말 안 할 테니까."

요엘은 가슴을 졸이며 핸드백이 놓인 곳으로 돌아갔다. 그리고 백의 안쪽을 이리저리 더듬었다. 그러나 열쇠는 흔적도 없었다.

그런데도 무언가를 호주머니에 집어넣는 시늉을 했다. 그리고는 핸드백을 사물함 안에 도로 집어넣고 문을 닫았다.

"여긴 어떻게 들어왔지?"

"뒤쪽 문이 열려 있었어요."

사내가 한숨을 내쉬었다.

"경비원들이 허술해서 원, 번번이 이렇다니까."

"도둑이 들어올 수도 있겠어요." 요엘이 한 마디 거들었다.

사내도 고개를 끄덕였다.

"너는 현관 입구로 나가도 된다." 그가 말했다. "예니는 지금 커피를 마시고 있어. 위층에서."

사내는 요엘을 문가까지 데려다주었다.

"네가 나를 속이는 게 아니기를 바란다." 그가 말했다.

요엘은 양심의 가책으로 괴로워졌다.

"아니에요." 요엘이 대답했다. "속인 게 아니에요. 예전에도 이런 적이 한 번 있어요. 그래서 어쩔 수 없이 라벤 호텔에 방을 잡아야 했어요."

잠시 후 요엘은 밖으로 나와 뜰로 들어섰다.

실언을 하고 만 게 후회스러웠다. 어째서 사무엘과 같이 묵고 있는 호텔 이름을 들먹여야 했지? 멍청한 자기 자신을 걷어차고 싶은 기분이었다.

그러나 이미 뱉은 말을 주워 담을 수도 없는 노릇이었다. 요엘은 주머니 속에 상상의 열쇠를 넣고서 현관문 앞에 섰다. 엄마가 살지 않는 건물로 들어가는 열쇠였다. 예니 라이덴이라는 이름의 여인이 두 딸과 사는 건물로 들어가는 열쇠. 그 딸들은 아마도 잠들어 있겠지.

요엘은 홀가분해졌다. 그러나 한편으로는 맥이 빠지는 기분이었다. 벗어날 수가 있어서 홀가분했고 상황이 자신이 생각했던 대로 돌아간 게 아니어서 맥이 빠졌다.

아니, 자신이 기대했던 대로가 아니어서 그랬다.

요엘은 이제 사실을 알게 되었다. 그 녹색 코트가 똑같은 것이기를 간절히 바랐었다. 엄마 예니가 떠날 때 입고 갔던 그 코트이기를. 이제 엄마를 다시 찾았다고 생각했는데 고작 찾은 것은 예니 라이덴이라는 이름의 아무개였다.

호텔 쪽으로 발길을 돌렸다. 한꺼번에 피로가 몰려왔다. 교회 첨탑 위의 시계가 1시를 알렸다.

거리는 텅 비어 있었다. 지나가는 차도 거의 없었다.

조금만 더 기다리면 완전히 나 혼자만 남겠지, 라고 요엘은 생각했다. 고향 마을의 밤거리를 헤매고 돌아다닐 때 늘상 그랬듯이, 그렇게 외롭게. 자전거를 타고 저 먼 별을 향해 떠나버린 개를 찾아 헤매던 나처럼.

이제 열다섯 살의 아무개가 되었다는 게 전혀 실감나지 않았다.

요엘은 하늘을 흘긋 올려다보았다.

비가 한 방울, 얼굴 위로 떨어졌다.

그 개로구나, 라는 생각이 들었다. 저 하늘 위 어딘가에 앉아서 내게 침을 뱉은 거겠지.

조금 있으려니 비가 본격적으로 내리기 시작했다. 요엘은 걸음을 재촉했다. 어느새 비는 억수같이 쏟아졌다. 비를 피할 정도로 빨리 달릴 수는 없었다. 그래서 다시 걷는 속도를 늦추었다. 달라질

건 아무 것도 없었다. 호텔에 도착할 때쯤이면 온몸이 흠뻑 비에 젖을 텐데, 아무리 빨리 걷는다 해도 소용없는 일이었다.

그리고 말할 필요도 없이, 요엘은 엉뚱한 곳에서 방향을 틀고 말았다. 그러자 자신이 어디에 와 있는지 도통 알 수가 없었다. 어느 길이 어느 길인지 전혀 분간이 안 되었다. 제대로 방향을 찾기까지 한참이 걸렸다. 그때쯤에는 너무나 많이 젖어서 신발 안에도 물이 철벅거릴 정도였다.

그리고 말할 필요도 없이, 요엘이 호텔 입구에 도착한 순간에야 비가 딱 멎었다. 요엘은 문을 천천히 열었다. 안내 데스크에 앉은 여자는 아직도 자고 있었다. 요엘은 계단으로 올라갔다. 방문 앞에 이르자 걸음을 멈추고 안에서 나는 소리에 귀를 기울여 보았다. 너무나도 조용했다.

요엘은 살며시 방문을 열었다.

그러나 상황은 예상했던 것과는 달랐다. 사무엘이 자고 있지 않았던 것이다. 그는 침대 모서리에 앉아 배를 움켜쥐고 있었다. 얼굴에 핏기라곤 없었다.

그리고 요엘이 어디 갔다 왔는지도 묻지 않았다.

"배가 너무 아파." 그 말이 전부였다. "죽을 것만 같아."

그밖에는 아무 말도 없었다.

배가 너무 아파. 죽을 것만 같아.

07

요엘은 그 밤을 자신이 온전하게 성장한 순간으로 기억하게 될 것이었다. 살며시 호텔 방문을 열었을 때 그것은 마치 자신의 미래로 향하는 문을 여는 것 같았다.

그 호텔 복도에서 요엘은 어린 시절을 영원히 떠났다.

요엘은 그 순간을 절대로 잊지 못할 것이었다. 결단코.

사무엘은 한 손으로 배를 움켜잡고 침대 모서리에 걸터앉아 있었다. 파자마 윗도리의 단추는 끌러진 채로. 낯빛이 창백했다.

그리고 그 말.

배가 너무 아파. 죽을 것만 같아.

요엘이 그 말이 무슨 뜻인지 헤아리기까지는 몇 초가 흘렀다. 자신이 예상했던 상황이 전혀 아니라는 것을 제대로 파악하기까지는. 사무엘이 캄캄한 방안 침대에 누워 코를 골며 자고 있으리라고 생각했었다.

그런데 사무엘은 침대 모서리에 앉아서 고통스러워하고 있었다.

어찌나 아파하는지 요엘까지도 아파왔다.

이제 요엘은 겁이 났다.

예니 라이덴의 핸드백을 뒤지려다가 현장에서 붙잡혔을 때 느꼈던 기분은 여기에 비하면 아무 것도 아니었다. 지금은 정말이지 심각하게 무서웠다. 가슴이 쿵쾅거렸다. 주먹으로 문을 쾅쾅 내리치는 것처럼.

"무슨 일이에요?" 요엘이 물었다. 자신의 목소리가 떨리는 게 느껴졌다.

사무엘은 고개를 저었다.

그는 정말로 고통 속에 빠져 있었다. 요엘은 아빠의 눈에서, 코에서, 헝클어진 머리에서 그리고 닳아빠진 파자마에서까지 고통이 스며 나오는 것을 보았다.

"자다가 깼어." 사무엘이 말했다. "배가 아픈 꿈을 꿨는데 일어나 보니까 그 통증이 그냥 꿈이 아니더라."

요엘은 사무엘 곁에 다가가 앉았다. 그제서야 몸에서 한기가 느껴지기 시작했다. 그것이 비에 젖은 옷 탓인지 두려움에 떨고 있기 때문인지는 알 길이 없었다. 그러나 어느 쪽이든 상관없었다. 중요한 것은 사무엘이 아프다는 사실이었다.

사무엘은 앞뒤로 몸을 흔들고 있었다. 고통이 왔다가 사라졌다가 하는 것 같았다.

"화장실에 가봐야 하는 거 아니에요?" 요엘이 물었다.

사무엘이 다시 고개를 저었다. 통증이 너무 심해서 식은땀까지 흘리고 있었다.

"이러다 말 거야." 사무엘이 말했다. "그런데 정말 끔찍하게도 아프다."

둘은 잠시 동안 아무 말 없이 앉아 있었다. 통증이 두 사람 사이를 맴돌았다. 요엘은 생각을 한데 모아 보려고 애를 썼다. 자신이 할 수 있는 일이 뭘까? 요엘이 복통을 일으킬 때면 아빠가 어떻게 해줬더라? 마실 걸 가져다주었어. 아니면 토해 보라고 했지.

"토해야 하는 거 아니에요?" 요엘이 물었다.

사무엘이 세 번째로 고개를 저었다.

"이건 그런 게 아니다. 이번은 달라."

그리고는 조심조심 몸을 뉘였다. 한 손으로 침대 틀을 꽉 잡고서. 요엘은 꼼짝도 하지 못한 채 앉은 자리에 그대로 있었다. 이제는 너무 추워져서 몸이 후들후들 떨려왔다.

10분도 넘게 지나갔다. 요엘은 침대 옆 협탁 위에 놓여 있는 사무엘의 시계를 보며 몇 분이 지나가는지 재어 보았다.

"좀 나아지는 것 같은 기분이야." 사무엘이 말했다.

그러자 요엘의 통증도 금방 가라앉기 시작했다.

사무엘이 눈을 감았다. 요엘은 조용히 일어나서 젖은 옷을 벗었다. 다시 아빠를 바라보았을 때 아빠가 어느새 눈을 뜨고 있다는 것을 알았다.

"좀 덜해요?"

사무엘이 고개를 끄덕였다.

"어디 갔었니?" 그가 물었다. "이 한밤중에?"

요엘은 사무엘이 자신이 남긴 쪽지를 보지 못했다는 걸 깨달았다.

"그냥 거리에 잠깐 나가봤어요. 잠이 안 와서요."

사무엘이 천천히 고개를 돌리더니 시계를 보았다. 2시가 지난 시각이었다.

"나는 정말이지 네가 왜 밤에 헤매고 다니는지 알 수가 없었다." 사무엘이 말했다. "아이 때부터 쭉 그러고 다녔으니. 자전거에 올라타고 돌아다니지. 그러지 않을 때는 마당에 있는 침대에 드러누워 자거나. 그것도 한겨울에 말이다."

요엘은 놀란 표정으로 아빠를 쳐다보았다.

그러니까 요엘이 항상 혼자만의 비밀이라고 간직해온 것을 아빠가 훤히 알고 있었단 말이었다. 밤에 자전거를 타고 밖으로 나가서 읍내 거리를 돌아다녔던 일을. 다 알고 있었으면서 한 마디도 하지 않았던 것이다.

사무엘은 요엘의 놀란 심정을 헤아린 듯 빙그레 웃었다.

"넌 내가 그걸 모른다고 생각했겠지."

"예."

"네가 살금살금 기어서 밖으로 나갈 때 내가 자지 않고 깨어 있곤 했다는 생각은 미처 못 했을 테지?"

"예."

"그런데 난 그랬다. 물론 네게 무슨 일이 있는지 궁금하긴 했지. 그래도 묻지 않는 편이 낫겠다고 생각했어."

"왜 그랬는데요?"

"왜냐하면 넌 늘 다시 돌아왔으니까. 네가 혼자만의 모험에 나선 거라고 짐작했다."

요엘은 더 많은 걸 물어보고 싶어졌다. 하지만 사무엘은 한쪽 손을 들어올리며 그럴 수 없다는 표시를 했다. 고통이 다시 또 찾아왔던 것이다.

그러자 요엘에게도 고통이 다시 찾아왔다.

이런 상황이 아침이 될 때까지 지속되었다. 그러나 어떻게 그랬는지 기억나지 않지만 요엘은 침대에 올라가 잠이 든 게 분명했다.

그리고 꿈도 꾸었다. 마치 자기 몸 안에서 계속 뛰어나닌 듯했다. 머리 속에서는 비가 내리고 있는 것 같았다. 아까부터 사무엘이 우산을 펴려고 애를 썼지만 우산은 한 마리 새로 바뀌더니 날개를 펼

럭이며 홀연히 사라져버렸다.

요엘은 화들짝 놀라 잠에서 깨어났다. 처음에는 자신이 어디에 있는지 알 수가 없었다. 잠시 후 그 모든 기억이 되살아났다. 고개를 돌려보니 사무엘의 침대가 텅 비어 있었다. 겁에 질린 요엘이 침대에서 후다닥 빠져 나왔다. 그때 문이 열리고 사무엘이 방 안으로 들어왔다. 사무엘은 어느새 옷을 챙겨 입고 있었다. 그러나 바지 멜빵이 축 늘어뜨려진 행색으로 보아 화장실에 다녀온 게 틀림없었다. 사무엘은 아직도 고통스러운 것 같았다.

사무엘은 침대 끄트머리에 앉았다. 아침 햇살이 커튼 틈 사이로 비쳐들자 낯빛이 훨씬 더 창백해 보였다.

"아직 5시밖에 안됐어." 그가 말했다. "하지만 난 병원에 가보는 게 나을 것 같다."

그 말을 듣자마자 요엘은 아빠가 자신이 생각하는 것보다 훨씬 더 심한 고통을 겪고 있다고 확신했다. 보통 사무엘은 의사를 만나러 가는 일 따위는 생각지도 않는 사람이었다. 하물며 병원은 말할 것도 없었다.

"제가 아빠랑 같이 갈게요." 요엘이 입을 옷을 주섬주섬 챙기며 말했다. 옷은 아직도 젖어 있었다.

"아니다." 사무엘이 가로막았다. "너는 여기 호텔에 그냥 남아 있는 편이 좋을 거야. 병원에서 얼마나 오래 걸릴지 모르니까. 음식을 사먹을 수 있게 돈을 좀 주마. 아래 접수대에 앉은 여자한테는 벌써 말해 놓았다."

"하지만 내가 여기서 뭘 할 수 있는데요?" 요엘이 투덜거렸다. 이런 자기 모습이 징징대는 아이같이 느껴졌다.

"넌 잘 헤쳐 나갈 거야." 사무엘이 말했다. "정말로 오래 걸릴 거 같으면 병원에서 내가 전화 하마."

사무엘의 어조가 아주 단호했으므로 요엘은 싫다고 우겨봐야 아무 소용이 없다는 것을 깨달았다. 요엘은 침대에 앉아서 사무엘이 옷을 챙겨 입는 모습을 가만히 지켜보았다. 엄청나게 고통스러운 게 분명했다. 몸을 움직일 때마다 아파하는 모습이었다.

"나를 태우러 택시가 올 거야." 사무엘이 지갑을 꺼냈다.

"나한테도 돈이 좀 있어요." 요엘이 말했다.

사무엘은 놀라는 눈치였다.

"너만의 돈이 좀 있다는 뜻이냐?"

"나한테 15크로네가 있어요. 그거면 충분할 거예요."

사무엘이 10크로네짜리 지폐 석 장을 꺼내 침대 위에 올려놓았다.

"너무 많이 가지고 있는 편이 너무 적은 것보다야 낫지. 그렇다고 그걸 다 쓸 필요는 없을 테지만. 필요한 경우가 아니라면 말이다."

요엘은 사무엘이 재킷을 입는 것을 거들었다.

"심각한 거예요?"

사무엘이 얼굴을 찡그렸다.

"아니야. 내가 의사를 만나러 갈 수 있는 거면 괜찮을 거다."

요엘은 그 말을 정말로 심각하다는 뜻으로 받아들였다.

사무엘은 두려운 것이었다. 그런데 그는 거짓말을 하는 데 서툴렀다. 요엘보다 훨씬 더 서툴렀다.

요엘은 로비까지 아빠와 같이 내려가고 싶었지만 사무엘이 침대 쪽을 가리키며 말했다.

"넌 잠을 좀 자라. 난 그렇게 오래 걸리지 않을 거야. 그리고 나서 같이 엄마를 찾으러 가보자꾸나."

솔직히 말하자면 아빠는 그 일을 뒤로 미룰 수 있게 되어 무척 기쁠 거야, 라고 요엘은 생각했다. 하지만 아무 대꾸도 하지 않았다.

사무엘이 고개를 끄덕이며 요엘의 어깨를 도닥여 주었다.

"일단 의사를 만나기만 하면 만사가 다 괜찮아질 거다."

사무엘이 떠났다. 요엘은 벽에 걸린 그림을 바라보았다. 젊은 남자가 바이올린을 켜고 있었다. 풍만한 가슴의 여자가 그를 똑바로 쳐다보는 것 같았다. 입을 반쯤 벌리고 무슨 말을 하려는 듯했다.

"절대로 괜찮아지지 않을 걸." 그림 속의 여자가 말했다.

배경 속에서 바이올린이 끼익, 소리를 냈다.

"아니요, 괜찮을 거예요." 요엘이 반박했다.

잠시 후 요엘은 그 액자를 조심조심 떼어내 벽에 기대 세웠다. 액자의 뒷면이 방 쪽을 향하도록 두었다.

· 액자 뒷면에 오래된 껌 딱지가 들러붙어 있는 게 보였다.

이건 완전히 저 여자 엉덩이 자리로군, 화가 난 요엘이 생각했다.

저 여자는 어째서 상황이 괜찮아지지 않을 거라고 말하는 거지?

요엘은 옷을 걸어 말렸다.

그러고 나서 침대 이불 속으로 바싹 파고들었다.

잠시 후 요엘은 사무엘의 침대 쪽으로 옮겨갔다. 마음의 눈으로 사무엘의 모습을 그려보려고 애썼다. 택시에서 내려 병원으로 들어가는 아빠의 모습을.

그러나 요엘은 너무나도 피곤했다. 생각이 자꾸만 그에게서 달아나려고 했다. 곧 깊은 잠 속으로 빠져들었다.

요엘은 누가 자기 머리를 톡톡 치는 바람에 잠에서 깨어났다. 이불 속으로 다시 파고들려고 했지만 톡톡 치는 게 멈추지 않았다. 잠에서 완전히 깨어난 뒤에야 그 소리가 사실은 누군가가 방문을 주먹으로 쾅쾅 두드리고 있는 소리임을 깨달았다. 발가벗은 몸에 담요를 두르고 문 쪽으로 다가가서 방문을 열었다. 객실 청소부가 문 밖에 서 있었다. 성난 표정이었다.

"한낮이 다 됐어." 그녀가 말했다. "이 방을 오늘 청소해야 한다면 지금 당장 해야 돼."

한낮이라고? 요엘은 어리둥절해졌다. 좀 혼란스럽기도 했다. 정말로 그렇게 오랫동안 잠을 잤단 말이야?

"10분 안에 다시 올게." 청소부가 말했다.

요엘은 방문을 닫았다. 사무엘이 시계를 차고 가버려서 시간을 알 수가 없었다. 요엘은 재빨리 옷을 챙겨 입기 시작했다. 옷이 다 마른 것을 보니 정말 오랫동안 잤던 게 틀림없었다.

객실 청소부가 다시 문을 두드렸을 때 요엘은 그림을 벽에 다시 걸어놓던 참이었다. 혹시 청소부에게 돈을 줘야 하는 건 아닐까? 그런데 사무엘은 어디 있지? 왜 아직도 안 돌아올까?

청소부가 방 안으로 들어서더니 요엘에게 사나운 표정을 지었다.

"도대체 어떻게 12시가 될 때까지 침대에 누워 있을 수 있냐?" 그녀가 말했다. "하긴 그건 내가 상관할 바 아니겠지."

맞아요, 라고 요엘이 생각했다.

"그림 뒤에 껌 딱지가 붙어 있어요." 요엘이 말했다. "그런데 그걸 붙여놓은 건 내가 아니에요."

이렇게 말한 뒤 요엘은 방에서 나왔다. 그녀가 무슨 말을 하기 전에 얼른.

안내 데스크로 내려가면서 이제부터 뭘 할지 마음을 정하려고 했다. 배가 고팠다. 그런데 사무엘은 어디 있을까? 또다시 두려움이 밀려오는 기분이었다.

대머리 남자가 다시 근무 중이었다. 그는 요엘을 보자 고개를 끄덕였다. 다정한 미소까지 지어 보였다.

"네 아버지가 병이 났다니 안됐구나."

"아버지는 금방 괜찮아질 거예요." 요엘이 대답했다. "아버지가 전화했나요?"

"아직 안 했다. 보통 병원에 가면 시간이 오래 걸리지."

요엘은 벽에 걸린 시계를 바라보았다. 12시 10분이었다. 어쨌거나 하루의 절반 동안 잠을 잔 셈이었다. 그래도 아빠가 이미 돈을 지불한 침대를 제대로 썼으니 그게 어딘가. 이런 생각이 들자 조금은 위로가 되었다. 물론 그렇게 많이는 아니었다.

"비가 그쳤어." 대머리 남자가 창 쪽을 가리키며 말했다. "바깥 공기를 좀 쐬는 게 너한테 좋을 거 같은데."

"그렇지만 내가 밖에 나가 있는 동안 아버지가 전화하면 어쩌죠?"

"네 아버지가 너에게 전하는 말은 메모해 두마."

요엘이 고개를 끄덕였다. 정말이지 밖으로 나가봐야 했다. 뭘 좀 먹으려면 더욱이 그랬다.

거리로 나서자 열기가 느껴졌다. 사람들은 여름철 옷차림을 하고 있었다. 많은 사람들이 활기차 보였다.

저 사람들 아버지는 아프지 않겠지, 이런 생각이 들자 요엘은 시무룩해졌다. 그리고 저 사람들에게는 도망간 엄마도 없을 거야.

요엘은 전날 사무엘과 식사를 했던 그 카페로 들어갔다. 종업원 중에 자기를 알아보고 미소를 지어주는 사람이 있어서 기분이 좋아졌다. 지난번에 앉았던 그 자리로 가 앉았다. 처음에는 사무엘이 앉았던 자리에 앉았다가 조금 후에 맞은편 자리로 옮겨 앉았다.

"네 친구는 어디 갔니?" 아까 미소를 보냈던 그 종업원이 테이블 위에 차림표를 내려놓으며 물었다. 요엘은 문득 그녀가 그림 속의 여자와 닮았다는 생각이 들었다. 씹던 껌 딱지를 엉덩이에 깔고 앉은 그 여자.

"그분은 우리 아버지예요." 요엘이 말했다. "아버지는 벌써 드셨어요."

"돼지고기랑 다진 순무가 있어." 종업원이 설명해 주었다. "아니면 청어를 먹든지."

"청어 주세요. 우유도 한 잔요."

종업원은 테이블을 닦아주고 자리를 떴다. 요엘은 그녀의 뒷모습을 살펴보았다. 그녀가 입은 검정 스커트에 혹시 껌 딱지가 들러붙어 있는 게 아닐까 궁금해 하면서.

잠시 후 요엘은 왜 사실대로 말할 마음이 생기지 않았을까 싶었다. 아빠가 배가 아파서 병원에 갔다고 왜 말하지 않은 거지? 아빠가 벌써 식사를 했다는 거짓말을 왜 둘러댄 거지?

아무리 생각해 봐도 합당한 답을 찾을 수가 없었다.

머리가 텅 비어버렸다.

식사를 마치고 카페 밖으로 나섰지만 무얼 해야 할지 몰랐다. 다시 호텔로 돌아가서 사무엘에게서 혹시 전화가 왔는지 물어봐야 했다. 그러나 아직은 너무 이르다는 생각이 들었다.

요엘은 길을 따라 걷기 시작했다. 노인 요양원에서의 밤, 초록색 코트를 입은 여자, 사내에게 발각된 일, 이 모든 게 일어난 적도 없는 일처럼 아득하게 여겨졌다.

우리는 애당초 스톡홀름에 오지 말았어야 했어, 라고 요엘은 생각했다. 저 빌어먹을 엘리노어가 그런 편지를 써 보내지만 않았어도 예니는 그냥 사라진 존재로 계속 남아 있었을 텐데. 그러는 편이 괜찮을 뻔했는데.

우리는 여기 절대로 오지 말았어야 했는데. 그냥 집에 있었더라면 아빠는 배가 아플 일도 없었을 텐데. 혹시 기차를 타고 오면서 계속 흔들렸던 탓에 아빠의 위장이 상하게 된 건 아닐까?

상점의 윈도우가 요엘의 눈길을 끌었다. 큼지막한 세계 지도가 그 안에 걸려 있었다. 요엘은 유리에 코를 박고 피트케언 제도가 어디 있는지 찾아보려고 애를 썼다. 마침내 그 위치를 찾아냈다. 태평양 한복판에 찍힌 아주 작은 점 하나.

요엘은 지도를 뚫어질 듯 바라보며 한참 동안 서 있었다. MS 카르마스 호에서 화물이 부려지는 광경을 상상하면서. 그 배는 벌써 부두를 떠나서 다시 바다로 가고 있는 게 아닐까? 다시금 사무엘과 나란히 승강용 사다리를 올라가는 모습이 그려졌다.

상점 윈도우 앞에서 떨어지지 않는 발길을 겨우 떼었다. 어느새 1시 30분이었다. 한 시간 안에 호텔로 돌아가게 될 텐데 그때는 사무엘이 돌아와 있을지도 몰랐다. 아니면 전화라도 하지 않았을까?

과일과 채소를 파는 좌판이 닐려 있는 광상으로 접어들었다. 요엘은 잠시 망설이다가 사과를 한 개 샀다. 벤치에 앉아서 그 사과를 먹었다. 어디에나 사람들이 보였다. 그리고 그들은 모두 분주하게 걸어갔다. 요엘은 다들 대체 어디로 가고 있는지 궁금했다. 심심풀이로 지나가는 사람들 중에 샌들을 신은 사람이 몇 명인지 세어보았다. 그러나 금방 싫증이 났다. 벤치에 앉은 소녀 둘이 보였다. 요엘 또래였다. 여자애들은 큰 소리로 크누트라는 이름의 누군가에 대해 얘기하고 있었다. 크누트가 뭔가 멍청한 짓을 저질렀다고 했다. 여자애 가운데 하나가 요엘을 쳐다보자 요엘은 당황한 나머지 어쩔 줄을 몰라 했다.

"너 혹시 담배 있니?" 그 애가 물었다.

새된 목소리에 말투도 빨랐다. 이곳에서 급하게 서두르는 것은 사람들의 다리만은 아닌 듯했다. 사람들 목소리까지도 급하기만 했다.

"다 떨어졌어." 요엘이 대답했다.

"그렇담, 좀 더 사지 그래?"

"그래야지." 요엘이 일어서며 말했다.

"그럼 서둘러." 여자애가 빽 소리를 질렀다. "너 이름이 뭐야?"

"리카르도." 요엘의 대답.

잠시 후 요엘은 자리를 떴다. 그런데 다시 그 자리로 돌아가지는 않았다.

요엘은 다른 사람들처럼 빨리 걸어보려고 했다. 사람들을 헤치고 나가 보려고도 했다.

그러나 어떻게 그렇게 걸을 수 있는지 도무지 알 수가 없었다. 뭘하든지 영락없이 누군가가 요엘 앞에 끼어들고 말았다. 요엘을 옆의 포석 쪽으로, 옆의 길모퉁이로, 옆의 상점 윈도우 쪽으로 제쳐 버렸다. 그래서 요엘은 번번이 맨 꼴찌에 남게 되었다.

이것도 이제 지겨워, 라고 요엘은 생각했다. 아빠가 병원에서 돌아오면 우리는 고향으로 돌아가거나 선원 공공 직업소개소를 찾아갈 거야.

드디어 한 시간이 지났다. 요엘은 호텔 안내 데스크로 다가가서 기대에 찬 눈길로 대머리 남자를 쳐다보았다. 그는 유감스러운 듯이 고개를 저었다. 사무엘의 전화가 없었던 것이다.

"병원에 가면 늘 오래 걸리거든." 그가 말했다. "그러니 진득하게 기다릴 줄 알아야 해."

요엘은 계단으로 올라가기로 마음먹었다. 아주 천천히 걸어갔다. 믿을 수 없을 만큼 높은 산을 오르고 있는 느낌이었다. 발을 들어올릴 때마다 온몸에서 힘이 빠져 나갔다. 호텔 방 앞에 이르렀으나 문이 잠겨져 있었다. 객실 청소부가 방 열쇠를 안내 데스크에 맡겨 놓은 게 분명했다. 그런데 왜 저 대머리 남자는 아무 말도 안 해 준 거야?

요엘은 쏜살같이 계단을 내려갔다. 데스크에 다다른 바로 그 순간에 대머리 남자가 그 사실을 떠올렸다.

"너 열쇠 가져가는 거 잊었더구나."

누가 잊어버렸다는 거야? 요엘은 황당했다. 당신이야, 아님 나라고?

다시 계단을 터벅터벅 올라갔다. 좀더 수월하게 올라가려고 가파른 낭떠러지를 기어 올라가는 것인 양 상상해 보았다.

열쇠로 방문을 열었다. 간밤에 일어난 일이 떠올랐다. 사무엘이 침대 위에 배를 움켜쥐고 앉아 있던 모습이 생각났다.

요엘은 침대에 누워서 천장을 뚫어질 듯 쳐다보았다.

그러다가 객실 청소부가 껌 딱지를 뗐는지 확인해 보았다.

없애지 않았다.

조금 뒤에는 블라인드를 끌어 내렸다.

거울 앞에 서서 거울 속의 제 모습이 너무나 사악해 보인다는 생각을 했다.

다시 침대로 돌아왔다. 아까 그 째지는 듯한 목소리의 여자애가 어느 틈에 침대 끄트머리에 와 앉아 있었다. 요엘에게 담배가 있는지 궁금해 했다.

요엘은 그 애의 목소리를 흉내내 보았다.

그러자 그 애가 요엘의 곁에 와 누웠다. 잠에서 깨어난 후로 사무엘 생각을 하지 않은 채 몇 분이 흘러간 것은 이때가 처음이었다.

방문을 두드리는 소리가 들렸다.

요엘이 침대에서 벌떡 일어났다.

아빠야, 라고 요엘은 생각했다.

그러나 방문을 열었더니 객실 청소부가 서 있었다.

"너한테 전화 왔다." 그녀가 말했다.

요엘은 날아갈 듯이 아래층으로 달려갔다. 그런데 프로펠러나 날개에 제어 능력이 없었던 터라 안내 데스크에 착지하려는 순간 그만 바닥에 곤두박질치고 말았다. 그 바람에 방금 도착한 여행객이 들고 온 여행가방 더미가 무너져 버렸다. 대머리 남자가 웃음을 터뜨리면서 전화기가 놓여 있는 작은 칸막이를 가리켰다. 요엘은 칸막이 문을 닫고 들어가 깊은 숨을 몰아쉰 다음 수화기를 집어 들었다.

"요엘인데요. 아빠 어디 있어요? 어때요? 언제 올 건데요? 나 여기 호텔에 있어요. 아빠 기다리면서요."

아무 대답이 없었다. 요엘의 귀에 들려오는 것이라곤 희미하게 찰칵 하는 소리뿐이었다. 전화선이 끊어진 것이었다. 요엘은 수화기에 대고 소리를 질렀지만 소용이 없었다. 수화기 너머에 사무엘은 없었다. 아무 소리도 들리지 않았다. 수화기를 제자리에 걸어놓고 요엘은 안내 데스크 쪽으로 되돌아왔다.

"아무 소리도 안 나요." 요엘이 말했다.

"정말이니?"

"아버지가 뭐라고 하셨는데요?"

"누구?"

"사무엘, 우리 아비지요."

"널 바꿔달라던 사람은 여자였어. 아마 간호사였겠지."

"그런데 왜 전화선이 끊어진 거죠?"

"그런 일이 종종 생기지. 분명히 다시 걸어올 거야."

요엘은 앉아서 기다렸다. 반 시간이 지나자 단념하고 다시 계단을 올라갔다.

이제 계단은 산이 아니었다.

깊이를 알 수 없는 늪이 되었다.

침대에 누워서 기다렸다. 조금 있다가 일어나서 사무엘의 주머니칼을 들고 그림 뒤쪽에 붙은 껌 딱지를 긁어냈다.

"아무 말 마요." 요엘이 그림 속의 여인에게 말했다.

껌 딱지를 뗀 다음 다시 그림을 벽에 걸었다.

복도로 나와서 화장실에 갔다.

다시 방으로 돌아왔지만 도로 침대에 드러눕고 싶지는 않았다.

사무엘의 여행가방에 달린 부러진 손잡이를 고쳐보았다.

그러다가 손잡이가 완전히 떨어져 나가고 말았다.

바로 그때 또다시 문을 두드리는 소리가 들렸다.

요엘은 벌떡 일어섰다.

문을 열었다.

밖에 한 여자가 서 있었다. 푸른 재킷을 입은 여자가.

그러나 요엘은 그녀임을 단박에 알아보았다. 그 전날 밤, 외스트괴타가탄 32번지 문 앞에 나타난 그녀가 입은 옷은 초록색 코트였는데도.

08

요엘은 요모조모 뜯어보았다.

필사적으로 찾아보았다. 그러다가 드디어 찾고자 한 것을 발견했다는 생각이 들었다. 그녀의 눈 언저리였다. 그 모습이 자신과 비슷했다.

그러나 요엘은 두려움에 사로잡힌 심정으로 그녀를 빤히 쳐다보고만 있었다. 나중에 요엘이 이 순간을 다시 떠올려 보면 자신이 상상해온 대로 상황이 돌아가지 않는구나, 하고 생각했던 게 또렷이 기억나리라. 엄마 예니를 만난 순간이.

얼마나 많이 이 만남을 상상해 보았던가? 상황을 머릿속으로 그려보면서. 요엘로서는 알 수가 없는 일이었다. 엄마를 거리에서 만나는 장면을 그려보기도 했다. 아니면 바닷가에서. 아니면 깊은 숲속에서.

그렇지만 이럴 거라는 상상은 한 번도 해본 적이 없었다. 라벤이라는 호텔에서 만나리라고는. 문을 열면서 요엘은 사무엘이 거기서 있으리라고 기대했었다.

그녀는 어느새 방 안으로 들어섰고 문을 닫았다. 요엘은 여전히 그녀를 빤히 쳐다보고만 있었다.

"그 사람 어디 있니?" 그녀가 물었다.

목소리가 메마르고 딱딱하게 들렸다.

저 목소리 역시 요엘이 수도 없이 궁금해 했던 것이었다. 엄마 목소리는 어떨까?

이제 요엘은 알게 되었다. 메마르고 딱딱한 목소리라는 것을.

"그 사람 어디 갔니? 언제 돌아와?"

요엘은 순간적인 충동에 이끌려 그녀에게 사실대로 말해주지 말아야겠다고 작정했다. 사무엘이 복통 때문에 병원에 갔다는 말은 해주지 않기로 했다.

"나가셨어요. 언제 돌아 오실지는 모르겠어요."

그러고 나자 지금 당장 듣고 싶은 질문이 하나 떠올랐다.

"전화했었나요?"

"그래, 하지만 전화로 하기보다 너를 직접 만나보고 싶었어."

어라, 이거야말로 우리가 서로 닮은 점이라고 해야 하나, 라고 요엘은 생각했다. 나도 전화로 얘기하는 건 좋아하지 않으니까.

이제 그녀는 방 한복판에 섰다. 요엘은 창문 쪽으로 물러났다. 그래도 눈길만은 줄곧 그녀를 뚫어질 듯 바라보고 있었다. 그렇지만 요엘 자신도 그녀를 실제로 보고 있다고는 장담할 수가 없었다. 그녀는 신기루 같았다. 존재하면서도 존재하지 않는 그 무엇 같았다.

그녀는 의자 끄트머리에 앉았다. 그 모습을 보자 요엘의 마음에 그녀도 자기처럼 몹시 겁을 내고 있을지 모르겠다는 생각이 스쳤다.

"무슨 말을 해야 할지 모르겠구나." 그녀가 자신의 손을 물끄러미 내려다보며 말했다.

요엘도 곧바로 제 손을 바라보았다.

침묵.

그녀가 무슨 말을 해야 할지 모른다는데 난들 뭐라고 할 수 있겠어? 라고 요엘이 생각했다. 이제 더 이상 그녀를 빤히 쳐다보지는 않았다. 그 대신 당혹스러워졌다. 그녀가 자기 손을 내려다보는 동안 그 얼굴을 슬쩍 엿보기는 했다. 요엘은 항상 이 상황을 기쁨이 넘쳐 흐르는 순간으로 상상해왔다. 드디어 엄마를 만나는 그 순간. 이처럼 멀뚱히 바라보거나 당혹스러운 순간으로는 상상해 본 적이 없었다.

요엘이 지난 날 상상해온 그 수많은 장면들은 그러니까 한낱 시간 낭비였던 셈이다. 결과는 자신이 예상했던 바와 하나도 같지 않았으므로.

요엘은 자꾸만 그녀를 몰래 훔쳐보게 되었다. 그럴 때마다 서로 닮은 데가 어딜까 살펴보았다. 그녀의 머리카락은 부드러운 곱슬머리였다. 요엘처럼 덥수룩한 머리가 아니었다. 그녀의 눈동자는 푸른 색. 요엘과 같았다. 그러나 몸집은 작고 여위었다. 어느 면에서 그녀는 사무엘과 닮아 보였다.

그러다가 요엘은 그녀가 예쁘기도 하다는 생각이 문득 들었다. 예니 라이덴이 정말로 엄마라면 요엘은 운이 좋은 거였다. 외모가 훌륭한 엄마를 두었으니까. 이제 문제는 그녀가 요엘처럼 생긴 아들을 원하는가 아닌가에 달려 있었다.

그런 생각을 하는 순간에, 손을 내려다보던 그녀가 고개를 들었다.

"무슨 말을 해야 할지 모르겠어. 그렇지만 이 말은 꼭 해야겠지, 미안하다고."

그녀의 눈이 촉촉해졌다. 요엘도 금방 목이 메어왔다.

그녀는 의자에서 일어나더니 요엘에게서 등을 돌렸다. 핸드백에서 손수건을 꺼냈다. 요엘은 그 손수건이 간밤에 보았던 것임을 알아보았다.

그녀가 다시 몸을 돌렸다. 이제는 미소를 띤 모습이었다. 희고 고른 치아가 보였다. 요엘의 치아와는 달랐다. 들쭉날쭉 제멋대로인 요엘의 치아와는.

"사무엘이 여기 있었으면 좋았을걸." 그녀가 말했다. "하지만 한편으로는 그 사람이 없어서 좋아."

그녀는 의자에 도로 앉았다. 그리고 요엘을 바라보았다. 그러는 내내 고개를 살며시 젓고 있었다.

요엘은 갑자기 땀이 솟았다. 그녀는 나를 좋아하지 않는구나, 라는 생각이 들었다. 전혀 다른 무언가를 기대했던 거야.

이런 생각이 들자 요엘은 화가 났다. 이런 울분이 어디서 비롯되었는지는 몰랐다. 그러나 그 부분에 대해 자신은 아무런 발언권도 없었다. 요엘은 뜬금없이 그동안 어떻게 살아왔는지 말해주고 싶어졌다. 그 모든 세월을. 그 많은 생각들, 꿈들, 환상들까지 모조리.

꼬리에 꼬리를 물고 이어지는 요엘의 생각 속에 그녀가 끼어들었다.

"많이 자랐구나." 그녀가 말했다. "하지만 그때는 아주 어렸었지."

"사무엘에게 편지를 보낸 사람은 엘리노어였어요." 요엘이 말했다. "그런데 우리는 식료품점을 찾을 수가 없었어요."

"식료품점이 문을 닫는 바람에 거기 일을 그만뒀어." 그녀가 사정을 설명해 주었다. "그런데 네가 어떻게 가을빛 요양원에 와서 나를 찾게 된 거지?"

요엘은 어깨만 으쓱했을 뿐 아무 대꾸도 하지 않았다.

"아르네가 내게 와서 네가 거기 왔었다고 말했을 때 나는 그 사람이 대체 무슨 말을 하는지 이해할 수가 없었어. 그냥 지어낸 얘기라고 생각했지. 그런데 네 말투가 북쪽 지방 억양이었다는 말을 듣자 분명히 너일 거라고 느꼈어. 그게 아무리 믿기 어려운 말 같았어도 말이야. 그리고 아르네가 호텔 이름을 기억하고 있었어. 라벤이라고. 그래서 내가 전화를 걸었던 거야. 그리고 여기 이렇게 온 거고."

"저는 막 학교를 졸업했어요." 요엘이 말했다. "엘리노어가 보낸 그 편지 때문이었어요. 사무엘은 우리가 여기에 와봐야 한다고 생각했어요. 그래야 당신이 어떻게 생겼는지 내가 알 수 있을 테니까요."

요엘은 마지막 이 말을 내뱉은 순간 곧바로 후회했다. 하지만 그녀는 언짢아하지 않았다. 그 대신에 자리에서 일어났다.

"우리 밖으로 나갈까? 방 안이 너무 덥구나. 그리고 난 너와 단둘이서만 얘기하고 싶어. 사무엘이 돌아오기 전에 말이야. 내가 그 사람을 만나고 싶은지도 모르겠어."

"왜죠?"

"나도 몰라. 이 모든 게 감당하기에는 너무 벅차구나."

"제 생각에 사무엘은 당신을 보고 싶어해요."

"정말?"

"예."

그녀가 다시 고개를 저었다.

"밖으로 나가자."

요엘은 셀레스틴을 바라보았다.

"이거 받으세요. 사무엘이 주는 것이기도 해요."

요엘이 손가락으로 가리켰다.

"저거, 기억 나." 그녀가 천천히 말했다. "부엌에 있었지."

"예. 늘 주방 벽 선반에 놓여 있었어요. 드리려고 가져온 거예요."

요엘은 셀레스틴을 넣어왔던 골판지 상자를 꺼냈다. 상자는 침대 밑에 고이 챙겨두었었다.

"받으세요." 요엘이 다시 한번 말했다.

"왜 그걸 내게 주는 거지?"

"우리는 그것 말고는 더 좋은 선물을 생각해 내지 못했어요." 요엘이 말했다. "사무엘은 말코손바닥사슴 스테이크를 갖다줘야 한다고 생각했지만 내가 찬성하지 않았어요. 그래서 우리가 생각을 모은 게 이거예요."

"말코손바닥사슴 스테이크라니?"

"그래요. 그런데 일년 중 이맘때 그걸 구하자면 사무엘이 밀렵을 해야 했을 걸요."

그녀가 웃음을 터뜨렸다.

"사무엘 말고는 그 누구도 사슴 스테이크 같은 거 생각조차 못했을 거야." 그녀가 말했다. "사무엘 말고는 없지."

요엘은 그녀가 한 말을 어떻게 받아들여야 할지 종잡을 수가 없었다. 좋다는 것일까? 아니면 나쁘다는 것일까? 도무지 알 수가 없었다.

그녀가 대뜸 요엘의 팔을 잡았다. 요엘을 처음으로 만져본 것이었다. 요엘이 그녀의 손길을 느낀 것 역시 처음이었다. 그 옛날에는 요엘이 너무 어렸으므로 접촉에 대한 기억이 하나도 남아 있지 않았던 것이다.

처음으로 그 손길을 느끼자 요엘은 좀 두려워졌다. 이 사람이 정말로 내 엄마일까? 내 앞에 서 있는 이 사람이? 예니 라이덴이란 이 사람이? 그냥 내 엄마인 척 하는 다른 누구인 건 아닐까?

"너에게 설명해주고 싶은 게 너무나 많아." 그녀가 말했다. "어디서부터 얘기를 시작해야 할지 모르겠구나. 그리고 다 얘기할 수 있을지도 모르겠어."

"상관없어요." 요엘이 말했다. "그게 인생이니까요."

"예전에 사무엘이 그런 말을 하곤 했지. '그게 인생이라고'." 요엘의 기억으로는 그 말을 한 사람이 사실은 지지인 것 같았다. 하지만 그런 말은 어른이 되면 누구나 하는 것인지도 몰랐다.

그게 인생이다.

그녀는 여전히 요엘의 팔을 꼭 잡고 있었다. 그리고는 재빨리 요엘을 문가로 데리고 갔다. 다른 손으로는 골판지 상자를 들고 있었다.

"제가 대신 들어 드릴게요." 요엘이 말했다.

그녀가 요엘에게 상자를 건네주었다.

요엘은 방문을 잠갔다. 예니 라이덴이 엘리베이터의 버튼을 눌렀다.

나는 이제 엄마와 같이 엘리베이터를 타고 가려 해, 라고 요엘이 생각했다. 만일 이 엘리베이터가 추락하는 사고가 나서 우리가 죽게 된다 해도, 적어도 난 엄마를 만나보긴 한 거야. 이 사람이 정말로 내 엄마라고 가정한다면 말이야.

"왜 성이 라이덴이에요?" 요엘이 물었다.

그 말이 저도 모르는 사이에 요엘의 입에서 불쑥 튀어나왔다. 요엘은 거기에, 이빨 바로 앞에다 빗장을 쳐 놓았어야 했다. 그냥 기분 내키는 대로 튀어나오는 말을 틀어막으려면 그랬어야 했다.

"내 처녀 때 성은 닐손이었어. 그런데 나는 성이 라이덴인 남자와 결혼했지. 지금은 이혼했고. 그렇지만 그 성을 버리지 않고 그대로 쓰고 있어."

요엘에게는 그녀가 이혼했다는 게 좋은 일처럼 여겨졌다. 그 말은 곧 그녀가 살고 있는 집 아파트에서 그녀가 돌아오기를 기다리는 남자가 없다는 뜻이었다.

그러나 또 한편 요엘에게 떠오른 생각은 이제 금방 여동생이 둘이나 생겼다는 사실이었다. 물론 탈의실에서 흥분한 그 남자가 했던 말이 사실이라고 가정한다면.

"아르네 말로는 당신에게 두 딸이 있다던데요."

"마리아와 에바야. 마리아는 열 살, 에바는 아홉 살이지."

"라이덴이 그 애들 아버지인가요?"

"응."

두 사람이 엘리베이터 안으로 들어섰다. 요엘은 거울에 비친 부스스한 제 머리카락을 보았다.

둘 다 같은 거울 속에서 서로의 모습을 바라보고 있음을 깨달았다.

눈이야, 라고 요엘이 생각했다. 그게 우리가 닮은 곳이야. 우리는 눈이 똑같아. 그리고 전화로 얘기하는 것도 둘 다 좋아하지 않지.

요엘은 이제 여동생들이 생겼다는 게 무슨 의미인지 가늠해 보려고 했다. 두 명의 여동생. 갑자기 오빠가 되어버렸다.

모든 일이 너무나 순식간에 일어나고 있었다. 그 속도를 도저히 따라잡을 수 없을 것만 같았다.

엘리베이터가 멈춰 섰다.

요엘은 방 열쇠를 안내 데스크에다 맡겼다.

"별로 오래 나가 있지 않을 거예요." 예니 라이덴이 말했다. "혹시 얘 아버지가 전화하면 그렇게 말해 줘요."

"병원에서 아직 아무런 소식도 못 들었어요." 대머리 남자가 말했다.

그들은 거리로 나섰다.

예니 라이덴의 표정이 어느새 심각하게 변해 있었다.

"사무엘이 아픈 거니?"

"복통이 있었어요."

"그것 때문에 스톡홀름에 온 거야?"

"아니에요. 복통은 간밤에 시작된 걸요."

"심각한 게 아니었으면 좋겠구나."

저도 그래요, 요엘은 이렇게 생각했지만 아무 말도 하지 않았다.

두 사람은 잔디와 자갈길, 그리고 벤치가 많은 공원으로 갔다. 예니는 요엘에게 먹고 싶은 게, 아니면 마시고 싶은 게 있는지 물었다. 요엘은 없다고 했다.

이제 요엘은 무슨 말을 해야 할지 몰라 곤혹스러워 하는 쪽이 자기 혼자만은 아니라는 걸 확실히 느낄 수 있었다. 그녀도 자신과 똑같은 심정이었던 것이다.

이건 단지 내가 엄마를 찾는 경우만은 아니야. 엄마도 아들을 방금 찾은 거지.

그들은 마침내 벤치를 골라 앉았다. 셀레스틴이 든 상자는 둘 사이에 놓았다.

예니는 어려운 시도를 하기 전에 마음을 잘 가다듬어 보려고 안간힘을 쓰는 듯한 인상이었다.

"너무 추웠어." 그녀가 말했다. "겨울이 너무 추웠고 밤은 몹시 길었어. 게다가 어둠이 너무나 짙었고 숲도 한없이 깊었어. 얼음도 너무 많았고 아무 말도 하지 않는 사람들, 아무 것도 하지 않는 사람들도 너무 많았고. 난 미쳐버릴 것만 같았어. 결국 더 이상은 견딜 수가 없었어. 그냥 여행가방을 싸가지고 떠나고 말았지."

"엄마는 초록 코트를 입었죠." 요엘이 말했다.

"그래, 초록 코트를 입었지. 그 뒤로 줄곧 내가 저지른 일이 무조

건 잘못이었다는 생각을 떨쳐버릴 수가 없었어. 적어도 너를 데리고 왔어야 했어. 하지만 난 그럴 수는 없었어. 사무엘에게서 너를 뺏어올 수는 없었던 거야."

이 말은 요엘이 한 번도 생각해 본 적이 없는 바였다. 그녀가 자신을 데려갔을 가능성에 대해서는. 만일 그녀가 데려갔더라면 요엘은 스톡홀름에서 자랐을 것이다. 라이덴이라는 의붓아버지와 더불어. 두 여동생과 같이.

그게 요엘이 원하던 바였을까?

요엘은 그 답을 알았다. 사무엘 없이는 아무 것도 하고 싶은 마음이 들지 않았으리란 사실을. 언제나 자기가 엄마 노릇을 해야 하는 상황이었는데도 그것은 분명한 사실이었다.

"난 항상 너에게 연락해야지, 하는 마음을 품고 살았단다." 예니가 말했다. "네게 편지를 써야지. 너를 찾아가야지. 그런데 한 번도 그렇게 하지 못했어. 그건 내게 감히 그럴 용기가 없어서야."

요엘은 어째서 사람이 편지를 쓸 용기를 낼 수 없는지 이해할 수가 없었다. 자신은 수많은 편지를 부쳐 보았었다. 직접 그린 봉투에 우표까지 붙여서. 주소도 상상으로 만들어 보았었다.

그러나 아무 말도 하지 않았다. 지금 이 순간만은 그냥 가만히 듣기만 하는 게 옳은 일인 것만 같았다.

"그런데 이제 이렇게 네가 왔구나." 그녀가 다시 요엘의 팔을 잡으며 말했다.

요엘에게는 이 예니 라이덴이라는 사람이 몹시 긴장하고 있는 것처럼 보였다.

요엘은 그녀를 "엄마"라고 부를 엄두가 날지 장담할 수 없었다.

하지만 그럴 필요가 없을지도 몰랐다. 그냥 예니라고 불러도 될 테니까.

"난 가을빛 요양원으로 돌아가 봐야 해." 그녀가 말했다. "두 시간만 쉬거든."

그것은 요엘 입장에서는 안심이 되는 말이었다.

두 사람은 호텔로 다시 돌아왔고 바깥 길거리에서 작별 인사를 했다. 그녀가 요엘의 두 팔을 꼭 잡았다. 요엘은 조금 당혹스러운 기분이었다. 지나가는 사람들이 자신을 빤히 쳐다보는 것 같은 생각이 들었다.

"사무엘에게 안부 전해 주렴." 그녀가 말했다. "이제 그 사람도 만나고 싶어졌어. 네가 위험하지 않다는 걸 내 눈으로 직접 확인했으니까."

그녀가 요엘의 두 팔을 놔주었다. 그리고 한 걸음 뒤로 물러섰다.

"정말 놀랍다. 네가 이렇게 자라다니."

"사무엘의 어디가 마음에 안 들었어요?"

그녀는 그 말을 못 알아들었다. 요엘이 중얼거리듯 물었기 때문이다. 더구나 그 질문을 재차 묻지도 않았다.

그녀가 핸드백에서 쪽지와 펜을 꺼내더니 자신의 전화번호를 적어주었다.

"오늘 저녁에 내게 전화 해. 그러면 우리 내일 만날 수 있어. 내일은 하루 종일 일을 안 하거든."

"우리가 여기 얼마나 오래 머물게 될지 저는 몰라요." 요엘이 말했다.

그런데 요엘은 그 말 역시 중얼거리듯 말했다. 아니면 요엘이 한 말을 그녀가 듣지 못했는지도 몰랐다. 그런데 그녀는 되묻지 않았다.

잠시 후 그녀가 떠났다.

요엘은 떠나는 그녀를 지켜보았다.

예니 라이덴을.

안내 데스크에 다가간 요엘은 사무엘에게서 아직 아무런 연락도 없었다는 말만 들었다. 이제 정말 걱정스러워지기 시작했다. 그런데도 대머리 남자는 진득하게 기다려야 한다고 충고했다. 요엘은 방 열쇠를 받았다. 배가 고팠지만 또다시 혼자 먹고 싶은 마음은 별로 없었다. 호텔 방으로 돌아와 사무엘의 침대에 누운 채로 예니 라이덴의 전화번호를 외웠다. 그런 다음 예니가 건네준 종이 쪽지를 잘게 찢어서 쓰레기통에 던져버렸다.

요엘은 탁자 쪽을 바라보았다. 셀레스틴이 놓여 있던 탁자를.

예니 라이덴이랬지, 라고 요엘은 생각했다. 요엘 라이덴. 그러나 그 생각은 부리나케 지워버렸다. 자신의 성은 구스타프손이었다.

그 외에 다른 성은 있을 수가 없었다. 머릿속에 갖은 생각들이 난무했다. 공원 벤치에 앉아 있는 동안 예니가 한 말이 뭐였지? 숲이 한없이 깊었다고 했나?

요엘은 깊게 숨을 들이쉬었다가 다시 내쉬었다. 숲이 너무 깊다는 그런 단순한 이유 때문에 어떻게 자기 아들을 버릴 수가 있어?

요엘로서는 이해가 되지 않는 게 너무 많았고, 굳이 이해하려고 애쓸 가치조차 없었다.

요엘은 눈을 감았다.

다시 MS 카르마스 호의 모습을 그려보았다. 바다 위에 떠 있다. 선교 위로 요엘 구스타프손 선장이 보이는데, 지금은 열대 지역의 바다를 항해중이다. 돌고래들이 뱃전으로 뛰어오른다. 또 한 척의 배가 다가오고 있다. 요엘 선장은 망원경을 바로잡고 본다. 다가오는 배는 스웨덴 화물선이다. 뱃머리 쪽으로 초점을 맞추어 보니 그 배의 이름이 MS 예니 호이다.

요엘은 벌떡 일어나 앉았다. 왜 사무엘에게서는 아무 소식이 없는 거지? 왜 이렇게 오래 걸리는 걸까?

안내 데스크로 내려갔다. 대머리 남자가 고개를 절레절레 흔들었다. 요엘은 전화번호부 책을 빌려달라고 부탁했다. 스톡홀름 전화번호부 책은 두 권이었다. 한참 애를 쓴 뒤에 겨우 선원 공공 직업안내소를 찾아냈다. 그곳의 주소를 적었다. 지도에서 위치도 찾아보았다. 호텔에서 꽤 가까운 곳에 있었다. 시간을 확인했다. 서두른다면 문을 닫기 전에 거기까지 갈 수 있을 것 같았다.

다시 거리로 나섰을 때 요엘도 이제 다른 사람들과 다를 바 없었다. 요엘은 서둘러 걸었다.

공공 직업안내소 사무실은 아직 열려 있었다. 요엘이 안내소 문을 열고 안으로 들어갔다. 안내소 벽은 다양한 구직 광고 안내문으로 도배되어 있다시피 했다. 접수대에 앉은 여자는 축구 복권 응모권을 쓰고 있었다.

"선원수첩을 받고 싶은데요?"

"너 열다섯 살이야?" 그 여자가 물었다.

"예."

여자는 몇 가지 서류를 건네주며 적어 넣으라고 했다.

"사진 두 장." 그녀가 말했다.

그리고는 종이를 또 한 장 주었다.

"네 주치의 전화번호를 적어줄래?"

"이거 하는 데 돈 드는 거 아니죠?"

"세상에 공짜가 어디 있어?" 그녀가 계속 축구 복권 응모권을 쓰면서 말했다. 요엘은 그녀가 하나도 당첨되지 못했으면 좋겠다고 생각했다.

잠시 후 요엘은 탁자 앞에 앉아서 서류를 다 작성했다. 다음 날은 사진관에 가기로 했다. 진료소에도. 그러고 나면 요엘에게도 선원 수첩이 생기게 되는 것이었다.

호텔 쪽으로 발길을 돌리다가 더는 주린 배를 참을 수 없겠다는 생각이 들었다. 이전에 식사를 했던 카페 앞에서 걸음을 멈추었다. 이번에는 자기 쪽으로 차림표를 던져주는 종업원이 요엘을 알아보지 못했다. 쇠만스비프Sjomansbiff (뱃사람이 먹는 요리. 냄비에 쇠고기, 양파, 감자를 넣고 물과 맥주를 부어 조리함―옮긴이) 찜 냄비 요리로 골랐다.

호텔에 돌아오자 대머리 남자가 고개를 끄덕이며 맞아주었다.

"아버지가 전화 했나요?"

"지금 방에 있어."

요엘은 단숨에 계단을 올라갔다. 호텔 방문 앞에 다다르자 잠깐 멈추어 서서 숨을 돌릴 수밖에 없었다. 곧 방문을 열었다.

사무엘은 창가 옆 의자에 앉아 있었다. 예니 라이텐이 그랬던 것처럼 손을 내려다보면서. 안색은 여전히 창백했다.

"셀레스틴 어디 있냐?" 사무엘이 머뭇거리며 물었다.

"나중에 말해 줄게요." 요엘이 대답했다. "병원에서는 뭐라고 해요? 아직도 아파요?"

"이제 다 끝났다. 약을 지어왔이."

"그럼 기분 좋은 거죠?"

"당연히 좋지."

요엘은 미심쩍은 눈초리로 사무엘을 뜯어보았다. 전혀 기분이 좋아 보이지 않았던 것이다.

"거기서 뭘 해줬어요?"

"뭘 해주다니, 무슨 말이냐?"

"병원에서요. 의사들이 말이에요."

"의사는 한 명뿐이더라. 게다가 그 자가 나타날 때까지, 제기랄, 오래도 걸리더군."

"의사가 뭐랬는데요?"

"내일 아침에 다시 와봐야겠다고 하더라."

"하지만 아빠는 이제 안 아프잖아요."

"병원에서 몇 가지 검사를 더 하고 싶대."

"피검사요?"

"그래."

"왜요?"

"신중을 기하기 위해서."

"하지만 아빠는 이제 아프지 않잖아요?"

사무엘이 한숨을 내쉬었다.

"병원에서는 뭐가 문제인지 확실하게 알아보고 싶은 거야. 그래서 통증이 다시 생기지 않게 하려고."

특별한 생각 하나가 급기야 요엘의 머리 속에 달린 모든 문을 두드려대기 시작했다. 그러나 요엘은 그 생각을 입 밖으로 발설하고 싶지 않았다. 가급적이면 오래오래 그 생각이 밖으로 새어 나가지 못하도록 틀어막고만 싶었다. 그러나 더 이상은 막아낼 도리가 없었다. 그 생각이 저 혼자의 힘으로 요엘의 머리 속을 뚫고 나와 버렸다.

사무엘이 몹시 아파. 죽을지도 몰라.

요엘은 심호흡을 했다. 사무엘이 쳐다보았다.

"오늘은 아무 것도 먹지 못하게 되어 있어. 병원에서는 빈속에 검사를 하고 싶어 하거든."

"난 벌써 먹었어요."

"그거 말고 오늘 무슨 일이 있었냐?"

"아무 일도 없었어요."

"아래층 접수대의 그 작자 말로는 오늘 어떤 부인이 너를 찾아왔다던데."

"아빠가 잘못 들은 거예요."

"그 작자는 네가 찾아온 여자랑 같이 밖으로 나갔다고 하던걸."

요엘은 어디서부터 시작해야 할지 몰랐다.

그러나 오래도록 망설일 필요는 없었다. 사무엘이 구해주었던 것이다.

"셀레스틴이 사라졌어." 그가 느릿느릿 말했다. "그런데 네가 그걸 네 엄마가 아닌 누군가에게 주었을 거라고는 상상할 수가 없구나."

요엘은 조마조마한 심정으로 다음에 나올 말을 기다렸다.

"내 말이 맞지, 그렇지?"

요엘이 고개를 끄덕였다.

이윽고 요엘은 사무엘에게 그동안 일어난 일에 대해 이야기하기 시작했다.

09

    단숨에, 요엘은 사무엘에게 그동안 일어났던 일을 고스란히 들려
주었다.

    하나도 빠트리지 않았다. 호텔 문을 몰래 빠져 나간 그 순간부터
벌어진 모든 일을 사무엘이 생생하게 느낄 수 있도록 소상하게 설
명했다. 요엘은 예니가 사는 건물 밖 어둠 속에 어떻게 서 있었는
지, 문은 어떻게 열렸는지, 또 초록색 코트를 입은 여인이 어떻게
나왔는지 전부 다 말해 주었다.

    사무엘은 떨리는 심정으로 요엘이 하는 말에 귀를 기울였다. 열
린 핸드백을 들고 탈의실에 서 있는데 문이 확 열렸다는 얘기를 듣

는 순간에는 질겁하는 듯했다.

아빠가 내 말을 듣고 있구나, 라고 요엘은 생각했다. 그게 어떤 기분인지 그대로 이해하잖아.

그러나 요엘은 선원 공공 직업소개소를 찾아간 것에 대해서는 입도 벙긋하지 않았다. 사무엘이 받아들이기에는 너무 벅찬 얘기일지도 모른다고 생각했기 때문이다. 사무엘은 아직도 안색이 몹시 창백했으니까.

이야기를 하는 동안 요엘의 마음속으로 자꾸만 사무엘이 몹시 아프다는 생각이 파고들었다. 그러나 그런 생각이 들 때마다 옆으로 밀쳐내고 마음 한쪽 구석으로 몰아넣었다.

"네 얘기 정말 놀랍구나." 사무엘은 요엘이 말을 많이 해 기력이 다 떨어지자 이렇게 말했다. "그런데 예니가 어떻게 알았지? 네가 하필 이 호텔에 묵고 있다는 걸?"

"이 호텔 이름을 꼭 꺼내야 할 것 같았어요. 라벤이라는 이름을요. 그런데 나를 현장에서 붙잡은 그 남자가 이 호텔 이름을 기억해준 거죠."

"그래서 예니가 이리로 전화를 했단 말이지?"

"예. 나는 분명 간호사일 거라고 생각했어요. 왜냐하면 아빠를 찾은 게 아니니까요. 나랑 통화하고 싶어 했거든요."

"네가 해주는 이 모든 얘기가 나를 피곤하게 만드는구나. 나 좀 누워야겠다."

사무엘은 침대에 몸을 뉘였다. 요엘이 그 곁으로 와서 앉았다.

예전에는 정반대였는데, 라고 요엘은 생각했다. 사무엘이 내 침대 끄트머리에 앉아 있곤 했었는데. 지금은 사무엘의 침대 끝에 앉아 있는 사람이 나로구나.

"예니는 셀레스틴에 대해 어떻게 생각하더냐?" 사무엘이 잠시 후에 물었다.

"그걸 기억하고 있었어요. 부엌에 놓여 있었다고 하대요."

사무엘이 얼굴을 찌푸렸다.

"그걸 정말로 기억했을라고? 네가 없는 말을 지어낸 거 아니냐?"

"아니에요. 그건 정말이에요. 기억했다니까요."

"그리고 그녀가 우리 전화를 기다린다고?"

"예."

사무엘이 고개를 가로저었다.

"우습군, 사정이 이렇게 되다니." 그가 말했다. "우리 둘이 예니의 행방을 찾아보기로 했잖냐. 그녀가 사는 집 문을 두드려 보기로. 그런데 우리가 예상했던 대로 된 건 아무 것도 없구만. 전혀, 하나도."

"나한테 여동생이 둘 있어요." 요엘이 말했다. "마리아와 에바."

"절반만 여동생이 둘인 거지." 사무엘이 정정했다.

요엘은 반박하지 않았지만 절반만 여동생이라는 생각이 맘에 들지 않았다.

"그 애들 아버지 이름은 라이덴이에요. 그런데 그 집에 안 살아요."

이 말에 사무엘이 귀를 쫑긋 세웠다.

"그럼 그 사람은 어디 있는데?"

"떠났어요. 어디 사는지는 나도 모르죠."

사무엘이 일어나 앉았다.

"예니 모습이 어땠는지 말해봐라."

요엘은 성심성의껏 설명해 보았지만 제대로 해낸 것 같은 생각이 들지 않았다.

"어땠어?"

"그게 무슨 말이에요?"

"활기차 보이더냐? 아니면 긴장한 거 같았어? 아니면 뭐 어땠어?"

"긴장하고 있었어요."

사무엘이 얼굴을 찡그렸다.

"당연히 그래야겠지."

어느새 사무엘의 목소리에서 뾰족한 날이 느껴졌다. 요엘을 놀라게 하는 무언가. 단단하고 딱딱한 무언가가.

"요컨대 그녀가 너랑 나를 버린 거니까."

요엘은 예니를 두둔해야 할 것만 같았다.

"날씨가 너무 추워서 떠났다고 했어요."

"뭐? 너무 추워서 가버렸다고?"

"그리고 숲이 한없이 깊어서요. 게다가 사람은 너무 적었고요."

"그게 무슨 헛소리야," 사무엘이 말했다. "날씨가 춥다고 제 자식을 버리는 사람은 아무도 없다."

"난 그녀가 한 말을 그대로 전하고 있을 뿐이에요. 아빠가 직접 물어보세요."

"그럴 테니, 염려 마라."

요엘은 사무엘이 넋두리를 하고 있다는 생각이 들었다. 요엘이 그녀를 찾았다는데 아빠는 왜 그냥 기뻐할 수 없는 걸까?

"그녀에게 해줘야 할 얘기가 많아." 사무엘이 말했다. "많고 많은 얘기가 있어."

"만일 아빠가 문제를 일으키려고 한다면 난 아빠랑 같이 안 가요."

"난 문제를 일으키지 않아. 그래도 반드시 해야 할 얘기는 있다."

"이를테면요?"

"사람이라면 그녀가 저지른 그딴 짓은 절대로 안 하지. 게다가, 그 뒤로, 연락조차 안했잖아. 그 긴긴 세월 동안."

"그럴 용기가 나지 않았대요."

사무엘의 표정이 사나워졌다.

"네가 그걸 어떻게 알아?"

요엘은 예니 라이덴을 두둔하려고 했다.

"그렇게 말했어요."

"용기가 없어서 연락을 안했다더냐?"

"예."

사무엘은 요엘이 알아들을 수 없는 말을 뭐라고 중얼거렸다.

그리고는 침묵이 흘렀다.

아빠가 그렇게 아픈 게 절대로 아니야, 라고 요엘은 생각했다. 만일 아프다면 저렇게 역정을 낼 기운도 없을 테니까.

사무엘이 유리병의 물을 따라 알약을 삼켰다.

"아빠가 병원에 다시 가봐야 한다면 우리가 어떻게 내일 그녀를 찾아갈 수 있죠?"

"내가 생각하고 있는 게 바로 그거다." 사무엘이 대답했다. "내 생각엔 네가 그녀에게 전화를 걸어서 얘기해 보는 게 최선일 거 같은데."

"내가 전화하기를 바란다는 말이에요?"

"나로서는 전화로 그 여자와 얘기하고 싶은 마음이 전혀 안 나니까."

"왜 안 나요?"

"그 여자가 한 짓을 봐라."

"하지만 그건 벌써 10년도 더 지난 일인 걸요."

사무엘은 자리에서 일어나 창가로 걸어갔다. 잠시 잠자코 있더니 입을 열었다.

"난 지금껏 예니만큼 사랑했던 여자가 없다." 그가 요엘에게서 등진 채로 말했다. "사라도 아니었고, 그 누구도 아니야. 그런데 그녀는 그냥 달아나 버렸어. 남은 인생을 함께 하기로 해놓고 말이지.

어느 날 그냥 가뭇없이 사라져 버린 거야. 나 혼자 너를 돌보게 남겨두고서."

사무엘이 몸을 돌렸다. 그의 눈이 촉촉하게 젖어 있었다.

"네가 예니에게 전화를 해보는 게 최선인 것 같다." 그가 말했다. "그동안 나는 내가 정말로 예니를 다시 만나고 싶은지 아닌지 곰곰이 생각해 봐야겠어."

요엘은 안내 데스크로 가려고 일어났다.

"예니가 나에 대해 아무 것도 안 묻더냐?" 사무엘이 물었다.

"별로요."

사무엘이 고개를 끄덕였다.

"가봐라."

요엘은 전화 부스에 들어가서 번호를 돌렸다. 상대편의 전화벨이 울리는 소리를 듣고 있자니 온몸으로 땀이 배어드는 기분이었다. 비좁은 전화 부스 안의 열기 때문만은 아니었다. 그만큼 요엘이 긴장한 탓이었다.

예니 라이덴에게 무슨 말을 하지? 그리고 그녀를 뭐라고 불러야 하는 거지?

그런데 정작 전화를 받은 것은 예니가 아니었다.

요엘은 자기에게 여동생이 둘이나 생겼다는 사실을 잊고 있었던 것이다.

"마리아예요." 여자애의 음성이 들려왔다.

요엘은 수화기를 쾅 내려놓고 말았다. 마치 무언가에 덥석 물린 것 같은 기분이었다. 예니 라이덴을 뭐라고 불러야 할지도 모르는데 하물며 여동생은 뭐라 불러야 한담? 여동생이 세상에 존재한다는 사실을 안 것도 불과 몇 시간밖에 되지 않았는데.

잠시 후 마음 속에 새로운 의혹이 번개처럼 스치자 요엘은 두려움에 휩싸였다.

그 애들은 내가 존재한다는 사실을 알까? 오빠가 생겼다는 걸? 아마도 예니 라이덴은 요엘 구스타프손이라는 이름의 사내애가 이 나라 북쪽 저 멀리에 산다는 말을 하지도 않았을 텐데?

탈의실에서 맞닥뜨린 그 남자가 뭐라고 했더라? 예니 라이덴에게 딸이 둘 있다고 했지. 그런데 아들이 있다는 말을 꺼낸 적은 한 번도 없다고 했잖아.

요엘은 전화 부스에서 나왔다.

갑자기 참담한 기분이 들었다.

그러니까 예니는 요엘이 이 세상에 존재한다는 말을 입에 올린 적도 없다는 뜻이었다.

그녀는 그들을 버리고 도망갔을 뿐만 아니라 굳이 연락을 하려고 애쓰지도 않았다는 뜻이었다.

그녀는 그가 존재한다는 말을 입에 올린 적도 없었다.

요엘 구스타프손의 존재는 비밀이었다. 요엘은 옷장 저 귀퉁이에 감추어져 있었다.

참담한 기분은 어느덧 분노로 바뀌었다.

난 오랜 세월 동안 예니 라이덴 없이도 잘 버텨왔어, 라고 요엘은 생각했다. 앞으로도 죽 잘 살아갈 거야.

선원이 되면 그녀한테 농발거미를 보내줄 테다. 크고 털이 숭숭 달린 놈으로.

옷장 구석에 숨어 살던 소년의 인사말도 덧붙여서 보내야지.

요엘은 로비의 소파에 앉았다. 이제부터 뭘 하지? 사무엘이나 나나 괴텐부르크의 엘리노어가 보낸 편지 따위는 깡그리 잊어버리는 편이 낫지 않을까?

그러나 그 역시 좋은 생각은 아니었다.

요엘은 지친 몸을 일으켜 전화 부스 안으로 다시 들어갔다. 열까지 센 다음 수화기를 마구 흔들었다. 마치 수화기가 적수라도 되는 듯이. 그리고는 아까 그 번호로 다시 다이얼을 돌렸다.

같은 음성의 소녀가 전화를 받았다.

"예니 라이덴과 통화하고 싶어요."

"요엘이야?"

요엘은 흠칫 놀랐다. 그러니까 이 애는 요엘이 세상에 존재한다는 사실을 알고 있었던 것이다. 그런데 그 사실을 알게 된 지 얼마나 되었을까? 자신의 북쪽 지방 말투 때문에 그만 정체가 탄로 나고 말았다는 생각도 들었다.

"나, 오빠 동생이야," 마리아가 말했다. "우리 언제 만날까?"

"그 점은 예니와 내가 의논하고 싶은데."

"오빠 말투 진짜 이상해!"

이 멍청한 생쥐 같으니, 라고 요엘이 생각했다.

"예니 바꿔줘."

"내가 엄마 바꿔줄게."

요엘은 또다시 수화기를 꽝 내려놓고 싶은 마음을 가까스로 눌렀다. 예니가 전화를 받았다. 요엘이 내일 다시 병원으로 가봐야 하는 사무엘의 사정에 대해 설명했다.

"심각한 거야?"

"아니오. 그냥 몇 가지 피검사만 할 거예요. 그런데 아빠가 내일 말고 오늘 저녁에 만날 수 있는지 알고 싶어 하세요."

그녀는 대답을 바로 하지 않은 채 잠시 생각하는 듯했다. 뒤에서 마리아가 뭐라고 종알거리는 소리가 들려왔다. 또 다른 목소리도 들렸다. 에바가 분명했다.

아아, 왜들 저리 호들갑을 떤담! 하고 요엘이 생각했다. 거기 가면 난 침착하고 조용히 있고 싶은데. 저 애들한테 예의범절이란 걸 가르쳐 줘야겠군.

"그래," 예니가 대답했다. "괜찮아. 하지만 먼저 사무엘과 단둘이 만나고 싶어. 세월이 너무나 많이 흘렀어. 그리고 너무 떨리는구나."

"어디서 만나고 싶은데요?" 요엘이 물었다.

"광장에서," 그녀가 대답했다. "네가 식료품점이 있다고 생각한 그 자리, 6시 15분에."

전화 부스를 나온 요엘은 이미 5시가 되었다는 것을 알았다. 광장까지 가려면 적어도 삼십 분은 걸렸다. 부리나케 계단을 뛰어 올라갔다.

사무엘은 내켜하지 않았다. 시간이 넉넉하지 않다며 궁시렁거렸다. 준비할 시간이 필요하다는 것이었다.

"면도하고 셔츠만 갈아입으면 되잖아요." 요엘이 말했다.

그래도 사무엘은 고집을 꺾지 않았다. 자꾸만 가고 싶지 않다고 우겼다.

그러다가 결국에는 면도할 시간도 없어서 셔츠만 갈아입게 되었다. 요엘은 사무엘을 억지로 떠밀다시피 방 밖으로 끌고 나왔다.

"난 가고 싶지 않다." 사무엘이 고집을 부렸다.

"정말 안됐네요. 이미 결정된 일이라서." 요엘이 말했다.

그들은 6시 15분에 광장 한복판에 다다랐다. 많은 사람들이 어지러이 돌아다니고 있었지만 요엘은 예니를 단박에 찾아냈다. 그녀는 광장 맞은편의 상점 윈도우 옆에 서 있었다. 요엘이 그녀를 손가락으로 가리키며 말했다.

"저기예요."

사무엘의 눈에는 예니가 보이지 않았다.

"푸른색 재킷을 입고 있어요."

잠시 후 사무엘도 그녀를 알아보았다.

"나는 저쪽으로 안 갈 테다." 그가 말했다. "무슨 말을 해야 할지 모르겠어."

"아빠를 만나고 싶어 한 쪽은 그녀예요." 요엘이 말했다. "아빠는 아무 말도 할 필요가 없다고요. 그냥 듣고 있기만 하면 돼요."

"어쨌거나 싫어."

요엘은 사무엘이 어린애처럼 굴고 있다는 생각이 들었다.

"어서 가요," 요엘이 채근했다. "그런데 문제를 일으킬 생각일랑 마세요. 난 여기서 기다리고 있을게요."

사무엘은 마지못해 발을 질질 끌며 갔다. 요엘이 그 뒤를 쫓아갔다.

"등을 뒤로 젖히세요."

그러자 사무엘이 몸을 똑바로 폈다.

요엘은 가만히 선 채로 걸어가는 사무엘을 지켜보았다. 옛날에는 모든 게 너무 달랐을 것 같은 생각이 문득 들었다. 그때는 분명 예니와 사무엘이 서로를 향해 달려갔으리라.

만일 두 사람이 그러지만 않았어도 요엘은 지금 이 자리에 이러고 서 있지도 않으리라.

사무엘이 가까이 왔다. 예니는 다가오는 그의 모습을 먼저 보았으나 다가가서 맞이하지는 않았다. 상점 윈도우 옆에 그대로 서 있었다.

잠시 후 요엘은 그들이 손을 마주잡는 모습을 보았다. 좀 더 가까이에 있었더라면 좋았을걸, 하는 생각이 들었다. 그러면 두 사람이 무슨 말을 하는지 들렸을 텐데.

그들은 두어 걸음쯤 서로에게서 떨어져 서 있었다. 그런데 무슨 말을 하고 있을까? 요엘은 상상을 해보려고 했지만 머릿속이 텅 비어 아무 생각도 떠오르지 않았다.

그런데 무슨 일인가 벌어졌다. 사무엘이 한 발자국 그녀 곁으로 다가서더니 한쪽 팔을 치켜들었다. 요엘의 심장이 멎었다. 사무엘이 그녀를 때리려는 걸까?

잠시 후 사무엘은 치켜들었던 팔을 떨어뜨렸다. 에니 라이덴이 그를 지나쳐 버렸다. 그녀가 그를 지나쳐 가고 있었다. 사무엘이 그녀의 뒤를 쫓아가며 두 팔을 마구 흔들었다. 요엘은 여전히 그들이 무슨 말을 하는지 들을 수가 없었다.

그러다가 사무엘이 걸음을 멈추었다. 에니는 계속 걸어갔다. 거의 뛰다시피 했다. 요엘은 어리둥절해졌다. 무슨 일이 생긴 거지?

저런 바보 같은 사무엘, 하고 요엘은 생각했다. 사무엘이 시비를 걸었던 것이다. 그리고 이제 그녀는 다시 떠나가고 있었다.

요엘은 누구 뒤를 쫓아가야 할지 몰랐다. 이유야 어찌되었건 결국 사무엘의 뒤를 따라갈 수밖에 없었다.

"어떻게 한 거예요?" 요엘이 소리를 질렀다. "뭐라고 했는데요? 왜 그녀가 가버린 거죠? 그녀를 치려고 했어요?"

"난 그냥 몇 가지 불쾌한 진실을 말해줬을 뿐이다." 사무엘이 말했다. "그녀가 우리를 떠난 그날부터 하루도 빠짐없이 그녀에게 해주고 싶었던 말을 한 것뿐이야."

"그게 뭔데요?"

"상관없다. 호텔로 돌아가자."

"혼자 갈 수 있잖아요."

"너 뭐라고 했냐?"

"아빠 혼자서도 호텔로 돌아갈 수 있다고 했어요. 난 아빠가 무슨 말을 했는지 알고 싶어요."

"그녀를 잔인하고 지긋지긋한 계집이라 생각한다고 말해줬다."

요엘은 벌어진 입을 다물지 못한 채 사무엘을 쳐다보았다.

"왜 그런 말을 했어요?"

"왜냐하면 그게 내 생각이니까. 인간이라면 제 아들을 그런 식으로 내버리지는 않아. 겨울이 너무 길다는 생각이 든다는, 그깟 이유 때문에 도망치지는 않는다. 내가 그 여자한테 해준 말은 그거였다. 그런데 내 말을 달가워하지 않더구나."

사무엘은 너무나 화가 나서 몸을 부들부들 떨고 있었다.

"나는 해줘야겠다고 작정했던 말을 했다. 이제 그 여자와는 완전히 끝났어. 이제 그 여자 생각은 다신 안할 테다. 내가 살아 있는 한 털끝만큼도 생각 안 할 거야."

"하지만 나는 어떡하라고요?"

요엘은 제 목소리가 비명처럼 변해버린 기분이 들었다.

"하지만 나는 어떡하냐구요?" 같은 말을 되풀이하는 요엘의 목소리는 이제 평소대로 돌아와 있었다.

"그건 네게 달렸다." 사무엘이 대답했다. "그 여자는 네 엄마다. 네가 만나고 싶으면 만나."

사무엘이 발걸음을 뗐다. 요엘은 그의 뒤를 쫓아가며 팔을 쳐들었다. 사무엘이 예니에게 했던 것과 똑같이. 그걸 눈치 챈 사무엘은 몸을 피했다. 둘은 광장 한복판에서 서로를 노려보며 마주섰다.

"너 나를 칠 셈이었냐?"

"예," 요엘이 대답했다. "아빠가 예니를 치려고 했던 거랑 똑같이요."

사무엘이 요엘의 팔을 움켜쥐었다.

"우린 이제 호텔로 되돌아간다!" 그가 고함을 질렀다. "그리고 내가 병원에 다녀오면 다음 기차를 타고 집으로 돌아가."

그러자 요엘이 더없이 차분한 목소리로 말했다.

"난 아빠랑 같이 안 가요."

"그 말은 여기 스톡홀름에 남아 있겠다는 뜻이냐?"

"난 선원 공공 직업소개소에 가봤어요. 배를 타려고 이름도 등록해 놨다고요. 더 이상 아빠를 기다리고만 있을 수 없어요."

사무엘은 한동안 잠자코 말이 없었다.

"흠," 마침내 그가 입을 열었다. "그러니까, 네가 그랬단 말이지, 응?"

"아빠도 늦지 않았어요. 나처럼 하면 돼요."

사무엘이 생각에 잠긴 표정으로 요엘을 바라보았다.

"안될 거다, 안될 거야."

그들은 다시 호텔 쪽으로 발길을 돌려 걷기 시작했다.

그러다가 사무엘이 갑자기 걸음을 멈추고 섰다.

"난 후회하지 않아. 예니에게 그런 말 한 거 후회 없어. 넌 이해해 줘야 한다. 그녀가 우리에게 저지른 일은 내가 용서할 수 없는 짓이야. 너도 나와 같은 식으로 볼 필요는 없다. 내 말이 무슨 뜻인지 알겠지?"

"아뇨," 요엘이 반박했다. "하지만 지금으로서는 털끝만큼도 개의치 않아요."

호텔이 가까워지자 사무엘은 바 앞에서 걸음을 멈추었다.

"필젠 맥주 한잔이 지금 꼭 필요한 거 같다." 그가 말했다.

"안돼요," 요엘이 막아섰다. "그건 절대로 필요한 게 아니에요. 게다가 아빠는 아무 것도 먹지도, 마시지도 말고 내일 병원에 가야 돼요."

"필젠 맥주 한 잔 마신다고 해될 건 없다."

"우리는 호텔로 돌아가야 해요," 요엘이 말했다. "필젠은 안돼요."

그들은 다음날 아침 일찍 일어났다. 요엘은 아침식사를 하러 카페로 갔고 사무엘은 버스를 타고 병원으로 갔다. 요엘은 사무엘에게서 받은 돈으로 사진 값을 치를 수 있었다. 그러나 사진관이 문을 열려면 몇 시간 더 기다려야 했다. 그동안 거리를 헤매고 돌아다녔다. 예니에게 전화를 걸어볼까, 아니면 그냥 편지를 써야 할까, 망설이면서.

사무엘은 바보예요. 안녕히 계세요, 요엘.

마음을 정하기가 힘들었다.

전날 담배가 있느냐고 물어봤던 여자애의 모습이 불쑥 나타났다. 그 애 혼자 벤치에 앉아서 잡지책을 읽고 있었다. 요엘은 가판대로 가서 담배를 낱개로 네 개비 샀다. 그리고는 그 벤치 쪽으로 다가갔다.

"좀 시간이 걸렸어." 요엘이 말했다. "그러니까 오래 걸린 걸 벌충하는 의미로 네 개비 줄게."

여자애는 처음에는 요엘을 알아보지 못하다가 이내 웃음을 터뜨렸다.

"너 돌았구나!"

여자애는 요엘이 내민 담배 개비를 받아 호주머니에 넣었다.

그리고는 벤치에서 일어나더니 가버렸다. 고맙다는 말 한 마디 없었다.

요엘은 실망스러웠다. 자신이 기대했던 게, 혹은 바랐던 게 무엇이었는지 확실히 알지는 못했는데도 낙심했다.

소녀 마트손이 떠올랐다. 투명한 망사 커튼 뒤에서 발가벗고 있던 모습이.

일단 배를 타게 되면 상황이 더 좋아질 거야, 라고 요엘은 생각했다. 그러면 나를 막을 게 아무 것도 없을걸.

요엘은 사진관으로 가서 사진을 찍었다. 그리고는 선원들이 찾아가는 의사의 주소를 뒤져보았다.

진료소의 대기실은 만원이었다.

요엘은 문득 사무엘과 자신이 다 병원에 와 있다는 생각이 들었다.

예니 역시 또 다른 병원에서 일하고 있었다.

시간이 지나 요엘은 의사와 면담을 하게 되었다. 의사는 요엘에게 바지를 벗어보라고 했다. 사타구니 주위를 만져보더니 건강하다고 판정했다. 요엘은 증명서를 발급받았고, 그 증명서를 들고 선원 공공 직업소개소로 갔다.

직업소개소에서는 이틀 뒤에 다시 전화를 주겠노라고 했다. 그때 선원수첩을 찾아가면 된다는 것이었다.

직업소개소 사무실을 막 나서려는데 요엘의 등 뒤에서 이런 목소리가 들려왔다.

"카르마스 호에서 여객실 사환과 기관실 조수 각 한 명."

두 남자가 일어나 벽에 붙은 창구 쪽으로 다가갔다.

다음은 내 차례야, 라고 요엘은 생각했다.

문제는 사무엘의 의중을 헤아리는 거였다. 진지하게 생각했던 걸까? 진심으로 바다에 다시 나갈 생각을 하고 있었던 걸까? 사무엘의 마음은 정말이지 짚어볼 수가 없었다. 상황에 따라 시시때때로 변하는 게 그의 마음이었다.

하지만 있을 법한 일이었다. 도끼와 톱을 집어 들고 숲을 헤치고 다니는 일은 이제 할 만큼 했다고 마음먹었는지도 모를 일이었다.

그렇다면 강가에 있는 그 집은 어떻게 처리해야 할까? 그 가구들은 또 어떻게 해야 하나? 요엘은 더는 참고 기다릴 수 없다고 결론을 내렸다. 사무엘은 나중에 따라오면 될 터였다.

***

요엘은 그 후로도 몇 시간을 더 시내에 남아 이리저리 돌아다녔다. 걷다가 두 번 멈춰 서서 핫도그를 사먹었다.

그런 다음에 호텔로 돌아왔다.

사무엘의 흔적은 아직 없었다.

그런데 방 열쇠를 가지러 접수대에 다가가자 대머리 남자가 봉투 하나를 내밀었다.

편지였다. 예니 라이덴이 보낸 편지.

IO

손 글씨로 쓴 짧은 편지였다.

요엘은 호텔 바깥 계단에 앉아서 예니가 쓴 편지를 읽었다.

사랑하는 내 아들,

광장에서 사무엘이 내게 삿대질을 하며 소리를 지르기 시작한 순간에

떠올랐어. 내가 왜 그 옛날에 떠났는지를. 한 마디 말도 없이.

난 너에게 아무 말도 할 수가 없었어. 넌 너무 어렸으니까.

말했어도 넌 이해 못했을 거야.

난 사무엘을 절대로 다시 보고 싶지 않아. 하지만 사무엘과 같이 사는

게 쉽지 않았다는 걸 너는 이해해줘야 해.

난 정말로 너와 내가 계속 다시 볼 수 있기를 히망한다.

그랬으면 좋겠어.

예니

요엘은 편지를 다시 읽어보았다.

예니는 단어의 철자를 잘못 썼다. "히망"이라고. 원래 말하려는 뜻은 "희망"이었을 텐데.

그런데 편지의 내용 중에 요엘에게도 온전히 이해되는 부분이 있었다. 사무엘과 같이 사는 게 쉽지 않았다는 그 말이었다. 요엘도 그렇다는 걸 직접 겪어봐서 알았다.

그렇다면 사라에게는 어땠을까? 고향 마을의 술집에서 일하던 그 여자도 사무엘을 참아낼 수 없었던 걸까?

그게 다 사무엘이 면도를 아무렇게나 하는 버릇과 관련이 있는 거라고 봐, 라고 요엘은 생각했다. 면도를 함부로 하는 사람이라면 다른 일도 함부로 할 게 뻔한 거라고.

요엘은 제 뺨을 만져보았다. 아직은 턱밑까지만 수염이 솟아 있었다. 그래도 자신은 절대로 면도를 함부로 하지 않으리라는 것만은 장담할 수 있었다. 대충 할 바에야 차라리 턱수염을 기르고 말리라.

요엘은 이제 어떻게 할까 망설였다. 사무엘에게 이 편지를 보여줘야 할까? 아니면 엘리노어에게서 편지를 받았을 때의 사무엘와 똑같이 해야 할까? 편지가 왔다는 사실만 알려주고 그 내용에 대해서는 말하지 말까?

요엘은 호텔방으로 다시 들어갔다. 책상 서랍에서 호텔 이름과 주소가 새겨진 종이를 찾아냈다. 사무엘의 펜도 있었다. 그러니까 당장이라도 예니에게 답장을 쓸 수가 있는 거였다.

"그게 좋은 소식이었으면 한다." 안내 데스크에 앉은 대머리 남자가 말했다. 이제 그는 요엘을 볼 때마다 점점 더 다정하게 대해주었다.

"더 이상 좋은 소식은 없을 걸요." 요엘이 대답했다.

요엘은 종이를 앞에 놓고 연필을 손에 쥔 채로 책상 앞에 앉아 있었다. 정말이지 예니에게 보낼 편지를 사무엘의 펜으로 쓰고 싶지는 않았지만 달리 펜이 없었다.

뭐라고 써야 하지?

예니가 보낸 편지를 한 번 더 읽어보았다. 그녀의 목소리가 들리는 듯했다. 사무엘이 그녀에게 뭐라고 소리를 질렀었지? 지긋지긋한 계집이라고 했었나?

그게 정말로 여자에게 할 소리인가? 사무엘은 상스러운 사람임에 분명했다. 10년도 넘는 세월 동안 그럴 작정을 하고 있었다는 말이 진심일까? 엄마 예니한테 지긋지긋한 계집이란 욕을 뱉어줄 작정이었을까?

요엘은 결국 사무엘이 이해할 수 없는 사람이라는 결론을 내렸다. 난 이해할 수 없는 아빠를 둔 거야. 아무도 이해할 수 없는 사람, 상스러운 사람이야.

그런 상스러운 성격을 자신도 물려받았을지 모른다는 생각에 슬그머니 걱정이 들었다. 내면에 그런 부분이 있는지도 몰랐다. 지금까지는 그냥 씨앗으로 숨어 있었지만 나이가 들어가면서 싹이 트고 자라게 될지도 몰랐다. 훗날 여자들에게 해서는 안 될 욕을 지껄이며 싸돌아다니게 되지 않을까?

이제 요엘은 무얼 써야 할지 정리가 되었다. 철자를 잘못 쓰지 않도록 각별히 조심할 작정이었다.

편지를 다 쓴 다음에는 틀린 데가 없는지 꼼꼼하게 다시 읽어 보았다.

예니 라이텐께,
제가 우리 아버지 사무엘 구스타프손처럼 상스럽지 않다는 걸 아셨으면 좋겠어요. 저는 절대로 고함을 지르지 않아요. 저도 당신을 다시 보고 싶습니다.

요엘 구스타프손 올림

이 정도면 되었다. 철자를 잘못 쓴 곳은 한 군데도 없었다. 요엘은 종이를 접어서 봉투에 넣었다. 그런 다음에 밀봉했다.

안내 데스크에서 우표를 샀다. 호텔에서 멀지 않은 길에 우체통이 있는 것도 미리 봐 두었다. 요엘은 그 우체통에 편지를 넣었다.

그렇게 그 일은 마무리되었다.

사무엘이 병원에서 돌아왔을 때 요엘은 막 식사를 하고 들어온 참이었다. 다른 카페에 가보았으나 음식 맛은 똑같았다. 나무에 기대앉은 여인의 그림을 바라보며 소냐 마트손 생각을 하고 있을 때 방문이 열렸다.

사무엘은 모자를 쓰고 있었다.

하늘색 띠가 달린 회색빛 모자였다.

요엘이 그를 빤히 쳐다보았다. 모자는 사무엘의 귀 한참 아래까지 축 늘어져 있었다.

"대체 어디서 그걸 구했어요?" 요엘이 물었다.

"구하다니?" 사무엘이 반문했다. "내가 샀어. 그리고 이건 무지하게 비싼 모자다. 하지만 나도 한 번쯤은 무언가로 나 자신을 대접해줄 권리가 있다고 생각했다."

"그래서 모자를 샀다고요?"

사무엘은 거울 속의 자기 모습을 유심히 살폈다.

"우아한 모자 아니냐?"

"우아해요. 그런데 그 모자를 가지고 뭘 할 건데요?"

"쓰고 다닐란다."

"숲 속에서요?"

"제일 좋은 옷으로 차려 입었을 때. 주일마다."

요엘이 한숨을 푹 내쉬었다. 이거야말로 예니 라이덴이나 요엘이 똑같이 잘 알고 있는 바였다. 즉 사무엘이 제대로 이해하기 힘든 사람이라는 사실. 그는 일요일에 한 번도 정장을 차려 입었던 적이 없었다. 산책을 하러 나선 적도 없었다. 저 모자는 그러니까 결국 옷장의 선반 위로 돌아가고 말 거였다. 그렇게 그 자리에 언제까지나 놓여 있을 거였다.

요엘이 화제를 돌렸다.

"그 사람들이 뭐라고 했어요, 병원에서요?"

"그 사람들이 연락을 주기로 했다. 편지로. 그러니까 이제 우리는 집으로 돌아가도 돼."

사무엘은 요엘을 지나쳐 의자에 앉았다.

요엘은 사무엘에게서 필젠 맥주 냄새가 풍기는 걸 금방 알아챘다. 그것은 그가 하루 온종일 병원에 가 있었던 게 아니라는 뜻이었다. 그러나 눈동자가 번들거리지 않는 것으로 보아 술에 취하지는 않았다.

"식사 했냐?" 사무엘이 물었다.

"예, 아빠는요?"

"안 먹었지만 배는 안 고파."

저 말은 사실이 아니야, 라고 요엘은 생각했다. 사무엘은 면도를 할 때만큼이나 거짓말에도 서툰 사람이야. 벌써 식사를 했고 맥주도 마셨어. 그리고 한 번도 본 적 없는 많은 노인들에게 술을 몇 순배 돌리고 온 게 틀림없지. 게다가 그 사람들에게는 자신이 뱃사람이라고 말했을 걸. 상륙 허가를 얻어 뭍에 나온 선원이라고.

"돈이 남았어요?" 요엘이 물었다.

요엘은 이 호텔에서 이틀 밤을 더 묵게 되면 방값을 치를 수 있을지 궁금해진 것이다.

"우리가 그럭저럭 지낼 만큼은 있다." 사무엘이 말했다. "그리고 어쨌거나 내일은 집으로 돌아갈 거야."

요엘은 더 이상 기다릴 필요도, 그럴 이유도 없다는 것을 깨달았다. 아버지에게 얘기를 해주어야 했다. 지금이 아니면 기회는 영영 다시 오지 않을 것이었다.

"우리 언제 배를 보러 갈 거예요?"

"그건 내일 해도 돼. 집으로 떠나기 전에."

보러 가고 싶지 않은 거야, 라고 요엘은 생각했다. 내가 우선 학교를 마쳐야 한다는 말, 그리고 나면 이사를 가고 아버지가 다시 선원이 될 수 있다고 한 말, 그 모든 게 한낱 빈 말에 불과할 뿐이었다.

말만 했을 뿐, 말일 뿐, 아무 것도 아니었다.

요엘은 숨을 깊게 들이마시며 마음을 단단히 먹었다.

"난 아빠랑 같이 가지 않아요. 이틀 뒤에 선원수첩을 받으러 갈 거예요. 그러면 바다로 떠나요. 더는 아빠를 기다리고 있을 수가 없어요."

사무엘이 한참 동안 요엘을 물끄러미 바라보았다. 요엘이 진지하게 말하고 있다는 사실이 차츰 실감나는 모양이었다.

사무엘은 아무 말도 하지 않았다. 다시 자기 안으로 숨어든 듯했다.

"그거 좀 충격적인 말이구나." 그가 마침내 입을 열었다.

"왜요? 그건 내가 오랫동안 꿈꾸어온 일인 걸요. 그리고 난 아빠랑 같이 배를 탈 거라고 생각했어요."

"난 병원에서 올 편지를 기다려야 한다."

아빠에게는 뭔가 기다려야 할 게 있으니 다행일 테지, 라고 요엘은 생각했다. 하지만 그렇게 기다려야 할 게 없었어도 아빠는 뭔가를 생각해냈을 거야. 문제를 미뤄둘 만한 무슨 핑계거리를 둘러댔을 거라고.

이윽고 사무엘은 기력을 되찾은 듯했다.

"우리 이렇게 하자꾸나, 내일 집으로 돌아가는 거야. 그러고 나서 모든 걸 차분하고 꼼꼼하게 계획해 보는 거지. 나는 벌목회사에 사표를 낼 테다. 그 뒤에 우리 둘이 괴텐부르크로 가자. 거기 가면 고를 수 있는 배가 더 많아. 스톡홀름은 아무 것도 아니라니까. 처음 눈에 들어온 배를 보고 무작정 일하겠다고 등록하는 건 좋은 생각이 아니야. 그런 다음에는 우리의 항해 여행을 시작하는 거지. 그 중에 으뜸은 남아프리카로 떠나는 배가 될 테고. 그 배들은 훌륭하지. 배도 좋고 항구도 좋고. 그리고 해운 회사를 선택하는 문제도 아주 신중해야 해. 그런 식이란 말이지. 좋은 배가 있는가 하면 나쁜 배가 있어. 우리가 앞으로 해야 할 일은 그거라고 나는 생각한다."

요엘은 침대 위에 앉아서 잠자코 듣고 있었다.

사무엘이 안쓰럽게 여겨졌다. 그가 한 말은 전부 말뿐이었기 때문이다. 그 어디로도 이끌고 가지 못할 말들, 배의 승강용 사다리 쪽으로는 결코 올라가지 못할 말들.

사무엘은 선원이 되고 싶지 않았다. 아니면 차마 선원이 될 엄두를 내지 못했다. 아니면 그럴 여력이 없었다. 그게 아니라면 그 세 가지를 모두 합친 것이었다.

그러나 요엘은 이제 마음을 돌이킬 수 없었다. 그런다면 자신마저 사무엘처럼 될 것이므로. 저 북쪽 끝자락 강가에 있는 그 집에 계속 남아 있게 될 것이므로. 처음에는 철물상에서 심부름꾼 노릇을 하게 될 테지. 그리고 그 다음에는? 그 다음에 무슨 일이 생기든 거기 그대로 남게 될 것이었다. 그러다가 시간이 흘러 자식이라도 생긴다면 그 애한테 그 옛날 선원 노릇을 할 때 누비고 다녔던 지역을 펼쳐 보여줄 해도海圖 한 장도 지니지 못하는 신세가 되고 말 것이었다.

"어떻게 생각하냐?" 사무엘이 물었다.

"난 아빠랑 같이 안 가요. 더 이상 기다릴 수가 없어요."

다시 침묵. 요엘은 잠자코 기다렸다.

"어디서 지내려고? 네가 배를 기다리는 동안에 말이다?"

그 대답은 명백했다.

"어쩌면 엄마랑 같이 지낼 수 있을지도 몰라요."

드디어 요엘은 그 말을 했다. 처음으로. 예니가 아니었다. 예니 라이덴이 아니었다. 엄마였다.

사무엘은 한참동안 아무 말이 없었다.

"그 말은 이제 나 혼자 지낼 거라는 뜻이군." 그가 입을 뗐다. "그 오랜 세월 동안 난 널 보살펴 왔는데 이제 너는 나를 떠나는구나. 그리고 네 엄마 집으로 가서 살려고 하는구나."

"난 배를 탈 거예요. 운이 좋으면 기다릴 필요도 없이 배에 일자 리가 날지도 몰라요."

"나는 혼자 살아가겠지." 사무엘이 말했다.

요엘은 상황이 점점 더 힘들게 변해가고 있는 느낌이 들었다. 사 무엘이 자기 연민에 빠지면 끝없는 불평과 한탄으로 이어질 게 뻔 하기 때문이었다.

"다시 선원이 되고 싶지 않은 사람은 바로 아빠 자신이에요. 그 건 내 탓이 아니라고요."

"나는 혼자 살아가겠지." 사무엘이 같은 말을 되뇌었다.

요엘은 사무엘을 한 대 치고 싶었다. 최소한 소리라도 지르고 싶었 다. 무엇보다 사무엘은 스스로를 기없게 익기는 버릇을 고쳐야 했다.

뭐가 되었든 그런 버릇보다는 나았다.

"밖으로 나가요." 요엘이 말했다. "맥주를 마셔도 돼요. 하지만 딱 한 잔이에요. 만일 한 잔보다 더 많이 마신다면 그러든 말든 그냥 내버려두고 와버릴 거예요."

사무엘이 일어섰다.

"그거 좋은 생각인데. 스톡홀름까지 왔는데 그냥 호텔 방에 죽치고 앉아 있어서는 안되지."

그들은 평범한 바로 갔다.

사무엘은 필젠 맥주를, 요엘은 레모네이드를 마셨다.

이제는 서로에게 할 말이 별로 없었다. 이미 결정은 내려진 것이었다. 사무엘도, 요엘도 그것을 너무나 잘 알았다.

그러면서도 요엘은 사무엘을 따라 고향으로 되돌아가도 괜찮을 거라는 생각을 떨쳐낼 수가 없었다. 사무엘이 혼자서 살아갈 수 있을까? 제대로 음식을 해 먹기나 할까? 물건은 누가 사다 주지? 밖에서 술에 취해 쓰러지면 누가 집으로 끌고 데려올까?

요엘은 해결책이 뭘까 곰곰이 생각해 보았다. 그러나 별다른 방도가 떠오르지 않았다.

이제 성장을 시작한 것은 요엘 혼자만은 아니었다. 사무엘도 스스로를 돌보는 법을 배워나가지 않으면 안되었다.

***

요엘은 사무엘이 맥주 두 잔까지는 마시게 두었다. 하지만 더 이상은 안 되었다.

그리고 다시 호텔로 돌아왔다.

둘은 오랫동안 잠들지 못한 채 깨어 있었다.

불이 꺼졌다. 그리고 둘 다 아무 말이 없었다.

사무엘을 태운 기차는 오후 3시 22분에 떠났다.

그때는 이미 요엘이 예니와 함께 지낼 수도 있다는 사실을 알고 있었다. 아침에 그녀에게 전화를 걸어 보았더니 이번에는 에바가 전화를 받았다. 그 애가 예니를 바꾸어주었다.

예니는 아직 요엘이 보낸 편지를 받지 못한 상태였으나 요엘이 자기 집에서 이틀 동안 지낼 수 있는지 묻자마자 그러라고 흔쾌히 승낙했다. 요엘은 선원수첩을 발급받고 화물선에 일자리가 날 때까지 기다려야 하는 사정을 설명했다.

사무엘은 호텔의 로비에 앉아 기다렸다. 이미 방값은 치렀다. 여행가방은 기차역의 보관창고에 맡겨 두었고 가방 손잡이는 미리 고쳐두었다.

"내가 손잡이를 고쳐보려고 했는데," 요엘이 말했다. "더 엉망으로 만들고 말았어요."

"괜찮다." 사무엘이 대답했다. "낡은 가방인걸 뭐. 더구나 나는 여행을 별로 하지도 않으니까."

그날 아침 사무엘은 말이 없었다. 아니, 평소보다 훨씬 말수가 적었다. 그러나 요엘이 배가 아프냐고 묻자 고개를 저었다.

식사를 마친 두 사람은 전차를 타고 베타함넨으로 갔다. MS 카르마스 호는 이미 출항하고 없었다. 마침 또 다른 배가 들어오는 중이었다. 그 배는 요엘이 알기로는 벨기에의 국기인 깃발을 날리고 있었다. MS 겐트 호. 요엘은 몰래 사무엘을 훔쳐보았다. 이제 충동을 느끼지 않을까? 서서히 아래로 내려오고 있는 저 트랩 위를 걸어가고 싶지 않을까? 그러나 사무엘의 얼굴에는 아무런 감정도 드러나 있지 않았다. 조는 듯 몽롱한 눈길이었다.

나중에, 전차 안에서, 사무엘은 요엘에게 어떤 종류의 일을 하고 싶은지 물었다. 갑판 위에서 혹은 기관실에서 일하고 싶은지, 그게 아니라면 여객 승무원이 되고 싶은지.

"빈 자리가 나면 아무 거라도 할 거예요." 요엘이 대답했다. "어디서든 시작은 해야 하니까요."

"예전에 나는 늘 갑판 위에서 일했지." 사무엘이 말했다. "기관실은 너무 덥고 시끄러웠어. 나는 늘 갑판부에서 일했다."

"난 비어 있는 자리라면 아무 거라도 하려고요." 요엘이 거듭 말했다.

그들은 스플란에서 내렸지만 그 다음에 무엇을 할지에 대해서는 아무 계획도 없다는 생각이 새삼 떠올랐다. 기차가 떠날 때까지 몇 시간을 무작정 기다려야 했다.

요엘은 걱정스럽기도 했지만 한편으로는 설레었다. 자기 마음이 갑자기 변하게 될까봐 전전긍긍 두려웠다.

좀더 작은 배들이 서 있는 부두를 따라 한가롭게 거닐었다. 요엘은 무슨 말이든 해야 한다는 생각을 떨치지 못했다. 그렇지만 무슨 말을 해야 한담? 그런데 아빠는 내게 해줄 좋은 충고 같은 게 없나?

두 사람은 부둣가를 이리저리 헤맸다. 등 뒤에 무거운 침묵을 짐처럼 질질 끌고서.

시간이 흘러서 사무엘의 여행가방을 찾으러 기차역으로 가야 하는 때가 되었다.

보관창고에 가는 길에 요엘은 경찰서에 들러 잃어버린 배낭에 대해 물어보았다. 그러나 배낭은 여전히 사라진 상태였다. 검은 파도의 행방도 오리무중이었다.

사무엘이 지갑을 꺼내더니 요엘에게 90크로네를 건넸다.

"가진 게 이게 전부구나."

요엘은 그 돈을 받고 싶지 않았다. 자신에게는 필요한 게 아무 것도 없었다.

"넌 옷을 한 두 벌 여벌로 갖고 있어야 해." 사무엘이 말했다. "여행가방이 꼭 필요하긴 하다만 그건 급료를 받고 나서 웬만한 걸로 히니 강민할 수 있을 테고."

잠시 후 두 사람은 기차 플랫폼으로 걸어갔다. 기차는 아직 도착하지 않았다.

"너는 옳은 일을 하는 거다." 사무엘이 말했다. "네가 선원이 되는 건 옳은 일이야. 하지만 내겐 기력이 없어. 지금으로서는 그렇구나."

"아빠에게 음식을 만들어 줄 사람을 만날 수 있었으면 좋겠어요."

"그건 차차 해결될 거야, 아무렴."

"감자를 삶을 때 소금 넣는 거 잊지 마세요. 그리고 불은 너무 세게 하지 말구요."

사무엘이 고개를 끄덕였다.

"잊지 않으마."

"난 아빠 계란 삶아줄 때 보통 이백까지 셌어요. 그렇게 하면 아빠가 아주 좋아하는 상태로 나오거든요."

"천천히, 아니면 빨리 세냐?"

요엘이 시범을 해보이듯 숫자를 세기 시작했다. 사무엘이 고개를 끄덕였다. 마음에 새겨두려는 듯이.

"우유나 물로 죽을 끓이고 나서 냄비에 찬물을 좀 부어놓는 거 잊으면 안돼요. 그렇게 안 하면 절대 말끔하게 벗겨낼 수가 없거든요."

사무엘은 요엘이 일러준 대로 하겠다고 약속했다. 잠시 후 기차가 덜컹거리며 들어왔다.

부자는 손을 맞잡았다. 둘 다 목이 메여왔다.

"편지 쓸게요." 요엘이 말했다. "어떤 배를 타고 항해를 하게 될지 알게 되자마자 곧장요."

"네가 죽 끓이는 냄비에 대해 말해준 거 잊지 않으마." 사무엘이 말했다. "찬물이라 했냐? 그렇게 안하면 깨끗이 씻기가 어렵다는 거지?"

두 사람에게 남겨진 시간은 그게 전부였다.

사무엘이 기차에 올라탔다. 기차 문이 닫혔다. 사무엘은 창문을 열었다.

"이백까지 세라고 한 거 맞냐?"

"예."

기차가 덜컹덜컹 흔들리더니 움직이기 시작했다.

사무엘이 고개를 끄덕이며 한 손을 들었다.

"배 멀미 안 했으면 한다." 그가 소리쳤다.

요엘은 기차역을 벗어나 떠나가는 기차를 지켜보았다.

한순간 뒤쫓아 가서 맨 뒤에 달린 객차에 올라타고 싶은 충동을 느꼈다.

그러나 이제는 너무 늦었다.

기차는 이미 떠나고 말았다.

요엘은 5시 조금 넘은 시각에 외스트괴타가탄에 도착했다. 속옷 몇 벌과 셔츠 한 장을 사들고 갔다. 그러나 운동화는 사지 않았다. 아직 수중에 40크로네가 남아 있었다. 주머니에는 스톡홀름에 온 첫날 샀던 칫솔도 들어 있었다.

그러나 그게 요엘이 지닌 소지품의 전부였다.

여기에 오기까지 요엘은 가급적 시간을 질질 끌었다. 심지어는 호텔에서 한 밤 더 보낼 돈이 수중에 있나 계산하며 망설이기까지 했다.

모든 일이 너무나 순식간에 일어나고 있었다. 정신을 가다듬고 버텨내기도 힘겨웠다. 머리는 이쪽으로, 몸은 저쪽으로 가고 있는 듯한 기분이었다.

한편으로는 소냐 마트손에게 전화를 걸어볼까 생각도 해보았다. 그러나 하지 말자고 단념했다. 차마 그럴 용기가 나지 않았다. 용기가 없으니 모든 게 버겁게만 여겨졌다.

그러는 동안에도 마음속에는 사무엘 생각이 떠나지 않았다. 1초씩 시간이 흘러갈수록 그들은 서로에게서 점점 더 멀리 벗어나고 있었다.

사무엘은 감자에 소금을 치는 걸 잊어버릴 거야, 라고 요엘은 생각했다. 자기가 좋아하는 상태로 계란을 삶으려면 숫자를 몇까지 세어야 하는지 영영 기억하지 못할 걸.

내가 정말로 해야 할 일은 그 모든 내용을 적어놓는 거야.

요엘이 사무엘에게 바치는 요리책 같은 거지.

그리 대단하지는 않더라도 타지 않고 팬에 눌러 붙지도 않게 음식을 만드는 법을 적어놓은 요리책.

그러나 결국 시간을 더 이상 미룰 수 없는 순간이 오고야 말았다. 이제 예니 라이덴과 그녀의 두 딸은 요엘에게 무슨 일이 생긴 게 아닐까 궁금해 하고 있을 게 틀림없었다.

요엘은 현관문으로 들어갔다. 라이덴 식구들은 4층에 살고 있었다. 엘리베이터가 있었지만 요엘은 계단으로 걸어서 올라갔다. 마음의 준비를 할 시간을 갖고 싶었던 것이다.

이제 여동생들을 만나게 되리라.

어쩌면 그 애들에게 줄 선물을 사들고 와야 했는지도 몰라.

4층에 닿기 전, 마지막 층계참에 이르렀을 때 요엘은 잠시 멈추어 섰다. 그 자리에 그대로 주저앉았다.

숨을 데가 있었으면 좋겠다는 생각이 들었다. 접어서 주머니에 쑤셔 넣을 수 있는 조그마한 스카프. 그런 걸 가지고 있다가 필요할 때마다 꺼낼 수 있다면 좋을 거 같았다.

바로 지금이 그런 순간이었다.

여기, 이 계단 위 어딘가에 숨을 곳이 필요했다. 뒤로 물러나 시간을 멈추게 하고 지난 며칠 동안 일어난 일들을 꼼꼼이 따져볼 만한 자리가.

마음을 바꾸기에는 아직도 늦지 않은 시간이었다. 기차역에서 사무엘이 마지막으로 그에게 건네준 것은 돌아가는 기차표였다. 그 표를 쓰지 않겠다면 봉투에 넣어 사무엘에게 도로 부칠 수도 있었다. 그러면 사무엘이 역으로 가져가서 환불을 받게 될 터였다.

요엘로서는 그 표를 갖고 있지 않은 편이 나았을 것이다. 그러나 사무엘은 한사코 고집을 꺾지 않았다. 혹시 무슨 일이 일어날지도 모른다며 우겼다. 그러면 요엘의 마음이 바뀔지도 모른다고 했다.

요엘은 호주머니를 더듬어 보았다. 기차표는 여전히 거기에 들어 있었다.

다음날에 떠나는 기차를 탈 수도 있었다. 그렇게 되면 일터에서 집으로 돌아오는 사무엘이 먹을 감자 요리를 장만할 수 있으리라.

그런 생각 쪽으로 마음이 끌렸다.

그러나 요엘은 마음을 다잡았다. 다시 돌아가는 일은 절대로 없어. 이제 며칠 지나면 선원수첩이 나올 거야.

그때까지 예니 라이덴과 함께 지낼 거야. 여동생들이랑.

아래쪽에 보이는 현관문으로 누군가가 들어왔다.

요엘은 몸을 일으켜 세웠다. 더 이상 상황을 미룰 수가 없었다.

마지막 남은 몇 계단을 마저 올라가서 J. 라이덴이라고 새겨진 문 앞의 벨을 눌렀다.

II

문을 열어준 이는 예니 라이덴이었다.

예니의 양쪽 옆으로 어린 여자애들이 보였다. 그 애들은 요엘을 빤히 쳐다보았다. 둘 중에 큰 아이가 마리아였는데, 금발 머리카락에 동그스름한 얼굴이었다. 그런데 또 다른 아이에게 눈길을 돌리는 순간 요엘은 흠칫 놀라고 말았다.

전혀 의심할 여지가 없었다. 요엘과 에바는 흡사했다. 어느 부분인지 정확하게 손가락으로 짚어볼 수는 없겠지만 요엘은 그 애를 바라보는 게 마치 거울 속에 비친 자신의 얼굴을 보는 것만 같았다.

"우리가 막 궁금해 하던 참이었는데." 예니 라이덴이 미소를 지으며 말했다.

이제 그녀는 좀 덜 불안해 보였다. 목소리도 처음 만났을 때만큼 잔뜩 긴장한 듯 들리지는 않았다.

요엘은 재킷을 걸어놓고 새 옷이 든 가방은 내려놓았다. 그들은 다 같이 거실로 들어갔다. 창문 사이로 햇살이 밝게 비쳐 들었다.

"그러니까 얘들이 네 여동생들이야." 예니가 말했다. "마리아와 에바란다."

두 아이들은 수줍음을 탔다. 서로가 서로의 등 뒤로 몸을 숨기려고 밀치락달치락 했다. 요엘은 당혹스러웠다. 이 애들과 악수를 나누어야 하는 걸까? 그게 아니라면 어떻게 해야 하지?

"얘들은 계속 이러고 있었단다." 예니가 말했다. "언제 오빠를 만나게 되느냐고 조바심을 치면서 말이야."

그러니까 나는 옷장 속에 숨겨둔 유령 같은 존재는 아니었구나, 라고 요엘은 생각했다. 그동안 일어난 그 모든 일들에도 불구하고 이 소리를 듣게 되자 내심 마음이 놓였다. 탈의실에서 요엘을 붙든 남자는 요엘에 대해 아무 것도 아는 게 없었지만 이 두 여자애들에게는 자신이 현실 속에 살아 있는 존재였던 것이다.

"너한테 보여줄 게 있어." 예니가 말했다.

예니는 요엘을 사진 액자를 몇 점 걸어놓은 벽 쪽으로 데리고 갔다. 머리를 짧게 깎고 안경을 쓴 남자의 사진이 요엘의 눈길을 끌었다.

"저 사람이 라이덴인가요?"

"우리 아빠야." 마리아가 대답했다.

"그 사진은 너에게 보여주고 싶은 게 아닌데." 예니가 말했다.

그녀는 담요 위에 발가벗은 모습으로 누워 있는 어린 사내아이의 사진을 손가락으로 가리켰다. 흑백 사진이었는데 꽤 침침했다. 요엘이 앞으로 고개를 내밀었다.

"이게 누구예요?"

"네 사진이야. 어디서 찍었는지 알겠니?"

요엘은 사진을 유심히 쳐다보았다. 사진의 배경을 알아보기 힘들었다. 그래도 익숙하게 여겨지는 무언가가 있긴 있었다.

잠시 후에야 겨우 상황이 가늠되었다.

그 사진은 고향집 주방에서 찍은 것이었다. 그러고 보니 상자에 담긴 셀레스틴도 눈에 들어왔다.

그러니까 그게 사실이구나, 라고 요엘은 생각했다. 예니 라이덴이 진짜 우리 엄마야.

그 옛날에, 오래 전에, 예니와 사무엘이 같이 살았다. 그리고 아기인 나는 부엌 식탁에 누워 있었고 사진도 찍혔다.

"누가 저 사진을 찍었어요?" 요엘이 물었다.

"사무엘이야."

"하지만 아버지는 사진을 못 찍는데요? 한 번도 카메라를 가져본 적도 없어요."

"사무엘이 빌려왔어. 누구한테서 빌려왔는지는 기억나지 않지만."

요엘은 자신이 찍힌 사진을 찬찬히 살펴보았다. 사진 속의 아기가 카메라를 똑바로 쳐다보고 있었다. 웃으면서.

요엘은 그게 자신의 모습인지 알아볼 수가 없었다.

오래 전 사진이었다. 요엘에게 아직 기억이라는 게 쌓이기 전의 어린 나이에 찍은 사진.

요엘은 다른 사진들도 자세히 보았다. 뭔가 석연찮은 구석이 있었다. 벽 한 군데에 희미한 흔적이 보였다. 그 자리에도 사진이 걸려 있었음을 드러내는 자국이었다.

아빠야, 라고 요엘이 생각했다. 광장에서 아빠가 소리를 지르고 삿대질을 한 다음에 예니는 집으로 돌아와 그 사진을 치워버렸을 거야. 그런데도 라이덴은 저 자리에 그대로 있잖아.

"이제 알겠지?" 그녀가 말했다. "그게 정말 사실이란 걸 말이야."

"예." 요엘이 대답했다.

요엘은 벽지에 생긴 자국이 영 맘에 들지 않았다. 사무엘이 분통을 터뜨리며 소리를 질렀다고 해서 예니가 그의 사진마저 벽에서 떼어낼 필요는 없었다.

예니는 요엘이 머물게 될 방을 보여주었다. 부엌 뒤켠의 조그마한 방이었다.

그런 뒤에는 아파트를 구석구석 돌아보았다. 여동생들의 방도 구경했다. 요엘에게는 그렇게 장난감이 많은 방은 처음이었다. 이 아파트에 들어서는 순간부터 요엘의 마음에는 양로원에서 일하는 사람이 어떻게 이렇게 우아한 가구를 살 형편이 될까 궁금증이 일었다. 예니 라이텐은 부자일까? 하지만 그렇게 큰돈을 어디서 구할 수 있었지? 이 많은 장난감과 가구를 다 장만할 만큼 큰돈을 가진 사람은 바로 머리를 짧게 깎은 저 남자일 거라고 단정했다.

이런 생각이 들자 요엘은 라이텐이 저절로 싫어졌다. 사무엘이 떠올랐다. 평생토록 돈이란 지녀본 적 없는 사무엘이었다.

요엘은 예니에게 사무엘 사진을 도로 걸어놓으라고 말하고 싶었다. 그러나 당장 그러지는 않았다. 나중에 선원이 되기 위해 떠나기 전에 말할 작정이었다.

사진 얘기를 꺼내는 대신에 요엘은 사실도 아닌 말을 뱉고야 말았다.

"아버지가 안부 전하래요. 마음을 상하게 할 작정은 아니었대요. 아버지는 나중에 후회할 말을 가끔 하거든요."

"아, 나도 그건 너무나 잘 알지! 그런데 갑자기 그러니까 나로서는 너무 감당하기 힘들어지더구나."

어쩌면 감당하기 힘들었던 심정은 사무엘에게도 마찬가지였을 거라고 요엘은 생각했다. 사정이야 어찌 되었든, 그는 10년이 넘는 긴 세월 동안 예니가 어디에 사는지 알지도 못한 채 살아야 했으니까.

다같이 거실로 다시 나왔다. 여자애들은 줄곧 졸졸 따라 다니면서도 별 말은 없었다. 둘 다 요엘에게서 잠시도 눈을 떼지 않았다.

"네가 배가 고프면 좋을 텐데." 에니가 말했다. "우리는 간단히 먹을 거라서." 요엘도 그랬으면 좋겠다고 대답했다.

"내가 종종 궁금했던 게 있어." 에니가 말했다. "너랑 사무엘이 먹을 음식은 누가 장만했지? 왜 이런 걸 묻느냐 하면, 음식 만드는 솜씨는 사무엘이 정말 형편없다는 거 내가 알거든. 적어도, 그 당시에는 그랬다는 말이야."

"아, 그건 그때그때 달랐어요." 요엘이 얼버무리듯 대답했다.

"사무엘에게 여자친구가 있었나?"

"때로는요."

요엘은 그 질문에 대해서는 더 이상 깊게 얘기하고 싶은 마음이 없었다. 그녀가 그들을 떠나고 난 뒤로 그 오랜 세월 내내 자신이 엄마 노릇을 해왔다는 말은 더구나 하고 싶지 않았다. 그리고 가끔씩 도망가 버린 엄마에 대해 자신이 얼마나 화가 났었는지에 대해서도 마찬가지였다.

그들은 부엌에서 저녁식사를 했다. 요엘은 식탁의 짧은 쪽 끝, 에니의 맞은편에 앉았다. 여동생 둘은 아직도 수줍어하고 있었다. 요엘은 무슨 말을 할까 궁리해 보았다. 그러나 자꾸 사무엘 생각만 났다. 지금쯤 열차 객실 의자에서 여행가방을 머리에 받치고 누워 있을 사무엘 모습만 떠올랐다.

사무엘은 여행길에 먹을 음식을 하나도 챙겨 가지 않았다. 그러니 집에 도착할 때까지 내내 배가 고플 것이었다. 열차 안에 식당칸이 있다고 해도 너무 비쌀 게 뻔했다.

요엘은 저절로 죄책감이 들었다. 그 돈을 받지 말았어야 옳았다. 적어도 사무엘이 기차 안에서 먹을 요깃거리를 사야겠다는 생각은 미리 떠올렸어야 했다.

예니는 물어볼 말이 많았고, 요엘은 그 많은 질문에 일일이 대답해 주었다. 학교 생활이 어땠는지에 대해서. 왜 사무엘처럼 선원이 되려고 하는지에 대해서. 요엘은 아주 짧게 대답했다. 점점 부담감이 느껴져왔다. 어느새 가급적이면 빨리 배에 일자리를 구해야겠다는 생각을 하게 되었다.

날이 저물고 있었다.

여자애들은 잠자리에 들 준비를 했다. 요엘은 그 애들이 욕실에서 너무 정신없이 떠들어댄다고 생각했다. 그러나 예니의 귀에는 아무 소리도 들리지 않는 듯했다. 그들 모녀가 다가오는 밤을 준비하는 동안 요엘은 거실에 앉아 있었다. 잠시 후 예니가 다가오더니 여동생들 방으로 같이 가서 잘 자라는 인사를 하겠느냐고 물었다.

요엘은 그러고 싶지 않았다. 마음은 그랬어도 예니의 말에 따랐다.

"네가 피곤할 거라고 생각되는데." 여동생들 방이 잠잠해지자 예니가 말했다.

요엘은 전혀 졸리지 않았지만 조용히 혼자 있고 싶었다. 엄마 없이 그 모든 세월을 보냈는데 갑자기 엄마가 줄곧 곁에서 맴돈다는 걸 의식하니 꽤 부담스러웠다.

"예," 요엘이 대답했다. "자러 가야 할 거 같아요."

"네가 내일 아침에 일어나면 난 벌써 집을 나섰을 거야."

예니가 요엘에게 현관문 열쇠를 건넸다.

"내가 일하는 동안 동생들은 이웃집에 가 있을 테니까 그 애들 걱정은 할 필요 없어."

그 말을 듣자 마음이 놓였다. 온종일 그 애들과 같이 지내야 한다는 것만 생각해도 요엘은 도망치고 싶었던 것이다.

"내일 뭘 할 거니? 스톡홀름에서 길을 잘 찾겠니?"

"지도가 있어요. 괜찮을 거예요."

요엘은 침대 속으로 파고들었다. 전등 스위치를 막 끄려던 참에 예니가 방문을 두드리더니 안으로 들어왔다.

"내가 알고 싶은 게 너무 많아서. 너도 분명 나에 대해 알고 싶은 게 많을 테고. 서로 시간을 두고 차차 알아가자꾸나."

요엘은 제대로 알아들을 수도 없는 말을 웅얼거렸다. 예니가 어서 방에서 나갔으면 싶었다. 더 이상은 감당할 자신이 없었다.

그녀는 잘 자라고 말하고 방에서 나갔다.

아파트 전체가 금방 고요해졌다.

요엘은 누워서 사무엘을 생각했다.

날마다 벽을 통해 자신의 침실 안으로 우르르 울리듯 들려오던 사무엘의 코 고는 소리가 그리웠다.

요엘은 이제 혼자였다. 비록 멀리 떨어지지 않은 곳에 예니 라이덴과 두 명의 여동생이 있었어도 다를 게 없었다.

그런데 정작 곁에 없는 이는 바로 사무엘이었다. 그리고 중요한 건 그 사실뿐이었다.

다음날 아침, 요엘이 눈을 떴을 때는 이미 아파트가 휑하니 비어 조용했다. 바깥 날씨는 잔뜩 흐렸지만 비가 내리지는 않았다. 요엘은 아침식사를 한 뒤 깨끗한 속옷으로 갈아입었다.

그리고는 밖으로 나갔다.

선원 공공 직업안내소로 들어서자 대기실에 사람들이 가득했다. 그들은 전부 선원이었다. 요엘보다 별로 나이가 들어 보이지 않는 사내아이들도 몇 명 끼여 있었다. 그 많은 사람들을 보자 요엘은 슬그머니 걱정이 들었다. 벌써 배마다 자리가 다 차버린 게 아닐까? 내게 올 일자리는 하나도 남아 있지 않은 게 아닐까?

자기 차례가 되자 요엘은 접수대 쪽으로 다가가서 선원수첩이 아직 안 나왔는지 물어보았다.

선원수첩은 나와 있었다!

짙은 청색이었다. 그리고 앞면에는 요엘의 이름이 새겨져 있었다. 요엘은 어느새 갑판 위에 올라가 있는 듯한 기분이었다. 발밑으로 바닥이 이리저리 흔들리는 듯한 느낌이었다. 너무나 행복했다.

어지러운 몸의 균형을 잃지 않으려면 어쩔 수 없이 자리에 앉아야 했다.

"이번이 처음이구나?" 누군가가 물어왔다.

"예." 요엘의 대답.

요엘에게 그렇게 물어온 사람은 얼굴에 주근깨가 송송 났고 머리카락은 밝은 적갈색이었다.

"이제 곧 호출할 거야." 그 사람이 말했다.

요엘은 그 말이 무슨 뜻인지 이해할 수 없었다. 누가 호출한다는 거지? 뭘 호출한다는 거야? 그런데 물어보지는 않았다.

이런 의문은 금방 풀렸다.

벽에 붙은 창구가 열리더니 땀이 번들거리는 얼굴의 남자가 종이 몇 장을 허공에 대고 흔들었다.

"넵튠 호에서 전기기사 여러 명. 갑판장 한 명, 기관사 한 명. 기관사는 반드시 경력자라야 합니다. 린드피요르드 호에서 남자 승무원 한 명. 그리고 갑판 선원 한 명. 오늘은 이상. 내일 아침 10시에 다시 호출합니다."

대기실에서 기다리던 사람들 중에 몇몇이 일어나서 접수대 쪽으로 갔다. 그 밖의 사람들은 불쾌한 표정으로 궁시렁거리며 문 쪽으로 발길을 돌렸다. 그제야 요엘은 무슨 일이 일어났는지 상황을 파악했다. 내일 10시에 다시 와야 하는 거였다.

요엘은 갑판원이 되어도 좋았다. 아니면 승무원이라도 좋았다.

들뜬 기분이 만져질 듯 생생하게 느껴졌다.

땀이 번들거리던 얼굴의 사내가 그 손에 온 세상을 다 그러쥐고 있었다.

대기실은 점점 비어갔다. 요엘은 자리를 뜨지 않고 남아 있었다. 탁자 위에 놓인 잡지들을 휙휙 넘겨 보았다. 다양한 선박회사에서 광고를 실었다. 배가 얼마나 많은가! 석탄과 철광석, 바나나와 석유를 나르는 수많은 화물선들.

요엘이 대기실을 나서려는 순간 창구 문이 다시 열렸다. 땀이 번들거리는 얼굴의 사내가 고개를 쑥 내밀고서 사방을 두리번거렸다. 창구 문을 막 닫으려다 말고 사내가 요엘을 쳐다봤다.

"어떤 자리 찾고 있냐?" 그가 소리쳐 물었다.

"전 선원이 되고 싶어요." 요엘이 대답했다.

"그런 멍청한 소리는 내 생전 처음 들어보는군. 그럼 그게 아닌데 여기 앉아 있겠냐?"

남자는 요엘 쪽으로 종이 한 장을 흔들며 말했다.

"여기 자리가 하나 더 있다. 종이가 바닥에 떨어졌군. MS 알타호에서 취사 승무원을 찾고 있어."

요엘은 숨을 죽이며 그의 말을 들었다. 머릿속에 여러 생각들이 쓱쓱 지나갔다. 취사 승무원은 쓰레기통을 비울 때만 갑판에 올라갔다. 식당에서 급식 준비를 했고 설거지를 했으며 침구를 정돈했고 선실 청소도 했다. 말하자면 호텔의 객실 청소부와 비슷했다.

"너 관심 없는 거지." 남자는 이렇게 말하며 창구 문을 닫으려고 했다.

"아니, 저 할래요." 요엘이 소리쳤다.

어느새 요엘은 창구 옆으로 다가가서 자신의 선원수첩을 꺼내 보이고 있었다.

"배는 오늘 밤에 베타함넨 부두에 닿을 거다. 내일 아침 8시에 그리로 가라. 주방장을 찾아가."

"누구한테요?"

창구 뒤편의 남자가 요엘의 선원수첩을 펼쳐 보더니 고개를 끄덕였다.

"첫 항해여서 그렇군. 배에 올라가서 주방장을 찾아라. 주방장 이름은 피리넨이야. 핀란드 사람이지. 그래도 스웨덴 말을 할 줄 알아. 가서 그 사람을 만나봐. 만일 네 모습이 그 사람 맘에 들면 너는 다시 이리로 와서 계약을 하는 거다. 알아들었냐?"

요엘이 고개를 끄덕였다.

종이 한 장을 건네받고 나자 창구문이 닫혔다.

모든 일이 너무나 순식간에 일어난 탓에 상황을 제대로 파악할 수 없을 정도였다.

처음에는 선원수첩을 받았다. 그리고는 첫날 바로 일자리를 얻었다.

어떤 종류의 배일까, 이 MS 알타 호라는 배는?

망설이던 요엘이 잠시 후 창구 문을 두드렸다. 문은 금방 열렸다.

창구의 남자는 신문지로 얼굴에 흐르는 땀을 닦고 있었다.

"아직 안 갔냐?"

"그게 어떤 종류의 배인지 알고 싶어서요."

"그렝게스베르그 해운회사 배다."

"어디로 가는데요?"

창구의 남자가 휴우, 하고 한숨을 내쉬었다.

"대관절 내가 그걸 어떻게 알아? 그런데 그 배는 철광석 화물선이지. 그러니까 철광석을 실을 수 있는 항구로 갈 거야. 그런 다음에는 그걸 부려놓을 또 다른 항구로 출항할 테고."

라이베리아일까, 요엘은 생각해 보았다. 아프리카가 아닐까.

지지가 해준 말이 떠올랐다.

그러니까 이 배는 MS 카르마스 호와 같은 해운회사의 배였다.

"더 알고 싶은 거 있냐? 이제 우리는 문을 닫아야 하는데."

"없어요, 그것 말고는 없어요."

창구 문이 또다시 닫혔다.

요엘은 거리로 나섰다.

맨 처음에 든 생각은 사무엘에게 이 얘기를 들려주어야겠다는 것이었다. 그러나 그것은 불가능했다. 사무엘은 아직도 북쪽으로 돌

-211-

아가는 기차를 타고 있을 테니까.

요엘은 들뜬 마음을 가눌 길이 없었다.

그동안 꿈처럼 그려 보았던 그 많은 배들은 가뭇없이 사라져 버렸다.

이제 진짜 배가 나타난 것이다. MS 알타 호라는 이름의 배, 바로 지금 이 순간, 스톡홀름으로 다가오고 있는 배였다.

요엘은 발걸음을 떼놓았다. 처음에는 천천히 걸었는데 점점 더 걸음이 빨라졌다.

외스트괴타가탄으로 돌아오는 길에 그림엽서와 우표를 샀다. 예니의 아파트에 도착해서는 펜을 찾아들고 식탁 앞에 앉았다.

사무엘에게 편지를 썼다.

오늘 제 선원수첩을 받았어요. 일자리도 얻었고요. MS 알타 호라는 배에서 일하게 될 거예요. 이제 바다로 떠나요. 우리 피트케언 제도에서 만나요.

요엘 올림

마지막 문장이 왠지 석연찮았다.

우리 피트케언 제도에서 만나요.

혹시 사무엘은 그 말이 화를 돋운다고 생각하는 게 아닐까? 그러나 정작 떠난 것은 사무엘이 아닌가. 어쨌든간에, 그 얘기를 헤아릴 수 없이 많이 나누었던 두 사람이 아니던가. 나란히 앉아서 해도를 꼼꼼히 살펴보고 태평양 한복판에 있는 그 작은 점을 짚어보지 않았던가. 플레처와 그의 부하들이 잔인한 선장 블라이에 맞서 반란을 일으킨 뒤에 숨어들어간 그곳을.

요엘은 그걸 쓴 것뿐이었다. 그러니 고치지 않고 그대로 두어도 무방할 터였다.

요엘은 계단을 달려 내려가 거리로 나섰다. 금방 우체통을 찾아냈다. 쓴 내용을 한 번 더 훑어보았다. 그러고는 엽서를 우체통에 쏙 집어넣었다.

예니는 요엘의 여동생들을 데리고 돌아왔다. 요엘은 부엌 뒤의 작은 방 침대에 누워 있다가 그들이 들어오는 소리를 들었다. 거실로 나가서 그들을 맞이했다. 그런 다음에는 그날 생긴 일을 전해 주었다.

"내일 계약을 할 거예요. 여기서 더 지내지 못할 거 같아요."

예니가 의자에 앉았다. 실망한 눈치였디.

"그러니까 벌써 떠난다는 말이니?"

"예."

"배가 어디로 가는데?"

"아프리카. 라이베리아."

"그렇게 먼 아프리카까지?"

"아니면 스웨덴의 옥셀레순드. 확실한 건 아무 것도 없어요. 화물이 어디에 있느냐에 달려 있으니까요. 그리고 그 화물을 어디로 싣고 가느냐에 따라서 달라져요."

"아프리카로 갈지, 옥셀레순드로 갈지 너는 확실히 알고 있어야 하는 거 아니야?"

"아마 두 군데 다 가게 될 거예요. 벨기에도 가고요."

예니가 고개를 절레절레 흔들었다. 그러다가 급기야 웃음을 터뜨렸다.

"너는 정말이지 사무엘과 똑같구나. 그 사람도 늘 리오 데 자네이루나 런던으로 가는 거였지. 그러니까 그가 어디에 갔다가 돌아왔는지 난 전혀 몰랐어."

"그렇다면 일이 어떻게 돌아가는지 아시겠네요." 요엘이 말했다.

두 여동생은 옆에 서서 얌전히 듣고만 있었을 뿐 아무 말도 하지 않았다. 눈을 동그랗게 뜨고 입을 벌린 채 오빠를 바라보았다.

"만일 아프리카로 가면 선물을 가져올게요." 요엘이 말했다. "원숭이 가죽이나 뭐 그런 거."

"어머나, 안돼!" 예니가 손사래를 쳤다. "난 그런 거 싫어. 원숭이 가죽은 아냐. 그것만 빼면 다 괜찮아."

그날 저녁에 예니와 요엘은 오래도록 앉아서 이야기를 나누었다. 시간이 너무나 짧게만 느껴졌다. 그러나 마침내 자러 들어와서 전등 스위치를 끄고 나자 요엘은 예니와 나눈 얘기 중에 별로 마음에 남는 게 없었다.

오로지 내일 생각뿐이었다.

예니 생각을 할 시간은 나중에 날 거야, 라고 요엘은 중얼거렸다.

이제 예니를 찾았잖아. 그게 중요한 거지. 게다가 내겐 여동생이 둘이나 생겼어. 욕실에서 정신없이 소란을 피우는 여동생들이긴 하지만.

그러나 그 모든 것에 담긴 의미는 나중에 생각해 봐도 돼.

내가 우선 할 일은 승강용 사다리로 걸어 올라가 배에 타는 거야. 지금 이 순간에도 그 배는 나를 태우려고 스톡홀름으로 다가오고 있어.

그리고 그 다음날, 8시가 조금 안된 시각에 요엘은 전차에서 내렸고 밤새 정박한 배를 보았다. MS 알타 호는 MS 카르마스 호보다 더 컸다. 승강구가 막 열리는 참이었다. 요엘은 심장이 쿵쾅거리는 소리를 들었다. 선착장을 지나서 배의 승강용 사다리 쪽으로 다가갔다. 탑처럼 치솟은 배의 옆면이 산처럼 드리웠다. 요엘은 배 위로 올라갔다.

가슴받이가 달린 작업복을 입은 선원이 요엘에게로 다가오더니 친근한 미소를 지어 보였다.

"너 계약할 거냐?"

"예."

"갑판, 아니면 식당?"

"식당 승무원이 될 거예요."

"그럼 우리 칼레 대신이로군. 그 친구도 좋았지. 네가 오기 전에 일했던 사람 말이야. 설거지만 빼면. 그건 별로였어."

남자는 요엘의 눈을 똑바로 쳐다보며 물었다.

"너 설거지할 수 있냐?"

"예," 요엘이 대답했다. "제가 할 수 있는 일은 대충 그게 다일 걸요."

남자는 배의 고물 쪽을 가리켰다.

"피리녠이 저쪽에 돌아와 있을 게 틀림없어. 조리사와 커피를 마시고 있을 거야. 내 생각에는 네가 만나봐야 할 사람이 그 사람 같은데."

요엘은 남자가 가리켜준 쪽으로 천천히 걸어갔다. 바닷물이 까마득히 아래로 보였다.

요엘은 심호흡을 했다. 지금 자신이 하고 있는 일이 현실임을 제대로 확인하려는 듯이.

이윽고 피리녠을 만나게 되었다. 정식으로 인정을 받았고 계약도 맺었다. 그리고 바로 그날 자신에게 할당된 선실로 들어왔다.

예니는 딸들을 데리고 배를 한 번 보러 오고 싶어 했지만 요엘이 안된다고 거절했다.

만약에 사무엘이 그러고 싶어 했다면 요엘의 반응은 달랐을 것이다.

그 다음날부터 요엘은 일을 시작했다. 그런데 배가 일주일 내내 스톡홀름에 그대로 머물게 될 거라는 사실을 알게 되자 맥이 빠졌다. 다음에 도착할 항구가 어디가 될는지 아는 이는 아무도 없었다. 누군가 나르빅이라고 하는 소리를 들었다. 또 누구는 영국이라고도 했다. 그러나 아무도 제대로 알지 못했다. 행선지가 어디가 될지 알려면 며칠이 더 지나야 했다.

그래도 요엘은 일을 했다. 식탁을 차리고 설거지를 했으며 청소를 하고 침구를 정돈했다. 차츰 배에 대해서, 이 배에서 일하는 사람들에 대해서 알아갔다. 그리고 날마다 밤이 오면 녹초가 된 몸으로 침대에 쓰러져 잠들었다.

시간이 흐르자 선원들은 배가 어디로 항해하게 되는지 알게 되었다. 요엘은 실망했다. 그들의 기항지가 루레아였기 때문이다.

스웨덴의 북쪽 끝이잖아, 라고 요엘이 생각했다. 사무엘과 그동안 살아온 데보다 훨씬 더 북쪽이었다.

그렇기는 해도 요엘은 드디어 출발을 한 셈이었다.

새벽 4시에 떨리는 엔진 소리에 잠에서 깨어났다. 선박을 묶어두었던 밧줄을 풀어서 바다에 내던지는 소리도 들려왔다. 그러고 나자 프로펠러가 우르르 소리를 내며 작동하기 시작했다.

드디어 여행이 시작된 것이다.

12

루레아에서 요엘은 표지가 까만 공책을 한 권 샀다.

공책을 산 그날부터 항해일지를 쓰기 시작했다. 처음 쓴 날짜는 6월 17일이었다.

루레아에 도착했다.

첫 항해를 이리로 와서 잘된 것 같다.

여기서는 북쪽으로 더 이상 갈 데가 없다.

이제부터는 남쪽으로만 항해해야 한다.

1959년 6월 17일, 오후 8시 35분, 루레아에서.

요엘은 날마다 뭐라도 기록하기로 마음먹었다. 그렇게 많이 쓸 필요는 없겠지만 적어도 단어 하나, 날짜와 시간은 꼭 적어두기로 했다.

그리고 루레아에서는 편지를 두 통 부쳤다.

우선 사무엘에게 한 통 보냈다. 어떻게 선원수첩을 발급 받았는지에 대해, 선원수첩을 발급받은 바로 그날 일자리를 구하게 된 사연도 적었다. 처음으로 탄 배가 2만 톤이나 되는 선박이라며 자세하게 설명했다. 지금은 루레아에 와 있다는 얘기도 덧붙였다.

요엘은 사무엘이 집으로 돌아가는 여정이 순조로웠기를 바란다고 썼다.

다음 기항지에서 편지를 쓰겠노라고 약속을 했다. 그리고 봉투 안에는 쓰지 않은 왕복 기차표의 반쪽도 넣었다.

혹시라도 답장을 보내고 싶을 때 어떻게 해야 하는지는 사무엘도 알고 있었다. 해운회사 쪽 주소를 적어 편지를 보내면 되었다.

나머지 한 통의 편지는 예니 라이덴에게 보냈다.

이 편지는 쓰기가 더 힘들었다. 몇 번이나 썼다가 찢어버렸다. 결국에는 더 이상 쓸 기력이 남아 있지 않게 되어 맨 마지막에 쓴 편지로 갈무리 하는 수밖에 없었다.

요엘은 예니에게 사무엘의 사진을 다시 걸어달라고 부탁했다. 그녀가 그의 사진을 떼어냈다는 생각이 맞으리라는 짐작으로. 만일 그녀가 이 부탁을 들어주지 않으면 다시는 찾아가지 않을 작정이었다.

그러나 대안도 하나 제안했다. 사무엘 사진을 그녀의 아파트 벽에 걸어놓고 싶지 않다면 머리를 짧게 깎은 그 남자의 사진도 떼어내 달라는 부탁이었다. 그러면 벽지에는 자국이 두 군데 남게 될 것이었다.

요엘은 예니가 어떻게 반응할지 궁금했다. 화를 낼까? 어쩌면 나를 영영 다시 보고 싶어하지 않을지도 몰라. 그래도 그런 위험을 감수하는 수밖에 없었다.

바다로 나선 요엘의 삶도 항해를 시작했다.

배는 루레아에서 영국의 미들즈브러를 향해 나아갔다. 먼동이 틀 무렵 부두에 닿았다. 요엘은 갑판 위에 서서 엷은 안개에 싸인 낯선 나라를 가만히 바라보았다. 스웨덴 땅 밖으로 와 본 것은 이번이 처음이었다. 이곳으로 오는 내내 날씨가 맑았다. 북해의 바다는 쥐 죽은 듯 고요했다.

그날 저녁에 요엘은 프란스라는 갑판원과 뭍으로 나갔다. 고틀란드 출신인 프란스는 선원 생활을 한 지 벌써 두 해가 되었다. 그리고 전에 미들즈브러에 와 본 적도 있어서 이 부둣가를 잘 알았다. 요엘은 선술집에서 맥주를 두 쪼끼 가량 마시고 나자 머리가 쪼개질 듯이 아파왔다. 다시 배로 돌아가야 갈 시간이 되었을 즈음에는 이미 탁자 위에 엎어져 곯아떨어진 상태였다. 그 다음날 6시에 눈을 뜨자 몸이 쑤시고 아팠다.

이제는 맡은 일에 익숙해졌다. 나날이 단조롭게 흘러갔다. 우선 아침식사를 챙겨 먹었다. 그 다음에는 식탁을 차리고 평 선원이 식사하는 식당에 24인분의 음식을 내갔다. 배 위에는 식당이 두 군데 더 있었다. 선장과 항해사, 기관장이 식사하는 곳은 사관실이라고 했다. 사관실 선원은 사관이라고 불렀다. 아침식사가 끝나고 나면 요엘의 임무는 설거지를 하고 선실을 깨끗하게 청소하는 일이었다. 오후에는 자유시간이 몇 시간 있었다. 그 시간이 지나면 다시 저녁 8시까지 일했다.

요엘에게는 개인 선실이 주어졌다. 처음에 요엘은 이 사실을 알고 놀랐다. 선원이 되는 꿈을 꾸던 시절에는 넓은 공동 침실에서 다 같이 잘 거라고만 생각했으니까. 사무엘이 들려준 얘기 중에 많은 부분이 이제는 달라졌음을 알게 되었다.

요엘의 선실은 그다지 크지 않았다. 벽 쪽으로 붙박이 침상이 놓여있고 세면대, 옷장, 의자가 하나씩 있었다. 그리고 현창이라 불리는 둥근 창도 달려 있었다.

요엘은 지금까지 이보다 더 좋은 거처에서 살아본 적이 없었다. 배 안쪽 깊숙이 고동치듯 울려 퍼지는 엔진 소리가 지친 몸을 달래듯 재워주었다.

배는 일주일 내내 미들즈브러에 머물렀다. 토요일에 요엘은 몇몇 선원들과 어울려 선더랜드라는 근처 도시로 나갔다. 그곳에서 축구 경기를 구경했다.

하루하루가 달랐다.

날마다 새로운 일이 생겼다.

배는 미들즈브러를 떠나 나르빅으로 향했다. 다시 북쪽 행이었다. 그래도 요엘은 인내심을 키우기로 다짐했다. 이번은 어쨌거나 첫 항해이니까. 철광석 무역선. 바다 생활에 익숙해지는 기회로 삼으면 되었다. 그 다음에는 다른 종류의 배에 일자리를 구할 작정이었다. 요엘에게는 시간이 많았다.

북해에서 이틀째 머물던 날 밤에 침상에 누워 잠자던 요엘은 이리저리 흔들리다가 눈을 떴다. 바람이 불고 있었다. 그 때문에 속이 울렁거리는 게 느껴졌다. 억지로 다시 잠을 청해 보았다. 아침이 되면 바람도 사그라질 테니까.

그러나 다시 눈을 떴을 때는 돌풍처럼 세찬 바람이 불었다. 침대에서 비틀거리며 빠져나온 요엘은 곤두박질치지 않으려고 옷장을 꽉 붙들었다.

그날의 나머지 시간은 악몽의 연속이었다. 요엘은 일하다가 토하고 토하다가 일하기를 거듭했다. 음식이 담긴 접시가 바닥에 굴러 떨어지고 사방으로 미끄러지는 것을 속수무책으로 지켜보는 수밖에 없었다. 그러자 자신이 어쩌자고 배를 타고 싶어 했는지 모르겠다는 생각이 들기 시작했다. 뱃멀미 얘기는 사무엘에게서 익히 들었던 바였지만 상상했던 것보다 훨씬 더 끔찍했다. 요엘은 조리사에게 말을 붙여 보았다. 악셀손이라는 이름의 이 조리사는 감자를 튀기는 동안 몸을 똑바로 세우려고 스토브를 꽉 붙들었다. 그에게 이런 상황이 얼마나 오래 가는지 물어보았다.

"아, 나르빅으로 가는 길은 쭉 이럴 거야. 그래도 차츰 바람이 잦아들겠지."

요엘은 감자가 기름에 지글지글 타는 모양을 멍하니 바라보았다. 그러다가 다시 토하기 직전에 가까스로 화장실로 달려갔다.

그날 저녁에는 몸이 어찌나 피곤한지 옷을 벗을 여유도 없이 그대로 침대에 쓰러졌다. 닥쳐올 다음날 아침이 두렵기만 했다.

요엘은 나르빅의 피요르드에 도착할 때까지 계속 뱃멀미를 했다. 그러다가 마침내, 멀미가 썰물처럼 빠져나가는 느낌이 드는 순간이 왔다.

그 후로 다시는 뱃멀미를 하지 않게 되었다. 요엘은 이런 환경에 길들여 질 수 있는 운이 좋은 축에 속했던 것이다. 프란스가 들려준 얘기에 따르면 40년이 넘는 세월 동안 줄기차게 뱃멀미로 고생한 갑판장도 있다고 했다.

* * *

몇 주가 흘렀다.

그 사이에 요엘은 나르빅에 네 번이나 갔다. 그 다음에는 브리스톨로, 다시 미들즈브러와 겐트로, 그리고 드디어 네덜란드로 갔다. 암스테르담 근처의 항구였다.

어느 날 저녁에 암스테르담에 가본 적이 있는 프란스가 요엘에게 여러 가지 이야기를 들려주었다. 요엘은 그 얘기들이 지어낸 게 아닐까 의심이 들었다. 자기 몸을 상품으로 내놓고 쇼윈도우 같은 유리 안에 앉아 있다는 여자들 얘기였다. 프란스의 말에 따르면 한 구역이 온통 유리 안에 앉아 있는 여자들로 가득하다고 했다. 요엘은 그 말을 믿으려 들지 않았다.

"거기 가서 네 눈으로 직접 봐라." 프란스가 말했다.

요엘은 꼭 그렇게 하리라고 마음먹었다. 네덜란드에 들어오자 피리넨은 요엘에게 하루 휴가를 내주었다. 요엘은 전신국으로 가서 그동안 받은 임금에서 200크로네를 현금으로 바꾸었다. 처음으로 돈을 찾아본 것이다. 요엘이 이렇게 많은 돈을 지녀본 적은 지금껏 한 번도 없었다.

애초의 계획은 프란스를 따라서 암스테르담에 가는 거였다. 그런데 프란스에게는 상륙 허가가 나지 않았다. 그가 배에 남아서 처리해야 할 중요한 일이 몇 가지 생겼기 때문이었다. 그래서 요엘은 혼자서 갈 수밖에 없었다.

요엘은 지금이야말로 그 일이 이루어져야 할 때라고 단정했다.

항해일지에는 이렇게 썼다.

우리는 키엘 수로를 지나가고 있다. 지금이야말로 소냐 마트손에게서 벗어나 좀더 멀찍이 걸음을 떼어놓기에 좋은 때이다.

1959년 8월 22일, 오후 7시 44분.

요엘은 기차를 탔다.

프란스에게 들은 바로는 유리 안에 앉은 여자들은 암스테르담 중앙 기차역에서 가까운 구역에 있다고 했다.

기차역에 도착한 요엘은 열차 운행표를 꼼꼼히 살펴보았다. 자신이 일하는 선박이 정박해 있는 항구로 떠나는 막차 시각이 언제인지 확실하게 알아두려는 것이었다.

기차 시간을 확인한 다음에는 암스테르담 시내로 걸어갔다. 불안했다. 앞으로 무슨 일이 닥칠지 몰랐다. 프란스는 요엘에게 열심히 설명해 주었었다. 반드시 돌아다니면서 유리를 전부 다 살펴보아야 한다고 했다. 그리고 나서 꿈에 그려본 여자를 골라야 한다고도 했다. 그러면 그들이 집의 뒤쪽에 있는 방으로 들여보내 줄 것이라고. 돈은 먼저 내야 한다고 했다. 프란스는 돈을 먼저 지불하는 게 얼마나 중요한지 몇 번이나 강조했다. 돈이 먼저라고. 그렇게 하지 않으면 또 다른 뒷방에 앉아 라디오를 듣고 있던 무시무시한 인물과 맞닥뜨려야 하는 곤란한 처지에 놓일지도 모른다고 주의를 주었다.

돈이 먼저다, 라고 요엘은 생각했다. 돈을 호주머니에 챙겨 넣었다. 전신국에서 네덜란드 길더로 받은 돈이었다.

요엘은 앞으로 무슨 일이 벌어질지 전혀 가늠할 수 없었다. 자신이 그 상황을 감당할 수 없을까봐 염려도 되었다. 그런데 정작 자신이 감당하게 될 게 무엇인지조차 분명하지 않았다. 만일 제대로 못하면 여자가 바깥으로 내쫓을지도 몰랐다.

그러나 분명한 것은, 요엘은 이번이 처음이란 얘기를 프란스에게 하지 않았다는 사실이었다. 걱정된다는 말도 물론 비치지 않았다.

뭘 좀 마시고 나면 그게 좀더 수월해지지 않을까 하는 기분이 막연하게 들었다. 너무 많은 양은 아니고 긴장감을 털어낼 정도로 적당한 양이면 되었다. 그래서 요엘은 기차역 옆의 술집으로 발길을 돌렸다. 맥주를 마셨다. 딱 한 잔이었다. 금세 몸이 훈훈해지는 느낌이었다. 술집에서 나와 홍등가로 가는 길을 찾아 나섰다. 거리에는 사람들로 북적거렸다. 수많은 뱃사람들, 요엘과 꼭 같은 사람들이었다.

그리고 그 여자들이 있었다.

프란스가 들려준 얘기는 허풍이 아니었다.

여자들은 조명이 눈부신 유리 안의 의자에 앉아 있었다. 굳은 얼굴 표정이 흡사 양복점의 마네킹 같았다.

요엘은 불안했지만 성적인 흥분도 느꼈다. 차마 그 여자들을 바라볼 용기가 나지 않았다. 여자들은 대부분 빈쯤 빌가벗은 차림이었고 두껍게 화장한 얼굴이었다. 담배를 피워 물고 앉은 여자들도 있었다. 요엘은 남자들이 많이 서 있는 유리 앞에서 잠시 걸음을 멈추었다. 그리고는 자세히 유리 안을 들여다보았다. 거기서는 무리들 틈에 끼어 몸을 숨길 수가 있었다.

잠시 후 요엘은 술집으로 들어가서 위스키를 시켰다. 프란스는 위스키를 마셨다고 했었다. 그밖에는 아무 것도 마시지 않았다고. 위스키를 억지로 삼켰다.

사무엘이라면 단숨에 들이켰을 텐데, 라고 요엘은 생각했다. 사무엘도 바로 여기에 와 본 게 분명해.

사무엘은 누구를 골랐을까?

요엘은 위스키를 한 잔 더 마셔야겠다고 작정했다. 그 정도는 마셔 두어야 할 거 같았다.

술값을 내고 술집을 나섰다. 이제는 유리 앞에 혼자 서 있어도 무방할 만큼 대담해졌다.

그런데 어떻게 골라야 하는 거지?

소냐 마트손을 닮은 여자가 있었으면 좋겠다는 생각이 들었다. 그러나 그런 여자는 한 명도 보이지 않았다. 요엘은 자리를 옮겨갔다. 불을 밝힌 유리가 끝이 났다. 왔던 길을 되짚어 가려던 찰나에 누군가가 어둠 속에서 나오더니 요엘에게 말을 걸었다. 처음에는 누군지 얼굴이 보이지 않았다. 이윽고 한 여자가 요엘 앞에 모습을 드러냈다. 그 여자는 환하게 불을 밝힌 유리 안에 앉았다가 나온 게 아니었다. 그러나 요엘은 그녀도 그런 부류 가운데 하나라는 걸 확신했다. 팔고 있는 여자. 그녀는 영어로 말했다. 값이 얼마인지 말하며 어둠 속을 손가락으로 가리켰다. 요엘의 눈에 문의 윤곽이 어렴풋이 들어왔다.

그녀는 스물다섯 살보다 더 들어 보이지는 않았다. 소냐 마트손과 비슷했다. 머리카락은 갈색이었지만 요엘이 보았던 유리 안의 여자들처럼 화장을 짙게 하지는 않았다.

그녀가 요엘의 팔을 잡았다.

요엘은 필사적으로 달아나야 옳은 게 아닐까 하는 생각이 들었다.

하지만 그러는 대신에 그녀를 따라 어둠 속으로 들어갔다.

문 안쪽으로 가파른 계단이 보였다. 여자가 요엘에게 앞장서서 계단을 오르라고 했다.

내가 대체 여기서 뭘 하고 있는 거지? 라고 요엘은 생각했다.

그들은 붉은 시트가 덮인 침대 방으로 들어왔다. 옆에 붙은 방에서 라디오 소리가 들리는 것 같기도 했다.

여자가 침대에 앉아 손을 내밀었다.

요엘은 그녀가 요구한 돈을 건넸다.

그러자 여자는 요엘의 바지 지퍼를 내리기 시작했다.

잠시 후에 그녀는 자기가 입은 초록색 바지를 벗었다. 그 바지 속에 아무 것도 입지 않은 게 요엘의 눈에 막 들어온 순간 여자가 침대에 드러눕더니 요엘을 끌어당겼다. 시트는 벗기지도 않은 채로.

요엘은 그 다음에 무슨 일이 일어났는지 분명하게 알 수가 없었다. 성욕이 일었다. 그 다음에는 그것이 시작되기도 전에 끝나버리고 말았다.

　그 모든 게 너무나 삽시간에 일어난 일이어서 요엘은 혼란스럽기 짝이 없었다. 여자는 요엘을 침대에서 일으켜 세우고는 휴지를 건넸다. 그리고 계단을 내려가면 조심해야 된다고 다그치듯 말했다.

　"조심해야 돼," 여자가 말했다. "조심해."

　잠시 후 그녀는 라디오가 켜진 방으로 사라져 버렸다.

　요엘은 바지를 끌어올리고 휘청거리며 계단 쪽으로 나왔다.

　다시 바깥 거리로 나서게 되었을 때 요엘은 무슨 일이 벌어진 것일까 스스로에게 물어보았다. 그것은 자신이 상상해왔던 그런 게 전혀 아니었다.

　그렇기는 했어도 항해일지에 무얼 쓰게 될지는 정확하게 알았다.

　암스테르담.

　드디어 그걸 했다.

1959년 8월 24일, 오후 10시 10분.

　기차역으로 돌아온 요엘은 플랫폼을 제대로 찾았다. 자정 직전에 다시 배의 승강용 사다리 위로 올라왔다.

　프란스가 난간에 기대서서 담배를 피우고 있었다.

　"자아," 그가 말했다. "어떻게 됐냐?"

　"좋았어요." 요엘이 대답했다. "끝내주게 좋았지요."

이렇게 대답한 요엘은 프란스가 또 다른 질문을 던질 여지를 주지 않으려고 얼른 자신의 선실로 들어왔다. 그렇지만 프란스가 배의 난간 옆에서 혼자 낄낄거리며 웃는 소리는 들었다.

하루하루가 흘러갔다. 요엘에게는 여전히 기다리는 소식이 있었다. 다음 기항지가 라이베리아라는 소식을. 그러나 배는 아직도 나르빅과 브리스톨, 그리고 겐트로만 갔다. 9월 중순에는 나르빅에서 루레아로 운항하기도 했다. 14일이 걸리는 여정이었다. 점점 요엘의 마음에서 확신이 스러져 갔다. 11월 말이 되자 지금 선박과의 계약을 끝내고 다른 해운회사의 선박에 지원해 보는 게 어떨까 망설여졌다. 화물창에 철광석만 잔뜩 실은 배가 아닌 다른 배로 갈아탈까 하는 생각이 들었다.

지금껏 요엘은 사무엘에게서 편지 한 통을 받은 게 고작이었다. 그 편지는 10월 말에 왔다. 사무엘은 매사가 순조롭다고 썼지만 그 밖에 다른 말은 별로 없었다. 사무엘이 주장하는 것만큼 상황이 좋은 게 아니지 않을까 의심이 들었다. 사무엘 혼자서 어떻게 해나가고 있을까? 누가 음식을 해줄까? 죽을 끓여 먹고 더러워진 냄비에는 찬물을 부어두어야 한다는 사실을 기억이나 하고 있을까?

요엘에게는 사무엘이 혹시 술을 너무 많이 마시지 않을까 하는 게 가장 큰 우려였다. 요엘이 곁에 없는데 누가 아빠를 지켜봐 줄까?

요엘은 계약을 끝내기로 마음의 결정을 거의 내린 상태였다. 그런데 그때 그동안 고대하고 있던 소식이 들려왔다. 즉 다음 항해는 라이베리아 행이라는 소식이었다. 이제 크리스마스에는 라이베리아에 가 있을 터였다. 요엘은 한순간도 망설이지 않았다. 이 항해야말로 지금까지 고대해온 바였으므로. 일단 아프리카에 다녀오고 나면 계약을 끝내고 사무엘을 찾아가 보기로 마음먹었다.

요엘은 사무엘과 예니, 두 사람 모두에게 편지를 띄웠다. 예니는 이미 여러 통의 편지를 보내왔지만 요엘의 요청, 즉 사무엘의 사진을 다시 벽에 걸어놓아야 한다는 요구에 대해서는 한 마디도 언급한 적이 없었다. 머리를 짧게 자른 남자의 사진까지 떼어내야 한다는 요구에 대해서도 마찬가지였다.

요엘 역시 그 얘기는 다시 꺼내지 않았다. 이제 곧 무슨 일이 벌어졌는지, 만일 무슨 일이든 생겼다면, 제 눈으로 직접 확인해 볼 수 있을 테니까.

요엘은 곧 다가올 항해 일정에 대해 썼다.

라이베리아로의 여정.
세상 끝으로의 여행.

요엘은 1959년의 크리스마스 이브 하루 전날 아프리카에 도착했다. 배의 좌현에서 바라본 아프리카 해안은 마치 매혹적인 신기루 같았다. 요엘은 매일 아침 눈을 뜰 때마다 그 전날보다 날씨가 더 따뜻해지는 것을 느꼈다. 그리고 바다도 빛깔이 바뀌었다. 점점 더 밝은 빛이 되었다. 푸른빛은 차츰 초록 빛깔로 변해갔다. 돌고래와 날치 떼들도 보였다. 매일 밤마다 배의 고물에 서서 별이 빛나는 하늘을 올려다보았다.

12월 20일, 요엘은 항해일지에 이렇게 썼다.

이따금 나는 그 개에 대해 생각한다. 그때 내가 보았다고 생각한 그 개를. 별을 향해 가던 개. 그러나 그때 나는 어린아이였을 뿐이다. 그 이상은 생각할 줄 몰랐다. 여기에서는 모든 것이 밝고 눈부시다. 한겨울의 고향이 그랬듯이.

　　　　12월 20일, 오후 10시 22분, 카보 베르데 제도의 남단에서.

배는 라이베리아에 나흘간 머물렀다.

요엘은 틈이 날 때마다 해안으로 나갔다. 사람들이 바글거리는 틈을 헤집고 다녔고, 낯선 냄새를 한껏 들이마셨으며 머리 위에 한없이 무거운 짐을 이고 다니는 아름다운 여인들의 모습에 반했다. 여동생들에게 줄 조개껍데기도 샀다. 예니를 위해서는 알록달록한 로인클로스loincloth (허리에 둘러 입는 천 조각 같은 아프리카 원주민의 옷―옮긴이)를, 사무엘을 위해서는 드럼을 샀다. 크리스마스 이브의 항해일지에는 이렇게 썼다.

라이베리아.

이제 나는 내가 옳은 일을 했다는 걸 안다. 선원이야말로 내가 되고자 하는 바였다. 다음 번 배를 탈 때 나는 갑판원이 된다. 언젠가는 갑판장이 되기 위해 공부를 시작해야 할지도 모른다. 크리스마스가 지나면 집으로 가서 사무엘을 만날 것이다. 사무엘은 선원 생활이 어땠는지 다 잊어버렸다. 내가 다시 그 생각이 떠오르도록 해주리라.

1959년 12월 24일.

라이베리아에 정박해 있는 동안 요엘은 사랑에도 빠졌다.

해변으로 나갈 때마다 한 여자애가 요엘에게 다가와서 옷을 빨아줄 사람이 필요하지 않느냐고 물었다. 요엘은 필요 없다고 대답했다. 그러나 그 여자애는 끈질기게 날마다 다시 다가오곤 했다. 그 애의 이름은 밀레나였다. 열여섯 살이었다.

둘은 부두에서 이야기를 나누곤 했다. 늘 같은 얘기였다. 그러나 요엘은 밀레나를 보면 소냐 마트손이 떠올랐다. 그 애의 피부 빛깔은 새카맸는데도 그랬다.

그믐 하루 전날에 배는 닻을 올리고 북쪽으로 출항했다. 밀레나는 부두에 서서 손을 흔들었다. 요엘은 밀레나가 몹시 가난하다는 것을 알고는 돈을 좀 주었다.

피리넨이 난간의 요엘 곁에 서서 담배를 피워 물었다.

"여기 언제 다시 오나요?" 요엘이 물었다.

피리넨은 싱긋 웃었다. 요엘이 손을 흔들고 밀레나가 화답하듯 손을 흔들어주는 모습을 어느새 보았던 것이다.

"다시는 안와," 피리넨의 대답이었다. "저 애는 잊어버려."

하지만 요엘은 밀레나를 잊을 마음이 전혀 없었다. 그리고 피리넨이 한 말이 사실이 아니라는 것도 알았다. 피리넨은 이따금 사람을 짜증나게 할 때가 있었다. 하지만 요엘은 그럴 경우 어떻게 대응해야 하는지 이미 요령을 터득해 두었다.

라이베리아 다음으로 들른 기항지는 나르빅이었다. 요엘은 1월 말에 계약을 끝내야겠다고 마음먹고 있었다. 그때쯤이면 1,000크로네 정도 돈을 모으게 될 터였다. 어느덧 사무엘을 보러 갈 때가 되었다.

그러나 나르빅에 다다르자 아프리카의 뜨거운 열기는 아득한 기억 너머로 사라져버렸다. 편지 한 통이 요엘을 기다리고 있었다. 요엘이 아침식사 설거지를 막 끝냈을 때 전신기사가 그 편지를 건넸다. 사무엘에게서 온 편지였다. 가늘고 길며 구불구불한 필체를 보고 요엘은 사무엘의 글씨라는 것을 알아챘다.

자신의 선실로 들어와 침대에 누워서 사무엘의 편지를 펼쳤다.

아주 짤막한 편지였다. 글자도 많지 않았다. 그러니 요엘은 이 편지의 내용을 영영 잊을 수 없을 것이었다.

요엘에게,

알타 호에서 지내는 너에게 만사가 두루 잘 돌아가기를 바란다. 아프리카로 떠난 여행이 굉장한 경험이었기를 바래. 지금 네가 집으로 오는 게 최선일 서 같은 생각이 든다. 지난 이름에 내 위장에 통증이 있었던 거 기억날 거다. 그 통증이 이제 더 심해졌어. 무슨 일이 생길지 장담할 수가 없게 되었구나. 그러니 네가 집으로 오는 게 최선일 거 같다.

사무엘

요엘은 주먹으로 배를 세게 얻어맞은 기분이 들었다.

그러니까 사무엘이 아프다는 소식이었다.

호텔에서 했던 생각이 떠올랐다. 병원에서 돌아온 사무엘을 보았을 때 떠올랐던 생각이.

사무엘이 죽을지도 몰라.

요엘은 밀려드는 두려움에 어쩔 줄을 몰라 했다. 지금 당장 사무엘에게 가봐야 해. 더 이상 미뤄서는 안돼. 하지만 하던 일을 버리고 무작정 배를 떠날 수는 없었다. 선원수첩을 제출하고 계약을 끝내겠다는 신청을 하려면 미리 알려야 하는 규정이 있었다.

누군가에게 얘기를 해봐야 해, 라고 요엘은 생각했다. 피리넨에게 해야 하나? 그는 이해하지 못할 걸. 전신기사에게 할까? 그 사람은 아무 것도 해줄 수가 없을 거야.

요엘은 침상에서 일어나 앉았다. 선장에게 얘기해야겠어. 하칸손 선장에게.

선장은 우락부락하고 화를 자주 내는 사람이었지만 어쩔 수가 없었다. 요엘은 침대에서 내려와 함교 쪽 계단으로 올라갔다. 선장이 해변에 나가지 않았다면 선장실에 있는 게 분명했다.

요엘이 선장실 문을 두드렸다.

"들어와."

요엘이 문을 열었다. 하칸손 선장은 책상 앞에 앉아서 뭔가를 쓰고 있었다. 그가 인상을 찌푸렸다.

"바쁘다." 선장의 한 마디였다.

요엘은 자칫하면 눈물이 터져 나올 것 같은 위기감을 느꼈다.

"제 아버지 때문인데요," 요엘이 입을 열었다. "몹시 편찮으세요."

요엘이 편지를 내밀었다. 선장은 가까이 다가오라고 손짓했다.

그러더니 요엘을 빤히 들여다보았다. 요엘은 눈에 눈물이 고이는 것을 느꼈다.

"난 네가 받은 사적인 편지는 읽고 싶지 않다." 선장이 말했다. "하지만 네 얼굴 표정을 보아하니 그 말이 사실인 걸 알겠군."

"저는 집에 가봐야 해요." 요엘이 말했다.

선장이 고개를 끄덕여 보였다.

"내가 그렇게 처리해 주지." 그가 무뚝뚝하게 말하며 자리에서 일어났다.

"일등 항해사와 전신기사에게 말해 두마. 오늘 저녁에 떠날 준비를 해라."

"고맙습니다." 요엘이 말했다.

"내가 받은 너에 대한 보고서가 훌륭했어." 선장이 말했다. "맡은 일을 잘 하고 있다고. 말썽도 한 번 일으키지 않았고."

선장이 문 쪽을 향해 고개를 끄덕여 보였다. 대화는 그것으로 끝이었다.

그날 저녁 요엘은 스웨덴으로 가는 밤 기차에 올랐다.

13

그 겨울 밤, 요엘이 기차에서 내렸을 때는 밤 깊은 시각이었다.

그리고 몹시 추웠다. 기차역 벽에 매달려 있는 온도계의 눈금이 섭씨 영하 31도를 가리켰다. 요엘은 목도리를 당겨 코와 입을 가렸다. 기차역을 나서는 사람은 요엘뿐이었다. 역장은 깃발을 흔들더니 금세 따뜻한 사무실로 들어가버렸다.

요엘은 달랑 혼자 남았다. 나르빅에서 구입한 선원용 잡낭 속에는 옷가지와 라이베리아에서 산 선물들이 들어 있었다.

요엘은 걸음을 떼었다. 강가의 오래된 길 쪽으로 접어들었다.

얼마나 많이 그 길을 따라 걷거나 자전거를 타고 다녔는지 헤아릴 수도 없었다. 그러나 지금은 이 길이 난생 처음 걷는 것처럼 낯설게 느껴졌다.

조급증이 났다. 나르빅에서 출발한 긴 여정 동안 마음속에 도사린 불안감이 점점 더 짙어져 가는 기분이었다. 사무엘이 보낸 편지를 적어도 백 번은 읽어보았을 것이다. 편지에 적힌 글의 의미를 제대로 파악하고 싶어서였다. 사무엘이 그 편지를 쓸 때 술이 취했던 거라고 애써 믿고 싶었다. 태운 냄비들이 수북이 쌓인 부엌에서 술에 취해 외로운 심정이었을 거라고. 그러니 이제 설거지를 하고 청소를 하기 위해서라도 요엘은 집에 가봐야 했다.

그러나 사무엘은 술에 취해 곯아떨어진 다음에는 편지를 쓴 적이 없었다. 그래서 요엘은 아빠가 상황을 과장하여 썼을 거라고 믿어보고 싶었다. 그럴 가능성이 있다는 정도일 거야. 아빠는 가끔 실제보다 더 많이 아프다는 상상을 하기도 했으니까.

그러나 마음 저 깊은 곳에서는 알고 있었다. 스톡홀름의 호텔에서도 이미 알고 있었다. 아빠가 호텔 방문을 들어서던 바로 그 순간에.

아빠가 심하게 아파서 죽을지도 모른다는 사실을.

요엘은 최대한 빨리 걸었다. 차가운 밤공기가 가슴을 할퀴었다.

걷다가 갑자기 걸음을 멈추었다.

아빠가 벌써 죽었으면 어쩌지? 아니, 병원에 있는 게 아닐까?

요엘은 더 빨리 걸었다. 어느새 언덕에 올라와 있었다. 이제 곧 집이 보일 것이었다. 부엌에 불이 켜져 있는지 봐야겠어.

길은 텅 빈 채 사람의 자취란 없었다. 길 양쪽으로 눈만 수북이 쌓여 있었다.

주위에 눈밖에는 아무도, 아무 것도 보이지 않았다.

20미터를 더 가면 집이 보일 것이었다.

그만 멈추고 싶은 마음이 간절했으면서도 걸음은 점점 더 빨라져 만 갔다.

집이 보였다. 그리고 부엌에 불빛도 보였다.

그러니까 사무엘은 죽지 않았어. 그리고 병원에 입원한 것도 아 니야.

집에 있는 거야.

요엘의 발걸음이 늦춰졌다. 마음을 단단히 먹어야 했다. 이제 무 슨 일이 벌어질까? 요엘이 갑자기 문 앞에 나타나면 사무엘은 뭐라 고 할까? 발을 구르며 부츠의 눈을 털어내는 요엘을 보면? 요엘은 바로 그날 밤에 도착할 거라는 소식을 사무엘에게 미리 알릴 틈이 없었던 것이다.

대문을 지나 마당으로 들어갔다. 한 해 전의 어느 날 밤에 잠을 청했던 낡은 침대가 놓인 자리를 지나쳤다. 백 살까지 살아야겠다 고 결심했던 날, 스스로를 강하게 단련시키기로 결심했던 날이었 나. 요엘은 고개를 설레설레 흔들었다. 그런 짓은 두 번 다시 하지 않으리라. 문을 열고 귀를 기울여 보았다. 그러면서 한편으로는 문 을 두드리는 게 낫지 않을까 하는 생각도 들었다. 사무엘은 누가 찾아오리라는 예상도 못하고 있을 텐데. 강도가 들었다고 생각할지도 모르는데.

요엘은 주방 안으로 들어갔다. 사무엘의 방문이 반쯤 열려 있었다. 라디오 소리는 들리지 않았지만 불은 켜져 있었다.

바닥에 잡낭을 내려놓았다. 텅 빈 싱크대가 요엘의 눈에 들어왔다. 냄비를 태운 흔적은 없었다. 빈 병들조차 보이지 않았다.

요엘은 털모자와 장갑을 벗어들고 방문 쪽으로 다가갔다.

사무엘은 침대에 누워 있었다.

눈을 뜨고 있다가 들어오는 요엘을 보았다.

그의 입가에 미소가 번졌다.

"그래, 너 왔구나? 네가 올 거라고 생각했다. 그래도 언제가 될지는 몰랐는데."

"아빠 편지를 받자마자 온 거예요." 요엘이 말했다.

침대 옆 탁자 위에 약병이 놓여 있었다. 그리고 사무엘은 안색이 창백했다. 수염도 깎지 않은 파리한 얼굴이었다. 이불을 덮고 있었지만 아빠의 체중이 줄었다는 것을 요엘은 알아챘다. 제대로 먹지 않았구나, 라고 요엘은 생각했다. 아마 집으로 돌아온 뒤로 제대로 식사를 한 적이 없을 거야.

요엘의 부츠 주위로 물이 웅덩이처럼 고이기 시작했다.

"부츠를 벗고 올게요." 요엘이 이렇게 말하며 주방으로 나갔다. 늘 앉던 자기 의자를 잡아 당겼다. 의자가 바닥에 긁혔다. 그 소리마저 새삼스러웠다.

부츠와 재킷을 벗은 뒤에 사무엘의 방으로 다시 들어가 침대 끄트머리에 앉았다.

"너 점점 더 커가는구나." 사무엘이 말했다.

"이제 180센티미터예요." 요엘이 대답했다.

"그러니 나보다 더 컸어."

침묵.

"아빠 편지를 받았어요." 요엘의 말.

사무엘이 얼굴을 찌푸렸다.

"편지를 쓸 수밖에 없었어. 하지만 지금 그 얘길 따질 필요는 없겠지. 얼마나 머물 작정이냐?"

"몰라요."

"그것도 내일 얘기하면 되고."

아빠는 매사를 미루고 싶어하지, 라고 요엘이 생각했다. 사무엘 구스타프손은 곧장 요점으로 들어가는 법이 절대 없어. 그의 인생 전체가 구불구불 돌아가는 에움길이지.

"집에 먹을 게 있는지 모르겠다." 사무엘이 사과하듯 말했다. "혹시 배가 고픈 거냐?"

"안 고파요."

"찬장 열어봐라."

"배 안 고프다니까요."

"그래도 네 잠자리는 봐 놨다. 네가 날 보러 올 거라는 걸 알았으니까."

그거야말로 중요한 정보인 걸요, 라고 요엘은 생각했다.

그 말은 아빠가 너무 아파서 두 다리로 서 있지도 못할 정도는 아니라는 뜻이야.

"아빠 편지를 받았어요." 요엘이 또 같은 말을 되풀이했다.

"편지를 쓸 수밖에 없었다."

이렇게 앉은 채로 밤을 지새우겠어, 라고 요엘은 생각했다. 같은 말만 하고 또 하면서. 나는 묻고 사무엘은 대답하겠지만 얘기에는 별 진전도 없는 채로.

"내일 해도 되잖아." 사무엘이 말했다. "넌 분명 피곤할 텐데."

"내일까지 절대로 기다릴 수 없어요. 난 아빠가 어떤 상태인지 알고 싶단 말이에요."

사무엘이 고개를 끄덕였다.

요엘은 잠자코 기다렸다.

"지난 여름 기억나지?" 사무엘이 얘기를 시작했다.

"기억나요."

"호텔에서 말이다. 내가 배가 어떻게 아팠는지, 그리고 병원에 왔다 갔다 한 일도."

"병원에서 아빠한테 편지를 보내기로 했잖아요."

사무엘이 다시 말문을 닫았다.

요엘은 두려움으로 온몸이 떨려왔다.

이제 거기까지 다 온 거야. 사무엘이 그 편지를 써야 했던 이유까지.

"그쪽에서 내게 편지를 보냈더구나." 사무엘이 느릿느릿 말을 이어갔다. 한 마디씩 뱉을 때마다 무척 힘이 드는 것 같았다.

"편지에 뭐라고 쓰여 있었는데요?"

"그게 그렇게 좋지가 않았어. 병원에서 한 검사들 말이다. 그 사람들 말로는 여기 병원에 꼭 가서 그 편지를 보여주라더라. 그래서 그렇게 했지. 여기서 제일 높은 의사 한 사람한테 보여줬어. 그 의사 말이 내가 암이래. 간암. 그리고 그건 치료할 수가 없다고 하더라."

요엘의 머리 속에 쿵! 하고 무언가가 떨어졌다. 사무엘은 죽어가고 있었다.

이제는 떨리지 않았다. 한없이 침착해졌다.

"치료할 수가 없단다." 사무엘이 재차 말했다. "그래서 이제 나는 이렇게 침대에 누워 있다. 일하러 갈 수가 없어. 그냥 여기 누워만 있지."

요엘은 무슨 말을 해야 할지 몰랐다.

"아빠가 드실 먹을거리는 누가 사다줘요?" 마침내 요엘이 물었다.

"꼭 필요한 물품을 사다줄 사람을 시리가 물색해 줬어. 그리고 이틀에 한 번씩 간호사가 보러 와. 하지만 난 이제 곧 병원으로 들어가야 할 거야."

"통증이 있나요?"

"그렇게 심하지는 않아. 스톡홀름에 갔을 때처럼은 아니다."

그는 이불 밑에서 앙상한 손을 빼내어 약통과 병 들을 가리켰다.

"그들이 준 약이 썩 좋아. 그걸로 모든 게 말끔히 처리되니까."

"하지만 아빠 그게 치료할 수 없는 거라고 했잖아요?"

"내 말은 약이 통증을 처리해 준다는 뜻이다."

"그밖에 그 사람들이 또 뭐랬는데요?"

"그들은 더 이상 해줄 말이 별로 없었어. 치료할 수 없다면 그게 다지 뭐."

"아빠가 죽게 되는 건가요?"

요엘은 이 말을 도로 주워 담을 수 있으면 좋겠다고 생각했다.

그러나 뜻밖에도 사무엘은 그냥 웃기만 했다.

"난 안 죽을 거야." 그가 말했다. "네가 여기 집에 있는 동안에는 안 죽는다, 적어도. 치료할 수 없는 병에 걸렸다 해도 여전히 계속 살 수는 있는 거야. 실제로 나는 지난 며칠간 몸이 더 좋아진 기분이고. 그건 사라질지도 몰라. 치료할 수는 없다고 하더라도 말이지."

"예." 요엘이 말했다.

"이런 젠장," 사무엘이 말했다. "사람들은 심지어 팔이나 다리가 없어도 계속 살아가. 간이 없어진다고 내가 계속 살 수 없다면 그거 야말로 한심한 거지. 안 그러냐?"

저게 정말 질문일까? 아니면 자신이 옳다고 스스로에게 다짐해

보는 것일까? 요엘은 알 수가 없었다.

　그래서 그냥 고개만 주억거렸을 뿐이다.

　요엘도 같은 생각이었다. 사무엘이 생각하는 게 무엇이든 요엘은 그와 뜻을 같이 했다.

　사무엘은 몸을 일으켜 앉아보려고 애를 썼다.

　"뭔가 먹을 게 분명히 있을 거야."

　"배 안 고파요."

　"하지만 커피는 한 잔 하고 싶잖아, 어? 그리고 네가 어떻게 지냈는지 죄다 들어보고 싶구나."

　"그건 내일 해도 돼요."

　사무엘이 다시 베개 사이로 쓰러질 듯 맥없이 내려앉았다.

　"네 말이 맞다. 그건 급하지 않지. 내가 좀 피곤해서."

　"뭘 좀 갖다드릴까요?"

　"물 한 방울. 그거면 돼."

　요엘은 유리잔을 들고 주방으로 갔다. 어쩌면 간이 없어도 살 수 있으리라. 요엘은 사람에게 어째서 간이 필요한 건지 알 수가 없었다. 그리고 그 간이라는 게 어디에 있는 거지? 위장 속 어딘가에 있는 걸까?

　사무엘에게 물을 한 잔 떠다 준 뒤에 요엘은 다시 주빙으로 와서 잡낭에 든 드럼을 꺼냈다. 아주 조그마한 드럼이었다. 가죽은 갈색이었고 작은 나무의 몸통을 파낸 것이었다.

사무엘은 안경을 쓰고 드럼을 자세히 들여다보았다.

"멋진걸."

그가 주저하면서 손가락으로 드럼의 가죽을 톡톡 두들겼다.

"소리가 좋아. 진짜 드럼이구나."

요엘은 자신이 왜 그 드럼을 샀는지 알 수가 없었다. 도대체 왜 아빠에게 드럼을 사다준 거지? 좀 더 좋은 걸 사줄 생각은 왜 못한 거야?

"이거 연주하는 법을 배울 수 있을 거야." 사무엘이 말했다. "그래서 늘그막에는 드럼 주자가 되어보는 거지."

"아빠한테 원숭이 가죽을 사드리려고 생각했었어요." 요엘이 말했다. "하지만 상륙허가 시간이 별로 많지 않아서."

"드럼이 좋지." 사무엘이 요엘의 말을 받았다. "나는 언제나 진짜 아프리카 드럼을 갖고 싶어 했는데."

요엘은 그 말이 사실이 아니라는 걸 알았다. 그것은 감사의 말을 전하는 사무엘다운 표현이었을 뿐이다.

요엘은 드럼을 바닥에 내려놓았다.

"내일 모든 걸 알고 싶구나." 사무엘이 말했다. "하지만 지금은 잠을 자두는 게 좋을 거 같아. 이 약들을 먹었더니 몽롱해지거든."

"내일 얘기해요." 요엘이 말했다.

"여기 누워서 생각을 하지." 사무엘이 말했다. "잠이 안 올 때는 이 집이 마치 배 안인 것만 같다. 닻을 들어올리는 소리가 들려. 그러고 나면 집은 항구를 벗어나 바다로 나가지."

사무엘이 고개를 절레절레 저었다.

"사람이 때로 얼마나 유치해질 수 있는지 생각하면 우습구나."

요엘이 일어섰다.

"아빠가 잠을 좀 주무셨으면 좋겠어요."

"네가 와서 기쁘다. 내일 더 얘기하자."

"예. 내일 얘기해요."

요엘은 자기 방으로 왔다.

모든 게 거기 그대로 있었다. 침대, 탁자, 의자, 자명종 시계, 롤러 블라인드. 떠날 때와 똑같은 모습으로. 그런데 아주 오래 전인 것처럼 여겨졌다. 침대에 몸을 눕혔다. 머리 옆으로 벽에서 삐걱삐걱, 똑똑 두드리는 소리가 났다. 추위가 벽지 뒤의 나무 들보들 사이에서 노래를 부르고 있었다.

요엘은 지금 상황을 제대로 가늠해 보려고 애를 썼다. 사무엘이 치료할 수 없는 병에 걸렸다. 그래도 사무엘은 계속 살 수 있을지 모른다고 생각했다. 두려워하는 것처럼 보이지는 않았다. 만일 자신이 죽을 거라면 그 생각이 두려움을 불러일으키는 게 당연한 이치 아닌까? 요엘은 그 밖의 다른 가능성은 상상도 할 수가 없었다.

사무엘이 코 고는 소리가 들릴까 가만히 귀를 기울여 보았지만 사방이 한없이 고요하기만 했다.

그러니까 사무엘도 나와 같은 꿈을 꾸고 살았던 거야, 라고 요엘은 생각했다. 이 집을 배라고 꿈꾸었던 것이다. 밧줄을 풀어 던지고 강으로 흘러가 바다로 나아가는 꿈을. 이 집은 배의 브리지이고 사무엘 구스타프손이 선장이다. 일등 항해사는 요엘 구스타프손. 아버지와 아들이 사납기 짝이 없는 폭풍우를 뚫고 배를 저어 나아가는 것이다.

　그 생각은 요엘의 가슴을 벅차오르게 했다. 아빠와 자신이 같은 꿈을 꾸고 있었다는 생각. 그들 둘이서 이 쓰러져 가는 허름한 집을 한 척의 배로 바꾸어 놓았던 것이다.

　요엘은 일어나서 주방 쪽으로 살금살금 들어갔다. 사무엘의 방에 불이 꺼졌고 방문은 요엘이 해놓은 그대로 비스듬히 열려져 있었다. 사무엘의 코 고는 소리는 아직도 들리지 않았다. 그래도 요엘은 사무엘이 잠자는 소리를 들을 수가 있었다. 어두운 그 방에서 들려오는 그의 숨소리는 깊고도 거칠었다.

　요엘은 창턱 아래 긴 의자 쪽으로 살며시 다가갔다. 이제 의자는 요엘의 큰 덩치를 겨우 부려놓을 정도밖에는 안 되었다. 인적 없는 길에 가로등이 밝혀져 있었다. 지금은 영하 32도였다. 한겨울. 요엘은 몸서리를 쳤다. 그리고 라이베리아를 생각했다. 자기를 바라보며 손을 흔들어주었던 그 소녀도.

　자신이 어디에 와 있는지 생각이 미치기도 전에 요엘은 잠 속으로 빠져들었다. 발에 쥐가 나서 눈을 떴을 때는 여기가 어딘지 몰라 어리둥절해졌다. 잠시 후에야 상황이 헤아려졌다. 곧이어 사무엘이 코 고는 소리도 들려왔다.

사람이 치료할 수 없을 정도로 망가진 간을 갖고도 계속 살아갈 수 있는지 알아봐야 해, 라고 요엘은 생각했다. 그게 내가 제일 먼저 할 일이야.

다음날 아침 눈을 뜬 요엘은 사무엘이 주방에서 덜거덕거리는 소리를 들었다. 가만히 살펴보니 사무엘은 죽을 끓이고 있었다. 그러나 옷은 제대로 챙겨 입지 않은 상태였다. 낡은 실내복을 파자마 위에 대충 걸치고 있었다.

"팬에 찬물을 부어야지." 사무엘이 미소를 지으며 말했다.

요엘은 사무엘이 생명을 위협하는 병에 걸렸다는 게 믿어지지 않았다. 아마 그 병은 치료할 수 없을 거야. 하지만 그게 생명을 위협하는 걸까?

두 사람이 아침식사를 끝내자 사무엘은 요엘이 선원으로 보낸 처음 몇 달 동안 겪은 경험담을 듣고 싶어했다.

"그 얘기는 나중에 다 해드릴게요." 요엘이 말했다. "먼저 처리해야 할 일이 몇 가지 있어서요."

집을 나섰을 때 날씨는 여전히 몹시 추웠다. 요엘은 언덕을 올라가 병원으로 향했다. 거리에는 이제 사람들이 드문드문 보였다. 그러나 그들을 쳐다보지 않았다. 턱을 재킷 속에 푹 파묻고는 가급적 빨리 걸었다. 그러나 잠시 후 바삐 걷던 걸음을 우뚝 멈추고 섰다. 내가 왜 병원으로 가고 있는 거지? 간이 무언지 알아낼 더 쉬운 방법도 있잖아. 요엘은 병원으로 향했던 발길을 돌려 왔던 길로 되짚어 갔다.

도축장에 닿을 때까지 멈추지 않고 계속 걸었다. 도축장은 소읍의 맨 끝에 있었다. 요엘은 몇 해 전 여름에 거기서 잔일을 도운 적이 있어서 도축장의 감독과 도축자들을 몇 명 알고 있었다. 요엘은 발을 쿵쿵 굴러 눈을 털어낸 뒤 사무실 안으로 들어갔다. 도축장 감독의 이름은 헤르베르트 룬드그렌이었다. 그는 예순 살이 거의 다 되었는데도 주근깨가 송송 난 얼굴이었다. 흰색 겉옷을 걸치고 앞챙이 달린 모자를 쓰고 있었다.

"요엘 아니냐? 네가 선원이 되었다고 들었는데?"

"그렇게 됐어요. 그냥 한 번 들러봤어요."

룬드그렌이 얼굴을 찡그렸다.

"사무엘이 아프다는 소식은 들었다. 아버지 어떠시냐?"

"괜찮아요. 그런데 그것 땜에 여기 온 거예요. 간이 뭔지 알고 싶어서요."

"간이라니?"

"예. 그게 어디에 있는지, 그리고 뭘 하는지도 알고 싶어요."

"어째서 그걸 알고 싶은 거냐?"

"아버지 간이 고칠 수 없을 정도로 망가져 있어서요."

룬드그렌은 아무 대꾸도 하지 않았다.

"하지만 아버지는 그렇게 되었어도 계속 살아갈 수 있다고 생각하세요."

"어쩌면 그럴지도 모르지." 룬드그렌이 천천히 말했다. "난 의사가 아니잖냐. 그런 건 잘 몰라."

"아저씨 간은 어디 있어요?"

룬드그렌은 위장이 있는 자리 옆쪽을 만져 보았다.

"제가 알고 싶은 건 그게 다예요."

요엘은 털모자를 다시 눌러쓰고 얼굴에는 목도리를 둘렀다.

"네가 꼭 알아둬야 할 게 한 가지 있다." 룬드그렌의 말이었다.

요엘이 그를 바라보았다.

"그게 뭔데요?"

"아, 아무 것도 아니다. 아무 것도 아니야."

요엘은 도축장을 나섰다. 날이 점점 더 밝아오고 있었다. 소읍을 에워싼 언덕의 빼곡한 전나무 숲 위로 태양이 막 솟아오르기 시작했다. 요엘은 룬드그렌이 무슨 말을 하려고 했는지 궁금해졌지만 사무엘이 틀림없이 병마를 헤쳐 나가리라고 믿기로 했다. 사무엘 구스타프손 같은 늙은 선원을 때려눕히자면 이 정도로는 어림도 없다고 생각하기로 했다.

요엘은 엔스트룀 네 청과물 가게로 가서 부식 몇 가지를 샀다. 엔스트룀 부인이 야채를 팔고 있었다.

"요엘이구나," 그녀가 말했다. "네가 배를 타러 갔다고 들었는데?"

"그냥 다니러 온 거예요. 아버지가 아파서요."

"우리도 그렇게 들었다. 가엾은 양반."

"아버지는 괜찮아지실 거예요. 원래대로가 아닌 건 간뿐이거든요."

"몇 년 동안 술을 너무 많이 마신 게 분명해. 그러면 그렇게 되는 거니까."

요엘은 부아가 치밀어 올랐다. 사무엘이 술을 마시는 버릇이 엔스트룀 부인과 대관절 무슨 상관이란 말인가.

"그게 간에 부담을 주지."

"아버지는 이제 나아졌어요." 요엘이 짜증 섞인 음성으로 이렇게 뱉었다. "감자 주세요. 잼도요."

집으로 돌아오는 내내 요엘의 화는 풀리지 않았다. 주방 문 앞에 다다랐을 때 안에서 뭔가 알 수 없는 소음이 들려왔다. 처음에는 그게 무슨 소리인지 알 수가 없었다.

잠시 후에야 깨달았다.

사무엘이 드럼을 치고 있었던 것이다. 갈색 가죽을 손가락으로 톡톡 두들기고 있었다.

아빠는 안 죽을 거야, 라고 요엘은 생각했다. 한겨울에 아프리카 드럼을 치려고 침대에서 빠져나온 사람은 절대로 죽을 만큼 아픈

게 아니지.

요엘은 기침을 하며 발을 굴러 눈을 털어냈다. 주방에서 들리던 시끄러운 소리가 갑자기 멎었다. 요엘은 몇 초 동안 잠자코 기다리다가 문을 열었다.

사무엘은 식탁 앞, 평소에 앉는 자리에 앉아 있었다.

면도를 한 얼굴이었다. 미소도 지어 보였다.

"네가 집에 와서 너무 기쁘다." 그가 말했다. "우리 할 얘기가 많지. 난 벌써 훨씬 나아진 기분이다."

그날 저녁에 그들은 오래 묵은 해도를 다시 꺼냈다.

요엘이 저녁식사 준비를 했고 설거지도 끝냈다. 사무엘은 많이 먹지 않았다. 그래도 음식이 썩 훌륭하다는 말은 잊지 않았다.

그 다음에는 커피 한 잔으로 식사를 마무리했다. 그리고 요엘이 항해 여행 이야기를 펼쳐 놓았지만 암스테르담에서 보낸 밤에 대해서는 입도 벙긋 하지 않았다. 그래도 라이베리아에서 요엘의 옷가지를 빨아주려고 했던 소녀 얘기는 들려주었다.

저녁 내내 사무엘은 예니에 대해 한 번도 물어보지 않았다. 요엘역시 그녀 얘기를 꺼내지 않았다. 사무엘이 알고 싶어 하지 않는다면 그 마음에 따르는 게 옳았다.

어느덧 날이 저물기 시작했다.

"그동안 죽 생각해 봤는데," 사무엘이 말했다. "이제 때가 된 거 같다. 나한테도 말이야."

요엘은 제 귀를 의심했다. 사무엘이 정말로 결심을 한 것일까? 고칠 수 없는 병으로 쓰러지고 나서야 비로소 손에서 톱과 도끼를 내려놓을 시기가 무르익었음을 깨달은 것일까?

"진정이세요?"

"평생 살아오면서 이보다 더 진지했던 적은 없어. 내 몸이 좀 더 나아지면 곧장 다시 배를 탈 계약을 하겠다."

"혹시 우리 둘이 같은 배에서 일할 수도 있을까요?"

"그렇게 되면 머지않아 피트케언 제도의 해안에 우리가 함께 닿게 되겠지."

"그게 얼마나 걸릴까요? 아빠 몸이 더 나아지려면요?"

"그렇게 오래 걸리지는 않아."

"한 달?"

"기껏해야 그렇겠지."

"치료할 수 없는 병은 어떻게 되는 건데요?"

"그건 표시도 나지 않는데 뭐."

그래도 요엘은 그게 사실이라고 믿기가 힘들었다. 마치 머리 속에 먼 뱃고동 소리가 들려오는 것 같은 기분이었다. 안개에 휩싸인 모든 배들을 향해 경고를 보내는 뱃고동 소리가.

이것은 요엘이 라벤 호텔에 머물렀을 때 느꼈던 바로 그 기분과 같았다. 사무엘의 편지를 읽었을 때도 똑같은 기분이었다.

사무엘은 몹시 아파서 죽을 거야.

그러나 요엘은 그런 생각을 몰아냈다.

사무엘이 정말로 전날 밤보다 나아 보였던 것이다.

***

사무엘은 한밤중이 지나고 나서야 잠자리에 들었다. 요엘은 식탁 앞에 좀더 앉아 있었다. 해도를 열심히 뜯어보면서.

그리고는 자러 들어갔다.

요엘은 다음 날 다른 해운회사에 편지를 쓸 작정이었다.

몇 시간 뒤 요엘은 낯선 소음 때문에 선잠에서 끌려나왔다. 어둠 속에서 눈을 떴지만 어딘지 몰라 어리둥절하기만 했다.

잠시 후에는 몸이 뻣뻣하게 굳어버렸다.

그것은 사무엘이었다.

그가 주방에 앉아서 울고 있었다.

14

그날 밤, 사무엘은 요엘에게 모든 사실을 밝혔다.

다시는 배를 타는 계약을 할 수 없으리라는 사실을. 자신이 앓고 있는 병이 절대로 사라지지 않으리라는 사실을. 그리고 병이 더 나아지리라고 믿을 수도 없다는 심정까지도. 요엘이 선원 잡낭을 어깨에 둘러매고 문가에 나타났을 때 사무엘은 이 모든 사정에도 불구하고 상황이 정상적으로 되돌아갈 수 있으리라는 기분이 들었었다. 그러나 밤에 눈을 떴을 때는 그런 가상의 생각 속에 더 이상 빠져 있을 수가 없었다. 다시는 피트케언 제도로 항해를 떠나지 못할 것이었다. 앞으로 남은 인생 동안 할 수 있는 여행이란 고작 병원을 오가는 일이 될 터였다.

요엘은 두렵지 않았다. 지금까지는 만사가 결국에는 괜찮아질 거라는 사무엘의 꿈을 믿고 따라왔었다. 힘겨운 현실을 마주하는 것보다 그 편이 더 쉬웠기 때문이었다. 그런데 이제 마음이 가벼워졌다. 사실을 알게 되었으므로.

사무엘은 죽을 것이다. 그것이 아무리 기이하게 여겨질지라도. 요엘은 무력감을 느꼈다. 화도 났다. 사무엘이 병든 게 억울했다. 왜 아빠가 아니고 다른 사람일 수는 없는 거야? 누구에게나 간이 있잖아. 잘못된 게 왜 하필이면 아빠 간이어야 하는 거야?

그날 밤에 한 번도 꺼내지 않은 말이 있었다. 죽음이라는 말. 두 사람 중 누구도 그 말을 입에 올리고 싶어하지 않았다. 그렇더라도 두 사람 모두 자신들이 무엇에 대해 얘기하고 있는지 잘 알았다.

"난 그 생각을 가급적 안 하려고 애쓴다." 사무엘이 말했다. "두려움에 붙들리지 않으려고. 살아오면서 내가 늘 면도를 엉망으로 하고 어리석은 짓도 저지르고 했다는 건 사실이야. 그러나 내가 두려워한다는 말은 그 누구라도 할 수 없을 거다."

그날 밤에 두 사람은 에니에 대한 얘기도 나누었다.

그 말은 느닷없이 나오고 말았다.

"내가 에니에게 한 말을 후회하지 않는다. 그렇기는 해도 나 역시 에니를 이해한다는 걸 네가 알아주었으면 좋겠다. 에니는 한 번도 여기 숲 생활에 어울리든 적이 없었지. 나와 같이 사는 생활에 익숙해진 적도 없었고. 그녀는 나를 내 본모습과는 다른 사람이라고 생각했어. 마찬가지로 그녀도 내가 생각했던 그런 사람이 아니었고. 내가 더불어 살기에 녹록한 사람이 아니라는 건 나도 알아. 내겐 고약한 버릇들이 있으니까 말이다."

요엘은 넉넉히 내려두었던 커피를 사무엘에게 더 따라 주었다.

"그건 네가 누구보다 잘 알지, 아무렴." 사무엘이 말했다. "내가 같이 살기에 그다지 쉽지 않다는 거 말이다."

요엘은 아무 대응도 하지 않았다. 할 말이 없었다.

"내 생각에 너와 예니는 좋은 친구가 될 수 있을 거 같다." 사무엘이 말했다. "그리고 그보다 나를 기쁘게 하는 건 없어."

사무엘이 커피 잔을 들었다. 그러나 그 순간 통증이 다시 찾아왔다. 고통으로 사무엘의 얼굴이 일그러졌다.

"가서 눕는 게 낫겠어." 그가 말했다. "도와줄 필요 없다. 내가 해나갈 테니까. 그리고 너도 잠을 좀 자야지."

요엘은 주방에 그냥 남아 있었다. 창턱 의자에 앉으러 갈 엄두도 나지 않았다. 머릿속이 텅 비었다. 여러 가지 영상들이 이리저리 깡충거리며 뛰어다녔다. 두서도 없고 서로 아무 상관도 없는 영상들이었다.

잠시 후에는 터벅터벅 걸어서 침대로 되돌아갔다.

이제 앞으로 나는 평생 동안 다시 잠들지 못할 거야, 라고 요엘은 생각했다.

그러나 잠시 후에는 잠 속으로 빠져들었다. 이불깃을 머리 위에 덮어쓴 채로.

＊＊＊

그때를 되돌아보면 요엘은 아버지와의 마지막 날들이 그동안 함께 살아온 나날들 중 가장 뚜렷한 시간으로 떠오른다.

사무엘은 활기에 넘쳤다. 들떠서 신명이 날 정도였다. 그는 예전과는 전혀 다른 식으로 자기 인생에 대해 얘기했다.

어른들이 종종 이상하게 군다는 건 요엘도 잘 알고 있었지만 죽어가는 와중에도 이상할 수 있다는 생각은 한 번도 해본 적이 없었다.

사무엘은 드럼 치는 연습을 날마다 했다. 아침과 저녁 나절에. 그리고 요엘과 함께 해도를 꼼꼼히 살펴보며 시간을 보냈다. 사무엘은 자신이 항해했던 모든 배들에 얽힌 사연을 들려주었다. 들렀던 모든 항구에 대한 이야기도 빠트리지 않았다.

물건을 사고 음식을 만드는 일은 요엘이 맡아 했다. 청소도 했다. 요엘은 사라가 일하는 술집에 들러서 자신이 집에 와 있으니까 사무엘을 도와주러 아무도 올 필요가 없다고 말해주었다. 사라의 눈에 눈물이 고였지만 그녀가 울기 전에 요엘은 서둘러 술집을 빠져 나왔다.

요엘이 얘기를 나누고 싶은 사람은 단 한사람, 게르트루드뿐이었다.

그러나 요엘은 그녀를 만나러 가지도 않았다. 그냥 사무엘과 평화롭게 지내고만 싶었다.

몇 주일이 흐르자 사무엘은 너무 아파서 병원에 들어갈 수밖에 없었다. 사무엘이나 요엘 모두 그 순간이 이토록 빨리 오리라는 예상은 하지 못했다. 이제 사무엘은 네 개의 침대가 놓인 병실에 들어와 있었다. 통증은 마치 해안을 향해 달려와 부서지는 파도처럼 사무엘의 몸을 들락날락했다. 두 사람은 병원까지 해도를 챙겨 와서 이전처럼 가상의 항해 놀이를 계속했다.

둘은 자주 그리고 많이 웃었다. 때로는 너무 요란하게 웃음을 터뜨린 바람에 간호사가 무슨 일이 일어났는지 확인하러 쫓아와 봐야 할 정도였다.

그러나 심각해지는 때도 가끔씩 있었다.

"괴란손에게 도와달라고 부탁해도 된다." 사무엘은 거듭 이렇게 말했다. "집이랑 그 안에 있는 물건들 정리할 때가 오면 말이다."

괴란손은 벌목회사에서 일했다. 사무엘의 상사였는데 이따금씩 병원으로 사무엘을 찾아 오곤 했다. 사라도 문병을 왔고 심지어 엔스트룀 부부까지 왔다. 엔스트룀과 그의 아내. 그러나 이 부부가 병원에 찾아오면 요엘은 어김없이 병실 밖으로 나가버렸다. 엔스트룀 부인이 그때 가게에서 했던 말을 요엘은 아직도 잊지 않고 있었던 것이다.

병원에서는 독한 술을 마시는 것이 금지되어 있었다. 그러나 괴란손이 사무엘에게 코냑을 한 병 가져다주었고 사무엘은 그 술을 가끔 한 모금씩 마셨다. 그 모습이 요엘을 걱정스럽게 하지는 않았다. 술에 취해 정신을 잃은 사무엘을 끌고 집으로 돌아오는 일이 다시는 없을 거라는 생각을 하면 오히려 그 시절이 그립기까지 했다.

요엘은 강가의 집에서 혼자 지냈다. 매일 밤마다 사무엘이 잠이 들면 병원에서 나왔다. 날씨는 여전히 매섭게 추웠다. 가끔씩 요엘은 이 집이 마치 너덜너덜 돛이 다 찢어진 범선 같다는 느낌이 들었다. 이제 이 배는 갈가리 찢겨질 것이었다. 배의 잔해는 아무 것도 남기지 않은 채로.

사무엘을 보러 가지 않을 때는 여러 해운회사에 편지를 띄웠다. 그러는 중에도 앞으로 무슨 일이 일어날지에 대한 생각은 가급적 피하려고 안간힘을 썼다.

어느 날 아침, 요엘이 아침식사를 하고 있을 때 문 두드리는 소리가 들렸다. 괴란손이었다. 요엘은 그에게 커피를 대접했다. 괴란손은 말을 빙빙 돌려서 할 줄 모르는 사람이었다.

"네 아버지 건강이 악화되고 있다는 걸 너도 물론 알겠지. 네 아버지는 앞으로 살 날이 그리 오래 남지 않았어. 너는 지각 있는 아이니까 이 상황을 잘 헤아리고 있을 거라고 믿는다."

요엘은 고개만 끄덕였다. 달리 할 말이 없었던 것이다.

"나는 사무엘에게 너를 도와주겠다는 약속을 했다. 그래서 우선 네가 이 집에서 그대로 살고 싶어 하는지 아닌지를 알아야겠어. 이 집 주인하고 얘기해 봤는데 네가 원하면 계속 살아도 된다는구나. 집세는 똑같이 내고."

요엘은 대답을 하지 않았다.

그런데 한 가지 질문거리가 떠올랐다.

"아버지가 훌륭한 벌목꾼이었나요?"

괴란손은 놀란 표정으로 요엘을 바라보았다.

"그럼," 그가 대답했다. "물론 훌륭했지. 가장 훌륭한 일꾼 가운데 한 사람이었어."

"제가 알고 싶은 건 그게 다예요. 그리고 저는 여기 그대로 살 생각이 없어요."

"가구들은 어떻게 할 건지 생각해 봤니?"

"필요 없어요."

"혹시 네가 간직하고 싶은 게 있을지 잘 생각해 봐야 할 거다. 그러고 나면 팔만한 집기들은 팔 수 있도록 내가 도와주마. 나머지는 내다버려야 할 거야."

괴란손은 한 시간쯤 요엘의 집에 머물렀다. 요엘은 앞으로 일어날 일에 대해서 별로 얘기하고 싶지 않았지만 한편으로는 자신을 도와주려는 괴란손에게 고마운 마음도 들었다.

괴란손이 떠나자 요엘은 지체 없이 집 구석구석 누비면서 자신이 남겨두고 싶은 것을 추려 보았다.

해도들. 사무엘의 사진들. 그리고 옛날 편지들.

사무엘의 선원수첩. 늘 침대 곁을 지켜준 낡은 자명종 시계.

그것밖에는 없었다. 그게 전부였다.

며칠 후에 편지가 한 통 왔다.

요엘이 리오 데 자네이루라는 이름의 선박과 계약을 할 수 있다는 소식이었다. 리오 데 자네이루 호는 아르헨티나를 떠나 괴텐부르크의 조선소로 갈 예정이었다. 거기서 수리를 받기로 되어 있었다. 해운 회사에서는 만일 요엘에게 의향이 있다면 3월 초에 계약을 하고 싶다고 했다.

요엘은 기뻤다. 하지만 계약을 할 수 있을지는 알 수 없었다.

그런데도 요엘은 답장을 썼다. 사실을 있는 그대로 소상하게 설명했다. 계약을 하고 싶지만 그럴 수 있을지 확실히 알 수 없다고 자신이 처한 사정을 밝혔다.

같은 날 오후에 요엘은 사무엘에게 그 편지에 대해 말해 주었다.

"거기는 좋은 회사야" 사무엘이 말했다. "그리고 배도 좋게 들리는데. 좋은 배는 그 이름도 당연히 좋은 법이거든. 리오 데 자네이루라. 그보다 더 좋은 이름은 없겠는걸. 회사에서는 네가 언제 계약하기를 바라냐?"

요엘은 대답을 피하려고 애를 썼지만 사무엘이 끈질기게 알고 싶어했다.

"그 회사에서 날짜를 말해준 게 틀림없어. 나를 속일 생각일랑 마라."

"3월 초예요." 요엘이 웅얼거리듯 대답했다.

사무엘은 잠시 동안 아무 말 없이 가만히 누워만 있었다.

"3월 초라." 그가 이윽고 입을 열었다. "그런데 지금이 벌써 2월 초로구나."

생애의 마지막 날 저녁, 사무엘은 뜬금없이 카드놀이를 하고 싶다는 엉뚱한 생각이 들었다. 병실에 요엘이 갖다놓은 카드가 한 벌 있었다. 사무엘은 전에 없이 기분이 좋았고 아프지도 않았다.

요엘과 둘이서 포커를 쳤다. 가상의 돈을 걸고서.

사무엘은 1,000만 크로네를 걸었다. 요엘도 덩달아 1,000만 크로네를 걸었다. 하지만 그들 중 아무도 누가 이겼는지 계산을 하지 못했다.

마침내, 간호사가 와서 요엘에게 이제 집으로 돌아갈 시간이 되었다고 알려주었다.

"내일 계속 하자." 사무엘이 말했다. "그때는 내가 잃은 돈을 전부 도로 찾고 말 테다."

"하지만 아빠가 이겼잖아요!"

"글쎄, 그러면 다음 번에는 네가 나를 이길 수 있는지 어디 한 번 보자."

요엘은 병상 옆에 놓인 의자에 그대로 앉아 있었다.

"예전에 예니와도 카드 놀이를 하곤 했었지." 사무엘이 말했다. "우리는 너무 재미있는 시간을 보내곤 했다. 이 말 믿어야 해. 상황이 좋을 때는 정말이지 너무 너무 좋았어. 살아오면서 네 엄마가 된 사람이 예니라는 사실을 후회해본 적은 한 번도 없다. 그 사실을 네가 알고 있는 게 중요해."

요엘은 의자에서 일어나 재킷을 걸쳤다.

"추위는 물러나지 않을 거야." 사무엘이 말했다. "하지만 브라질은 따뜻하지. 세상의 끝이라는 데는 없다. 그러나 브라질이라는 데는 있지."

사무엘은 그날 밤에 숨을 거두었다. 요엘이 병원을 나선 뒤에 잠이 들었는데 다시는 깨어나지 못했다.

요엘은 그 다음날 병원에 와서야 그 소식을 들었다.

요엘은 울기 시작했다. 그러나 오래 울지는 않았다.

그 대신에 사무엘이 자신에게 마지막으로 해준 말을 떠올려 보았다.

이 세상의 끝이라는 데는 없지만 브라질이라는 데는 있다던 말을.

그 말 속에는 비밀스러운 메시지가 숨겨져 있는지도 몰랐다. 세상 끝이라는 건 다만 꿈이라는 말인지도 몰랐다. 이름이 없는 곳, 지도 어디에도 존재하지 않는 곳. 그러나 브라질은 실제로 존재한다. 그곳에는 갈 수가 있다.

병원에서는 요엘에게 아버지 모습을 보고 싶은지 물었다.

하지만 요엘은 보고 싶지 않다고 했다.

사무엘이 어떻게 생겼는지 요엘은 잘 알았다. 그러니 더 이상 세상에 존재하지 않는 누군가를 굳이 볼 필요가 없었다.

요엘은 집으로 돌아왔다. 추위에도 아랑곳하지 않고 천천히 걸어왔다. 집으로 돌아온 뒤에 맨 먼저 해운회사에 보낼 편지를 썼다.

저 갈 겁니다.

요엘 구스타프손 드림

조금 뒤에 사라가 나타났다. 괴란손도 왔다. 엔스트룀도. 그리고 사무엘의 오랜 직장동료 가운데 몇몇까지. 사무엘이 어울려 술을 마시곤 했던 나이든 이들도 몇 사람이 왔다. 하지만 더 이상 소란을 떨지 못하도록 사라가 그들을 밖으로 내보냈다.

괴란손과 사라는 요엘에게 자기들과 함께 지내자고 권했다. 하지만 요엘은 그러지 않겠다고 했다. 그러고 싶지 않았다.

***

　그날 밤, 요엘은 다리를 건너 게르트루드의 집으로 향했다. 요엘이 오는 것을 게르트루드도 보았던 게 틀림없었다. 그게 아니라면 오는 소리라도 들었을 것이다. 대문을 지나자 그녀가 밖으로 나와 맞이해 주었다.

　"사무엘이 죽었어." 요엘이 말했다.

　"알아."

　요엘도 당연히 그게 게르트루드에게 새삼스러운 소식이 아니리라는 것을 알았다. 바깥에 나오는 일이 별로 없어도 세상에서 벌어지는 일은 훤히 꿰고 있는 게르트루드였으므로.

　둘은 주방에 앉았다.

　요엘은 게르트루드를 쳐다보기가 힘들었다. 그녀와 눈이 마주치면 금방이라도 울음이 터질 것만 같았다. 그러고 싶지는 않았던 것이다.

　둘은 말없이 앉아 있었다. 요엘은 게르트루드만큼 말없이 함께해도 어색하지 않은 사람은 없다는 걸 깨달았다.

　조금 지난 뒤에 게르트루드는 요엘에게 선원이 되어보니 어떠냐고 물었다. 요엘은 그녀에게 선원이 된 기분을 말해주었다.

　그녀는 예니에 대해서도 물었다.

　오래도록 소식이 끊겼던 엄마를 찾았다는 소식을 게르트루드가 어떻게 들었는지 요엘은 도통 알 수가 없었다. 마지막으로 그녀는 요엘에게 앞으로 어떻게 할 작정인지를 물었다.

"나를 기다리는 배가 괴텐부르크에 와 있어." 요엘이 말했다. "그 다음은 나도 몰라."

"너 분명 여기로 다시 돌아오겠지?"

"내가 왜 그래야 하는데? 사무엘은 이제 이 세상에 존재하지도 않는데?"

"내가 존재하잖아."

요엘은 선뜻 대답을 하지 못했다. 그녀의 말이 옳았다. 그녀는 여전히 그 자리에 남아 있었다. 그리고 요엘이 알고 또 좋아하는 다른 사람들도 있었다.

"넌 여기서 나고 자랐어." 그녀가 말했다. "네 모든 기억과 추억이 여기에 있지. 네가 다시 돌아올 거라고 난 믿어."

요엘이 집으로 돌아온 것은 자정이 한참 지난 시각이었다.

돌아온 집은 휑하니 을씨년스러웠다. 요엘은 사무엘의 방문을 닫아 두었었다. 마음으로는 그 방문을 잠그고 열쇠를 내다버리고 싶기만 했다.

요엘은 침대에 누웠다. 괴란손이 장례에 관해 해준 말을 생각해 보았다. 예니에게 전화를 걸어야 하나, 아니면 편지를 보내야 하나, 갈등이 일었다. 하지만 그녀와 얘기하고 싶지 않았다. 그렇다면 편지를 보내야 하리라.

요엘은 침대에서 일어나 앉았다.

지역신문에 사망을 알리는 부고도 실어야 했다. 하마터면 그걸 잊을 뻔했다.

그런데 부고란에는 뭐라고 써야 하지?

사무엘 구스타프손
많이 사랑했고 그리웠습니다.

그건 적절한 말이 아니었다. 사무엘에게는 맞지 않았다.

요엘은 일어나서 주방 식탁에 가 앉았다. 종이 한 장과 연필을 꺼내 들었다. 다양한 가능성에 대해 생각해 보다가 마침내 마음을 굳혔다.

그러나 그 다음날 신문사를 찾아 갔을 때 편집자 호른 씨는 요엘이 신문에 실어주기를 바라는 내용을 보더니 얼굴을 찌푸렸다.

사무엘 구스타프손
세상 끝으로 여행을 떠난 사람

"이런 내용을 실을 수 있을지 모르겠다." 호른 씨가 말했다.
"어때서요? 죽은 사람은 우리 아버지예요."

"내용이 그다지 적절하지 않잖아."

"왜 아니죠?"

호른 씨는 고개를 가로저었다.

"적합한지 아닌지 잘 모르겠다."

"하지만 사무엘이 생각한 죽음이 바로 그거예요. 이 세상 끝으로의 여행이란 말이에요."

호른 씨는 줄곧 고개를 젓고만 있었다.

"다른 사람들과 이 내용에 대해 의논해 봤니?"

"다른 누구요?"

"다른 상주들? 다른 가족들은?"

"다른 사람은 아무도 없어요. 저뿐이에요."

그 말에 호른 씨의 마음이 누그러졌다.

"부고란에 이런 글을 실은 적이 지금껏 한 번도 없어. 그건 분명한 사실이다."

"하지만 이게 제가 싣고 싶은 바로 그 글인 걸요."

호른 씨가 요엘을 빤히 쳐다보았다. 심각한 표정으로 오랫동안 요엘의 얼굴을 주시했다. 그리고는 고개를 끄덕였다.

"항의가 빗발치겠군. 그래도 그게 네가 원하는 거라면 네 뜻대로 해야겠지."

신문사를 나서면서 요엘은 아빠가 기뻐할 거라고 생각했다. 아빠는 살아생전에 하느님은 별로 생각하지 않고 살아왔다. 그렇지만 세상의 끝이란 다시금 또다른 무엇이었다.

존재하는 그 무엇. 그러나 지금까지는 존재하지 않은 것.

사무엘이 몸을 싣고 떠난 여행이 바로 그것이었다.

일주일 후에 장례식이 치러졌다.

요엘은 몹시 겁을 먹었지만 사라와 괴란손이 줄곧 요엘의 곁을 지키며 도와주었다.

장례식이 치러지기 며칠 전에 지역 교구 목사인 보만이 요엘에게 자기를 찾아와 달라고 부탁했다.

요엘은 가장 좋은 옷으로 차려 입고 목사관으로 갔다. 보만 목사는 한 번도 만난 적이 없었다. 새로 부임한 젊은 성직자로, 교구에 온 지 겨우 두 달밖에 되지 않았다.

보만은 요엘에게 앉으라고 권하며 조의를 표했다. 요엘은 알아들을 수 없는 말을 웅얼거리듯 대답했다.

"신문에서 부고 기사를 봤다." 보만이 말했다.

"그리고 부고 내용을 쓴 사람이 너라는 거 알아. 그 내용이 너무 특이해서 말이야. 그는 **세상 끝으로 여행을 떠났다**라니."

"아버지는 특이했어요." 요엘이 대답했다. "아버지가 바란 게 그거였어요."

"그 분이 어떻게 특이했지?"

"아버지는 우리가 살던 곳을 한 척의 배라고 생각했어요. 그리고 우리 집을 배의 브리지라고 여겼고요. 게다가 훌륭한 벌목꾼이었어요. 괴란손이 그렇게 말했어요."

"특이한 사람이라." 보만이 되뇌었다. "그러면 장례식에서 내가 그 분을 그렇게 표현해 주었으면 하는 거니?"

요엘은 목이 메여 오는 걸 느꼈다. 금방이라도 눈물이 나올 것 같았지만 가까스로 참았다.

"예. 아버지는 특이했어요."

그래서 보남 목사가 장례식에서 한 말도 그것이었다.

교회에는 사람들이 많이 오지 않았다. 요엘은 맨 앞줄, 사라와 괴란손의 사이에 앉았다. 관은 갈색이었다. 요엘은 그 관을 보지 않고 외면했다. 사무엘이 그 안에 누워 있다는 사실을 여전히 감당할 수 없었고, 받아들일 수도 없었다.

사무엘은 떠났다.

그는 여정을 시작했다.

그는 보이지 않는 배에 올랐다. 그리하여 지도 어디에도 존재하지 않는 항구를 향해 가는 중이다.

그런데 그 배의 이름이 혹시 셀레스틴 아닐까?

사무엘의 무덤은 교회 묘지의 서쪽 벽 옆에 마련되었다.

그가 누운 관이 무덤 속으로 내려갈 때 요엘은 울음을 터뜨리고 말았다. 그동안은 사무엘이 어딘가로 떠나는 배에 타고 있다는 생각을 필사적으로 붙들고 있었다. 더 따뜻한 곳으로 가고 있는 중이라고. 그러나 그 모든 노력에도 불구하고 더는 참을 수가 없어졌다. 그 순간에는 도저히.

장례식이 끝난 뒤에 요엘은 괴란손과 여행자 호텔에서 커피를 마셨다.

괴란손은 요엘에게 힘들겠지만 바로 다음날 집의 가구와 집기들을 같이 처리해야 할 거라고 말해주었다. 요엘이 거기에 그대로 살지 않겠다고 결정했으므로 다른 세입자가 이사를 와야 했다.

그 일을 처리하는 데 일주일이 걸렸다.

가구들이 사라졌다. 요엘은 자신의 소지품을 선원 잡낭과 여행 가방 하나에 꾸려 넣었다.

마지막까지 남겨 놓은 것은 매트리스뿐이었다. 침대 시트, 베개 하나, 그리고 담요 한 장. 요엘은 마지막 밤을 이 집에서 머물 작정이었다. 그런 다음에 떠날 것이었다.

요엘은 괴란손과 사라에게 작별 인사를 했다.

그리고 그 마지막 날 밤에 시내를 한 바퀴 돌아보았다.

날씨는 여전히 추웠다.

낯익은 거리를 이리저리 헤매 다녔다. 복지관 건물 앞에서는 잠시 걸음을 멈추고 영화 포스터를 꼼꼼히 살펴보았다. 인적 없는 학교 운동장도 돌았다. 돌고 돌아 기력이 다 떨어질 때까지.

이제 마음이 급해졌다. 서둘러 떠나야 했다.
텅 빈 집으로 돌아와 매트리스에 눕자마자 잠 속으로 빠져들었다.
밤이 내려앉은 밖에는 달빛이 가득했고 하늘은 별들로 빼곡했다.

15

요엘이 화들짝 놀라 잠에서 깨어났다.

눈을 떴는데 칠흑같이 깜깜했다. 온몸이 얼어붙은 것 같았다. 바닥의 냉기가 매트리스와 옷깃을 헤치고 파고 드는 느낌이었다. 어둠 속에 가만히 누워서 귀를 기울여 보았다. 벽과 지붕 들보에서 끼익끼익 소리와 톡톡 치는 소리가 들려왔다. 잠에서 깨어나 시끄러운 저 소리를 들었던 그 모든 시간에 대해 생각했다. 저 소리는 언제나 저기서 들려왔었다. 아주 어렸을 적부터. 저 소리에 대한 기억 외에 다른 기억이랄 게 없을 만큼 그렇게 어린 시절부터.

요엘은 이불깃을 턱까지 끌어당겨 올리고 이불 속으로 몸을 웅크리며 파고들었다. 자명종 시계가 매트리스 옆 마루 바닥에 놓여 있었다. 불이 들어온 시계바늘이 5시 15분전을 가리켰다. 지금부터 반 시간이 지나면 자명종이 울리리라.

배에서 통증이 느껴졌다. 무언가 찌르는 듯한 아픔이었다. 이 날은 강가의 이 집에서 보내는 마지막 밤이었다. 마지막 밤이자 마지막 아침. 이제 곧 떠날 테고 그날 바로 새로운 사람들이 이사 올 것이었다. 그들은 다른 가구들을 들고 올 테고 다른 사진들을 벽에 걸게 되겠지. 그렇게 되면 사무엘이나 요엘의 흔적은 하나도 남아 있지 않게 되겠지. 시간은 흘러갈 테고 다른 음성들이 침실 두 곳과 주방에서 들리겠지. 벽지에는 다른 손가락들이 자국을 남기겠지. 다른 귀들이 추운 겨울밤에 대들보의 신음소리와 벽 틈에서 새어나오는 끼익끼익 소리를 듣고서 잠에서 깨겠지. 얼마 지나지 않아 한때 이 집에는 벌목꾼과 그의 아들이 살았다는 사실을 아무도 기억하지 못하게 되겠지.

이런 생각이 들자 마음이 아파왔다. 감당하기에 버겁고 무시무시한 생각이었다. 요엘은 할 수 있는 한 조그맣게 몸을 옹크렸다.

모든 게 예전 같았으면 좋겠다는 바람이 일었다. 사무엘이 코 고는 소리가 반쯤 열린 문 사이로 흘러 들어오면 좋을 텐데. 하지만 사방은 고요하기만 했다. 벽 틈에서 새어나오는 신음소리와 냉기로 끼익거리는 소음만 들려올 뿐이었다.

어렸을 적에는 시간을 꼼짝 못하게 붙들어 둘 수 있을 거라는 생각이 들곤 했었다. 한 순간을 꼭 붙들고서 마냥 즐거워했었다. 하지만 이제 그런 일은 가능하지 않게 되었다. 요엘은 성장한다는 게 정확하게 무슨 뜻일까 알고 싶었다. 전에는 사무엘에게 물어봤었지만 이제 그런 일도 가능하지 않게 되었다.

예전과 같은 건 하나도 없겠지, 아무것도.

지금 난 너무 외로워, 라고 요엘은 생각했다.

사무엘이 죽었어. 그리고 예니 라이덴은 절대로 내 엄마가 될 수 없어. 그냥 친구일 뿐이지. 에바와 마리아가 친구일 뿐이듯이.

이제 몇 시간이 지나면 나는 이 집을 떠나게 되겠지.

정거장에 나와 내게 손을 흔들어줄 사람은 아무도 없을 거야. 내가 사라져도 알아줄 사람은 아무도 없을 거야.

요엘은 울음이 터질 듯한 기분이었으나 그러고 싶지는 않았다. 이제는 열다섯 살이고 선원도 되었다. 그런 사람은 울지 않아. 어린아이나 울지. 물론 어른들도 울겠지. 하지만 열다섯 살 난 사람은 아니야. 이 나이는 그 무엇에도 굴복하지 못하도록 금지된 나이야. 눈물은 더구나 안돼.

요엘은 귀를 기울여 보았다. 벽에서 끼익거리는 소리가 났다. 헤아릴 수 없이 많은 생각과 기억들이 마음 속을 헤매 다니도록 내버려두었다. 언제나 이 집에서 살아왔다. 그 옛날에는 엄마 예니도 여기서 살았었다. 그러나 어느 날 아침에 그녀는 여행가방에 짐을 꾸려가지고 떠나 버렸다. 그때 요엘은 너무 어렸기에 그런 일이 일어났다는 기억이 남아 있지 않았다. 살아오는 내내 요엘의 곁을 지켜준 사람은 단 한 사람, 사무엘뿐이었다. 그밖에는 아무도 없었다. 어깨를 축 늘어뜨리고 뺨의 수염은 아무렇게나 깎은 채로 피로한 눈망울에 바다를 향한 갈망을 담고 살았던 사무엘뿐이었다.

셀레스틴도 거기에 늘 놓여 있었다. 케이스에 담긴 채로. 그리고 그들의 환상 여행을 함께 해준 해도도 있었다.

요엘은 사무엘이 다시 바다로 갈 수 있으리라는 걸 믿기나 했을까 의문이 들었다. 그것은 단지 이룰 수 없는 불가능한 꿈에 지나지 않았던 게 아닐까? 맨 처음부터 그랬던 게 아닐까? 알 수가 없었다. 그리고 이제는 너무 늦어버려서 그 대답을 찾을 길이 없었다.

예전에 존재했던 모든 것들을 되찾기에는 이제 너무 늦어버렸다. 사무엘은 교회 묘지에 누워 있었다. 다시는 누구와 이야기를 나눌 수 없을 것이었다. 그의 목소리마저 죽었으므로. 형편없이 면도를 했던 그 뺨도, 축 늘어뜨렸던 그 어깨도.

요엘은 다른 식으로 이해를 해보려고 했다. 정확하게 무슨 뜻일까, 죽는다는 것이? 사람은 얼마나 오랫동안 죽은 상태로 있어야 할까? 천 년? 아니면 그보다 더 오래도록? 죽음에 대해 떠오른 생각 중에 그토록 오랜 세월 동안 죽어 있어야 한다는 게 가장 지독한 느낌을 불러일으켰다. 태어나기 전에 무엇이 존재했었는지는 중요하지 않았다. 그러나 그 후에, 삶이 끝났을 때, 그 다음에는 뭐가 존재할까? 사무엘은 그냥 가벼운 산책을 나선 게 아니었다. 그는 땅 밑에 누워서 그 상태로 얼마나 시간이 흘러갔는지 아무도 모를 만큼 오래도록 죽어 있을 것이었다. 아니, 그것은 끝이 없는 무한대가 아닐까?

요엘은 위장의 통증이 점점 심해지는 것을 느꼈다. 침대에서 일어나서 담요를 개켰다. 몸이 몹시 불편했지만 통증을 없앨 별다른 방도가 없었다. 이리저리 돌아다녔더니 통증이 조금 덜해졌다. 어깨에 담요를 둘렀다. 주방으로 가서 창턱의 의자에 기어 올라갔다. 추운 밤이었다. 눈으로 뒤덮인 길을 외딴 가로등 하나가 밝히고 있었다. 모든 것이 움직이지 않고 그대로 정지되어 보였다. 움직이는 것이라고는 보이지 않게 흐르는 시간뿐이었다. 저 세상 밖의 어둠과 추위 속 어딘가에서 새롭게 떠오를 아침이 기다리고 있었다.

요엘은 불현듯 그날 밤이 떠올랐다. 이 창턱 의자에 앉아서 외로운 개 한 마리가 거리를 걷다가 사라져가는 모습을 목격했던 그 밤이. 그것은 오래 전의 일이었다. 그러나 개의 모습이 좀처럼 잊혀지지 않았다. 그 개를 이제 다시 생각하기 시작했다. 그 개는 어디를 향해 걸어가고 있었을까? 그날 밤 이후로 일년 내내 요엘은 비밀 조직을 이끌었다. 그 조직의 유일한 과제는 은밀한 그 개를 찾는 일이었다. 그러다가 그 생각을 한동안 하지 않고 지내왔던 것이다.

그러나 이제 그 개가 다시 돌아온 것만 같은 기분이 들었다.

눈을 부릅떴다. 그 개가 발소리도 내지 않고 어둠 속에서 달려 나올 것 같은 확신이 들었다. 저기 맞은편에서. 작별 인사를 하려고.

요엘은 심장이 점점 더 빨리 뛰는 것을 느꼈다. 하지만 거리는 아무 것도 없이 휑했다.

요엘이 일어섰다. 가로등 불빛이 주방 안으로 비춰들었다. 몸서리를 쳤다. 이제 요엘은 가급적이면 빨리 여기서 벗어나고만 싶어졌다. 이 텅 빈 집이 두렵게만 느껴졌다. 벽은 이제 끼익 소리를 내지 않았다. 사방의 벽에서 울부짖는 소리가 들리는 것 같았다.

어쩌면 집이라는 것도 슬퍼할 수 있는 게 아닐까? 벽들도 사무엘을 잃어서 슬퍼 흐느끼는 것일까? 이제 땅 속에 누워 있는 사무엘은 영영 저 계단을 터벅터벅 올라올 수가 없으리라. 요엘은 담요를 접은 뒤 재빨리 부츠 끈을 맸다. 자명종은 식탁 위에 놓아두었다. 벽에 셀레스틴을 넣었던 케이스 자국이 난 걸 본 것도 같았다.

잠시 후 요엘은 마음이 두 갈래로 갈라졌다.

아직은 기차역으로 나서기에 너무 이른 시각이었다. 그러나 이 집에 그냥 머물고 싶지도 않았다. 여행가방과 잡낭을 집어 들고 마지막으로 계단을 내려갔다. 마지막 계단 위에 서서 잠시 주춤거렸다. 이 계단을 얼마나 많이 오르락내리락했던가? 얼마나 많이 뛰어다녔던가? 헤아릴 수가 없었다. 그러나 아주 큰 발걸음으로 세 번만에 계단 꼭대기까지 올라갔을 때 느꼈던 의기양양한 기분은 아직까지도 생생했다.

이윽고 요엘은 한쪽 발을 들었다. 마지막 발걸음. 마지막이었다. 이제 다시 돌아갈 일은 없었다. 마치 새로운 문을 여는 것 같은 기분이었다. 동시에 어린시절로 가는 문도 서서히 닫히는 것 같았다. 끼이익 소리를 내면서.

현관문을 잠그려고 장갑을 벗은 요엘은 열쇠를 문 밑으로 밀어 넣었다.

추웠다. 목도리를 끌어당겨 입과 코를 가렸다. 뭘 해야 할까? 정거장으로 발걸음을 돌리기 전에 마지막으로 한 번 더 옛 거리를 헤매고 다녀야 할까? 알 수가 없었다.

그러나 대문을 지나 거리로 나서자 마음이 굳어졌다.

철교로 가야겠어. 작별인사를 해야 할 곳이 한 군데 있다면 그것은 철교와 강이었다.

거리를 바삐 걷다가 언덕을 내려가 철교 쪽으로 향했다. 철길을 따라 걷게 되었다. 예전에 우유 통들을 세워두던, 금방이라도 부서질 듯 낡은 기둥 하나가 보였다. 요엘은 여행가방과 잡낭을 그 뒤에 숨겨두었다. 그리고 몸의 체온을 올리려고 달리기 시작했다.

옆에서 사내아이들 몇 명이 같이 달리고 있는 기분이 들었다. 한 패거리 같았다. 그러나 사실은 각각 다른 나이의 요엘 자신이었다. 과거의 자기 모습에 에워싸인 듯한 느낌이었다.

교대에 닿자 잠시 걸음을 멈추었다. 이제 다시 혼자 남았다. 유령 같은 길동무들은 어느새 떠나고 없었다. 머리 위로 이치 모양의 다리가 붕 떠 있었다. 얼어붙은 차가운 쇠붙이에 손을 대보고 싶은 유혹을 떨칠 수가 없었다. 찬 기운이 금방 몸속으로 파고들었다. 요엘은 몸서리를 쳤다.

바로 그 순간, 요엘의 머리 속에 꼭 작별인사를 해야 할 한 사람이 퍼뜩 떠올랐다. 게르트루드였다. 강 건너편의 이상한 집에 사는 코가 없는 게르트루드. 그러나 무언가가 그런 요엘의 마음을 가로막았다. 분명 그녀는 잠들어 있을 터였다. 게다가 그녀에게 작별 인사를 하고 싶지는 않았다. 마치 매달릴 수 있는 무언가를 원하기라도 하는 것처럼. 자신과 이 작은 마을을 이어줄 무언가를. 꼭 다시 돌아와야 할 의무감을 부여해줄 무언가를. 사무엘의 무덤에 야자나무를 심기 위해서뿐만 아니라 게르트루드를 만나 제대로 작별 인사를 하기 위해서라도.

발가락이 얼지 않게 하려고 요엘은 다리 위를 있는 힘껏 달렸다. 게르트루드의 집에 도착할 때까지 쉬지 않고 내처 달렸다.

그녀의 집 부엌에 불이 켜져 있었다. 그 집 대문 앞에서 멈춰 섰다. 친구 투레와 같이 얼어붙은 개미집을 마구 파헤쳐서 그 덩어리를 집어들고 게르트루드의 집 부엌 창문을 향해 내던지던 때가 떠올랐다. 요엘은 천천히 대문을 열고서 창문 쪽으로 살금살금 다가갔다. 부츠를 신은 발밑으로 눈이 뽀드득뽀드득 소리를 냈다. 요엘은 발돋움을 해보았다.

부엌은 비어 있었다. 가끔 부엌에 불을 그대로 켜 놓은 채 자러 들어가는 게르트루드였다. 지금 그녀는 분명히 깊은 잠에 빠져 있을 터였다. 요엘은 그녀의 침실 창문에 다다를 때까지 벽을 따라 발돋움으로 걸어갔다. 뺨을 침실 창문에 대자 코고는 소리가 들려왔다. 코가 없는 사람이 어떻게 코를 골 수 있지? 하지만 금방 이런 생각을 한 자신을 뉘우쳤다.

게르트루드를 그렇게 생각해서는 안 되는 거였다.

어쨌거나 게르트루드는 그에게 몇 안 되는 친구 중 하나였으니까.

요엘은 이런 기분이 어디서 비롯되었는지 알 수가 없었다.

갑자기 자신이 이 세상에서 가장 외로운 존재로 변해 버린 기분이었다. 자기 밖으로 나가서 거리를 두고 제 모습을 살펴볼 수 있을 것만 같았다. 한밤중, 얼어붙는 추위 속에서, 창문 옆에 서서 코 고는 누군가의 소리를 가만히 듣고 있는 열다섯 살 소년의 모습을. 요엘은 울고 싶은 강렬한 충동에 사로잡혔다. 그 자리를 떠났다. 언덕을 뛰어 올라갔고, 다리를 건너갔다. 여행가방과 잡낭을 감춰둔 곳으로 다시 돌아올 때까지 쉬지 않고 달렸다.

가방과 잡낭을 집어 들기 위해 몸을 숙이던 요엘의 눈에 쌓인 눈 위에 새겨진 흔적이 들어왔다. 그것은 자신의 발자국이 아니었다. 다른 무언가가 거기에 왔다 간 것이었다.

개야.

요엘은 몸을 펴고 일어나 사방을 두리번거렸다.

차가운 달빛을 받으며 개가 어디에 있는지 열심히 찾아보았다. 그러나 아무데도 보이지 않았다. 요엘은 눈 위의 발자국을 따라가

보았다. 발자국은 강으로 이어졌다. 눈이 수북이 쌓여 있었으므로 그 눈을 헤치고 어렵사리 나아가야 했다. 하지만 이제 요엘은 그 개가 다시 돌아왔다는 것을 알게 되었다. 예전에 멀리 떨어진 별을 향해 떠났던 그 개였다.

개가 작별 인사를 하기 위해 다시 돌아온 것이었다.

요엘은 강둑의 덤불을 헤치고 나아갔다. 발자국은 얼어붙은 강 위로 이어졌다. 달빛을 빌어 그 개가 어디 있는지 찾아내려고 애를 썼다. 조심스럽게 눈이 덮인 얼음 위로 걸음을 떼어놓았다. 그러자니 힘이 들어 진땀이 솟았다. 그러나 다시 돌아갈 방법이 이제는 없었다. 너무나 가까이 온 지금은 아니었다.

눈 위에 새겨진 동물의 발자국은 아주 선명했다. 얼마 지나지 않아 요엘은 얼음 덮인 강 깊숙이까지 들어왔다. 거대한 모습을 불쑥 드러낸 다리의 아치가 옆에 웅크리고 앉은 덩치 큰 동물처럼 느껴졌다.

그러다가 발자국은 끝나 버렸다.

요엘은 사방을 두리번거리며 살펴보았다. 자신이 뭘 보았는지 이해할 수가 없었다. 너무나도 선명했던 동물의 발자국이 돌연 흐지부지 없어져 버린 것이다. 얼음에는 깨진 틈도 하나 없었다. 드넓게 펼쳐진 하얗고 순결한 눈밖에는 아무 것도 없었다.

고개를 들어 밤하늘을 바라보다가 등을 돌려 달을 바라보았다. 가능한 설명은 단 한 가지뿐이야, 라고 요엘은 생각했다. 그것은 열다섯 살이 된 사람으로서는 절대로 믿을 수가 없는 설명이었다. 즉 그 개가 날아갔다는 것. 보이지 않는 날개를 달고 멀리멀리 날아갔다는 것. 자기 목적지로 삼기로 작정한 별을 향해 날아갔다는 것.

이런 시나리오가 가능하다고 믿다니 난 정말 유치한 게 틀림없어, 라고 요엘은 생각했다. 이제 아빠는 돌아가셨고 나도 선원이 되었으니 더 이상 유치하게 굴어서는 안돼. 설령 내가 유치하다고 하더라도 그래선 안돼.

요엘은 발길을 돌려 강둑으로 되돌아왔다. 한 번 더 걸음을 멈추고는 몸을 돌려세워 하늘을 유심히 올려다보았다.

그 개는 저 하늘 위 어딘가에 있었다. 보이지 않는 날개를 퍼덕이면서.

요엘은 여행가방과 잡낭을 꺼내들고 인적 없는 작은 읍내를 걸어갔다. 정거장에 도착했지만 대합실 문이 아직 잠겨 있었다. 들고 온 가방들은 쓰레기통 뒤에 놓고서 밖으로 나와 철길 위를 걸었다. 철로 사이에 서서 남쪽을 물끄러미 바라보았다. 이제는 조바심이 났다. 얼마 전까지만 해도 시간을 붙들어 매두는 걸 좋아했던 요엘이었다. 그런데 지금은 시간이 지나칠 정도로 느리게 흐르고 있는 것만 같았다. 요엘은 한시 바삐 떠나가고만 싶었나.

시간이 흐르자 누군가가 와서 잠겼던 대합실 문을 열었다. 요엘은 안으로 들어가 앉았다. 따뜻한 기운이 몸 안으로 다시 퍼져드는 게 느껴졌다. 안주머니를 살펴보았다. 기차표와 선원수첩이 제대로 들어 있는지 확인해 보기 위해서였다. 주머니에는 돈도 들어 있었다. 80크로네였다.

배낭을 멘 늙은 남자가 대합실 안으로 들어와 앉았다. 그는 고개를 끄덕이며 요엘에게 인사를 했다.

"여행 가는구나, 너?"

요엘은 짧게 대답했다. 지금 이 순간에는 그 누구와도 얘기하고 싶은 심정이 아니었다.

"난 오르사로 가는데."

"저는 거기보다 더 멀리 가요." 요엘이 말했다.

"넌 모라로 가니?"

"저는 세상 끝으로 가요." 요엘의 대답.

노인은 생각에 잠긴 표정으로 요엘을 바라보았다.

요엘은 일어나서 벽에 걸린 지도를 자세히 살펴보았다. 괴텐부르크를 찾아냈다. 그리고 항구와 조선소도. 그를 기다리고 있는 배까지.

기차가 도착했다. 엔진이 코를 씩씩거리다가 한숨을 토해냈다. 요엘은 기차에 오르기 전에 승강장을 한 번 훑어보았다. 그러나 말할 필요도 없이 그에게 작별의 손을 흔들어주는 이는 아무도 없었다.

오로지 사무엘의 유령뿐이었다. 그가 거기에 서서 요엘에게 고개를 끄덕이며 속삭여 주었다.

"가거라."

기차가 철교 위를 지날 때 요엘은 얼어붙은 창문에 비친 자기 모습을 가만히 들여다보았다.

이제 길을 나섰다. 드디어 요엘 자신의 길을 나선 것이었다. 태어나고 자란 작은 도시에서 멀어져가고 있었다. 피트케언 제도를 향해 떠나고 있었다. 세상의 끝을 향해.

존재했으나 지금까지는 존재하지 않았던 그 세상의 끝으로.

사흘 후, 먼동이 트기 직전에 화물선 리오 데 자네이루 호는 괴텐부르크를 떠났다. 요엘은 제 선실에서 자다가 엔진이 고동쳐 울리는 소리에 잠에서 깨어났다.

1960년의 늦겨울이었다.

그 후로 몇 해 동안 요엘은 다양한 선박과 계약을 하고 배에 올랐다. 1963년 초, 열여덟 번째 생일이 되기 며칠 전에는 피트케언 제도에 정박한 작은 화물선에서 일하고 있었다.

상륙허가를 얻어 해변에 나와 있는 동안 요엘은 코코넛 야자수 나무에 달린 코코넛을 땄다.

같은 해 12월 초에는 스웨덴으로 돌아왔고, 자신이 태어난 소읍으로 돌아가는 긴 여행길에 올랐다.

12월 4일 밤에 요엘은 기차에서 내려 곧바로 교회 묘지 쪽으로 발길을 돌렸다. 쌓인 눈을 파헤치고 사무엘 묘지의 얼어붙은 땅 속에 피트케언에서 따온 코코넛 열매를 심었다. 그게 살아남지 못하리라는 것을 알았기에 피트케언 제도에서 열매와 함께 가져온 야자수 잎도 묘지의 흙 위에 몇 장 펼쳐 덮었다.

＊＊＊

그 다음날 요엘은 소읍을 떠났다.

그날 밤은 여인숙에서 묵었다. 강 건너편에 사는 게르트루드의 집에는 찾아가지 않았다.

요엘을 실은 기차가 역을 벗어날 때 이번에도 작별의 손을 흔들어주는 이는 아무도 없었다.

요엘의 어린 시절은 막을 내렸다.

요엘은 이제 세상 속으로 나아가는 긴 여행을 시작한 것이다.

그리고 저 하늘 위 어딘가, 요엘의 머리 위로는 보이지 않는 개가 언제나 날개를 퍼덕이며 날고 있으리라.

JOURNEY TO THE END OF THE WORLD

세상 끝으로의 여행

첫판 1쇄 펴낸날 2012년 10월 25일

지은이 l 헤닝 만켈
엮은이 l 유정화
펴낸이 l 박남희
편집 l 박남주
디자인 l Studio Bemine
마케팅 l 구본건
제작 l 이희수
관리 l 박효진

종이 l 화인페이퍼
인쇄 l 청아문화사
제본 l 정민제본

펴낸곳 l (주)뮤진트리
출판등록 l 2007년 11월 28일 제318-2007-000130호
주소 l 서울시 영등포구 양평동 2가 37-2 양평빌딩 301호
전화 l (02)2676-7117 팩스 l (02)2676-5261
E-mail l geist6@hanmail.net

ISBN 978-89-94015-51-4 03800

* 잘못된 책은 교환해드립니다.